# 2019 灯盏

王婉 王杨 李英俊 编

作家出版社

# 序

2019年的作品精选集终于和大家见面了。按说有了上一年文集的编选经验，这次编选工作应该更加从容、顺利，其实不然，所谓“先例”，是借鉴，更是压力——希望它能更好，能让更多读者喜欢。网站的投稿系统还不满两年，也就意味着我们的作者队伍、编辑队伍、用稿标准，我们和作者之间的熟悉程度，以及发现、培养骨干作者的能力，都还在最初的生长期。这个时期，难免幼稚、脆弱，常有缺憾，但我们更看重它的生长性、可塑性，它深植于广大文学爱好者中间而获得的强劲生命力。基于这样的信心，从今年开始，文集将以“灯盏文丛”的方式出版，既是对去年《大地上的灯盏》的延续，更期待它能成为一个相对稳定的、有辨识度的出版品牌，留下中国作家网和广大作者共同成长的足迹。

因为“新冠肺炎”疫情的影响，文集的出版比预计晚了一段时间。又怎能说只是“一段时间”呢？对所有的人而言，时间度量中这短短的两三个月，何其漫长、艰难、悲伤，我们拿出所有力气去和病毒、和生活较量，我们为逝者、为勇者、为努力活着的每一个普通人流了比冬雪春雨更多的眼泪。这场病毒带给世界什么样的变化，我们尚难估量。但是在疫情中，能明显感觉到阅读与写作的人比往常多了，人们希望从文学中获得宁静、慰藉或者智慧，愿意用文字来纾解痛苦、悲伤，表达思考与希望。我们期冀文学的力量，却也更体会到表达的无力与局限。这种情形之下，哪怕是面对一些相对熟悉的作家作品，也生出许多复杂难言的情绪，一时竟不知如何落笔。

关门闭户，这是从未有过的寂静。因为静，有些声音更加清晰。细雨滴落檐下，畦水漫过田埂，燕子啄梳新羽，老屋吱呀松动，母亲的絮叨、父亲的沉默，婆媳的口角、孤独者的自语，大快朵颐的酣畅、精神异变的省思……凡此种种，当时只道是寻常，现在读来，却仿佛重临嘈杂而火热的人间，更觉寻常之珍贵。

网站原创作品多是普通之人所写寻常之事，家乡和家庭一直占据着书写的核心位置。因为这种贴近，更容易让人心生感触。读《柳柳》，许是同为女性的缘故，以及孩子幼时请保姆的种种曲折，竟禁不住泪流。无论在现实生活还是文学作品中，雇主与保姆的关系都越来越令人烦恼，生活中的“亲密关系”与内心的“怀疑提防”构成一触即发的冲突关系，生活在同一屋檐下，却是在两个世界里。而“我”和保姆柳柳，则用自己的真诚、体恤、努力去消融可能的隔膜，彼此尊重、信任。最为动人的，是“我”在十二年后，依旧惦念、感恩、疼惜这个美好的女孩。虽是日常琐事、过往旧事，但因是作者夜深人静之际思想故人的絮语，就多了一份属于深夜的孤独、深沉和幽远。这是回忆，更是唤起——愿人与人之间相互珍视。

更多的文章，如《乡村冬夜》《村庄的声音》《我要上学了》《白马河的“社戏”》《簌簌衣巾落竹花》《父母篇》等，一砖一瓦，一草一木，一人一物，耐心摹写故土故人，怀着不舍之情留下个人生活的底片，亦构筑起山南海北的乡村风物志。记下的，正是逝去的。回望的过程，是记录，也是对生活的重新描绘。于是，在隔着时光的重新打量中，不起眼之物也涂了让人留恋的釉色，如一位作者笔下那只普通的大碗，经年使用的盘碗深藏着一种温暖，“白天喂养血肉，夜晚生出精神”，“这碗里盛放的何止于食物，分明是她和父亲经年的对话。如今不同的是，我在重复着父亲当年的话，母亲则继续着她的絮叨”(《母亲的大碗》)。小说《梧桐谣》里的婆媳，对峙般坐在村头，单等着大板回来，首先诉说自己的委屈，然而见到久别归家的大板，“大板娘和灵芝对望了一眼，最终，谁都没说出砸锅的事情，一同朝村子走去”……这些作品，从艺术上而言，少有惊艳之处，却胜在真挚与细腻，朴素文字里浸透着生活的百般滋味，简朴的、辛酸的，坚韧的、温暖的，愧疚的、感恩的……引动我们心底珍藏的抑或即将遗忘的种种，读来如同回放自己的过往，一桩桩一幕幕，时常离开作者所叙之事，生出对自己生活的感喟。

随着作者数量的增加，我们也欣喜地看到作品的风格日渐多样。梦兮、殷金来、黄爱华、禾源、雪夜彭城、徐春林、予衣、孙茂、朱湘山、牧之、东夷旲、菡茵……我在编辑们的称赞和讨论中，越来越熟悉这些名字。梦兮的创作很活跃，他的诗多草木意象，内敛、哀伤，以一副柔软的心肠写生活的艰难、令人疼痛的亲情。同样带着挽歌的调子，同样是乡村物象，赵华奎的诗却是粗粝硬朗的，带着黑铁的、烈焰的质地。同是写乡村，毕俊厚和他们的差异更加明显。在梦兮的诗里，能明显感觉到古典诗词的影响，虽然他大多时候是“反田园”的，有很强的现实关怀，不避颓败与苦难，但他的审美取向、情感方式，以及诗人与自然的关系，却是与古典诗歌相呼应的。毕俊厚却有很强的现代意识，他的结构、意象、节奏，都是要主动打破惯性，探索陌生的表达，时空的纵深感、情感的复杂性，都得以延展，颇具气象。在相似的事物和经验中，不同写作者表现出内在的差异，丰富、拓展了我们对生活的认识和感受。作为编辑，乐于见到更多异质的、大胆的表达，有人坚守，有人僭越，以至共生、纠缠、搏斗，多样性的生态才更富生机活力。

无论诗歌、散文还是小说，这些作品整体而言是指向过去的，其中当然包含着与当下生活的对话，所有往事里都包含着今日之“我”，但这个“我”难免会带着“事后诸葛亮”的姿态来重新梳理、评判、纠正、解释那个时刻的体验，让读者更觉圆满、通透、满足，但也少了一些当下的、共时的体验。当然，此时之“我”更难捕捉，甚至是不可靠的，包含矛盾、犹疑、迷惑、未知，即便如此，都是我们在此时此刻的体验。打破稳定的叙事结构，呈现生活的变动不居；打破“面”的铺展，像大头针一样钉住栩栩如生的“这一刻”；改变一味的线性讲述，更加自由地在过去、现在和未来之间闪回；不必太实、太满，不妨再精简一些，或者留白……这是我作为读者也是作为编辑的一点希望，虽有个人趣味和偏好，但不失为我们可以一起去探讨、尝试的方向。我们希求一些新的质素，但不必为此焦虑，有了土壤，总会有风吹来有鸟衔来更多的种子。事实上，我们在2020年的作者中已经发现了一些不同的声音，比如写诗的黎落，比如写小说的王小勃、刘雪韬。我们盼望越来越多的写作者愿意将中国作家网作为自己创作的试验田，大胆播种，恣意生长，最终找到适合自己的方向。

特别要说明的是，2019年年底，我们对原创频道做了非常大的调整：优化了投稿系统，用户体验更加友好；为注册用户中的鲁迅文学院学员开辟专区，保持这个群体的凝聚力；邀请各地文学内刊和活跃的作家群驻站，把活跃文学创作与服务基层文学工作结合起来；建立“每周之星”评选机制，每周五在网站、微信、微博等多个平台共同推荐、点评一位作家——种种举措，使这个频道拥有了越来越多的作者。在此基础上，我们开设“原创作品线上改稿会”，邀请知名作家、编辑来点评我们和网友共同选出的原创作品，全程直播，受到文学界的关注和赞誉。向来关心基层文学创作的铁凝主席鼓励我们说：“中国作家网直播原创作品改稿会集结名刊名家，与基层文学爱好者良性互动，拓展了‘解渴’的网络文学空间，在增强公共文学服务、切实帮助基层写作者的探索中见实效，有新意。希望不断积累经验，办成品牌，以利于推动新时代的社会文化建设，丰富全社会的文学生活。”

对我们来说，这些都是美好的收获，温暖的鼓舞。在不寻常的2020年，我们只有加倍努力，才能不负大家的厚爱与期待，不负从病毒中夺回的这珍贵人间。

中国作家网总编辑　刘秀娟

2020年春于北京

# 目录

## 散文卷

## 诗歌卷



## 小说卷

# 散文卷

# 柳柳

许　玲

柳柳，前天是你的生日，我却忘了。趁这会儿夜静，我找出你的照片，跟你坐坐。

总也忘不了十二年前的那个下午，家政公司笼屉似的房子里，挤得难以下脚。

你低头坐在一群女孩儿中间。这让你有些显眼，因为别的女孩儿都仰着脸，而你却不。

几个来挑保姆的男女上下打量着你们，目光带着棱角，那么直接，像在翻拣一堆刚上货架的萝卜白菜。后来了解了你，我更为那个场面而大不自在。

我理解你为何低头。我觉得，不论女权多么神圣，女孩儿家，低头其实更自然。那天下午你低着头。那一刻，我看到的不是懦弱，而是苦难中的高贵。那是特定环境下所能持有的最恰当的强势表达。

家政公司两边保荐。很快，你抱着行李，坐在自行车后架上跟我回了家。后来我知道，你是天上掉下来的馅饼。柳柳，一直到今天，阿姨都为那天和你的相遇而高兴。来，咱们干一杯，为了彼此的缘分。

我从里屋叫出原子，对你说："这是我女儿，以后归你管。"

原子欺生，对你翻白眼。你又低下了头。

你跟原子住一屋。窗下，一张桌子两张床，你的床在东边。

晚上，我把门钥匙和一周买菜的钱递到你手里，把家交给了你。说不上为什么，我信任你。这在我是个例外。因为你当时只有十七岁，而我本是个办事严谨的人。

第二天是礼拜一。从那天开始，你通过饭菜、灶台、地板和窗户，不断地证实着我的英明。当然，主要还是通过一周后的那一沓纸……

第二个礼拜天下午，我说：“柳柳，钱用完了吧？”

你说，没完，还够几天。

你从里屋出来，怯怯地展开一沓纸给我，说买菜的账都在上面。

我自信反应不慢，可你当时真是弄晕了我。

头一张纸上，第一行左起，画了一个圆形物，后面是“23”。

第二行先画了一个长形物，后面是“16”。

第三行、第四行……密密麻麻，整整齐齐，纸上爬满了莫名其妙的图形。

在我恍然大悟的前一秒，你红着脸小声说：“阿姨，我不识字。”

你指着说着，一行行地解释起账目：“西红柿二元三角，黄瓜一元六角……”

第二天下班回家，我把两张拼音挂图交给你。吃完晚饭，我让你跟我学发音。

你很聪明，心眼儿透亮，轻轻一点就见了天光。所以，我乐得教你。

你更勤奋。除了做家务，一有时间，不是“ɑ、ɑ、u、u”地练发音，就是看着挂图反复写画。

我对原子说：“你看姐姐，俩钟头一动不动，比你强多了。”

她见不得我夸你，鼻子一耸，扭脸去看墙。

你也遇到过困难。你是甘肃礼县人，说话不分前鼻音、后鼻音，怎么纠正都不行。看你作难的样子，原子快乐地唱起来：“红尘呀滚滚，痴痴呀情深，聚散总有时。”她摇着脑袋，故意把“红尘呀滚滚”唱成“红城呀攻攻”。这一次你没低头，你笑了，脸上红红的。我去打她，她模仿着你的口音大叫“不肿打仍”！这恶魔。

等你降服了鼻音造成的困难，挂图也卷起了角。这时，你又拿起了学生字典。没多久，你的账本就换了新颜。

那天晚上你洗净了手，平生第一次给你父母写信。那会儿，我们三个人多高兴啊。来，柳柳，咱们再干一杯。

这以后，你一发不可收，读课文、看小说，有时还学着写作文。我对原子说：“柳柳是生错了地方，不然不定有大出息。”

你很能亏待自己。每月给你二百块工钱，你寄回家一百九十块，留下的十块钱你也不花。但每隔几个月，你就要跑到康复路市场给自己买一件衣服回来。你眼光一点儿都不俗。虽说价格低廉，可只要上了你的身，每件衣服就有了精品的味道。

后来你买回一包深褐色腈纶线，很细的线，你说要织毛衫。经过你没黑没明的织，很多天后，衣服织好了，可你左手食指上被毛衣针顶出了个硬壳儿。

还记得吗柳柳，那个晚上，应该是在腊月吧。你拿着一个包，站到我屋里。你眼睛先红了，然后就流泪，想说话却说不出来。我急，就催你。你还是低头站着，眼泪吧嗒吧嗒地落在地板上。缓了好一会儿，你说你要走了。你说你爸妈在老家给你定了一门亲，让你回去完婚。那人比你大好多，长得也不好，可他家比你家过得好，有一头牛。你说你一直不同意这门亲，可这次父母动了气。上个月打电话过来，说要是你不回去，以后不准你进门。

我脑门一热，要去拨你家邻居电话，想找你父母替你说情。你死活不让，说你妈身体不好，不能气了她。你拉我坐到床边，解开包，拿出那件刚织好的毛衫，说是比照着我的衣服织的，送给我，叫我别嫌不好。

你走的那天下了大雪，北风带着哨，沿着窗缝往里挤。临出门，你突然解开行李对我说："阿姨你检查一下。"

我眼睛一涨，当着你的面就哭了。我说："柳柳，人是平等的。你帮了我很多，阿姨感谢你。"

临上车，我对你说："柳柳，这儿有你的家，遇到难处就回来。"

而你再也没有回来。你说等活出个人样，再来见我。

我啰嗦了这么多，你却一直不说话。

柳柳，我想你是醉了。

# 当时只道是寻常

苏德来

雨天，漫步上江河公园，被雨独特的“骨力”“姿态”“韵味”“气魄”吸引。雨霏霏而细，草摇摇而碧。雨，面对这人世间，如少女展颐摆腰，婀娜多姿，带着少女自有之妩媚，羞羞答答降临人间，瞬间就潜入蔓延路面的草丛中。我为上天所绘的“雨景图”而酣醉。钱锺书《中国诗与中国画》:“《全宋词》三四五三页陈德武《望海潮》:‘对无声诗，哦有声画，仪形已见端倪’：这两处的‘有声画’指诗，而‘无声诗’指景物，由画引申，指入画的真山真水。”寻常的雨有诗的韵味，有画的飘逸。雨声是诗，雨景为画。

雨声如《庄子》“山林之畏佳，大木百围之窍穴，似鼻，似口，似耳，似枅，似圈，似臼，似洼者，似污者。激者、谪者、叱者、吸者、叫者、譹者、宎者，咬者，前者唱于而随者唱喁，泠风则小和，飘风则大和，厉风济则众窍为虚。”有天籁、地籁、人籁之共鸣。

远处电线上停一只孤独的燕子，在雨中缩着头，湿湿的羽毛紧贴在身上，双脚立在电线上，脚趾紧紧钩着电线，摇摇欲坠，偶尔伸着头左顾右盼，是在寻找回家的路途。迷路的燕子如此无助。

儿时，老宅的燕巢在雨天总是热闹的，燕子叽叽喳喳的，相互轻轻啄着对方的羽毛，掸去雨水，掸去飞翔的疲惫。如此亲密友爱是令人羡慕的。偶尔，也有一两只燕子不知归路，那天燕巢便会少了一丝愉悦，多了一份期盼。

我也会在门口等待着燕子从雨中回家。如今想来，没有归巢的燕子定是站在某处电线上左顾右盼地寻找回家的路。

《小窗幽记》有言："闲步畎亩间，垂柳飘风，新秧翻浪；耕夫荷农器，长歌相应；牧童稚子，倒骑牛背，短笛无腔，吹之不休，大有野趣。"乡村的路是"野"中有"趣"。

儿时家乡四面有河环绕。出村口有条大路，是宽二十多厘米的石板路。它连接到村庄左右两座桥，过桥几百米各有邻村。村的东边有一条路向南直通新安学校。这是新安公社唯一拥有小学、初中学段的学校，距离村庄有千米路程。通达学校的还有几条田埂，阡陌交通，等到稻谷、油菜花、蚕豆成熟时，所有的路都隐蔽在谷物之下。

农村的孩子喜欢在田埂上奔跑，钓黄鳝，抓蟋蟀，捡稻穗，挖泥鳅，捡田螺，一年四季趣味无穷。

乡间小路，天气晴朗时步入是最好的。特别是秋季，在田野之中满是丰收的太阳香。待到夕阳西下，有一阵一阵大雁南飞。大雁是有阵势的，领头雁在前，两边呈一个大写的"人"字。仰望大雁气势十足，还可以听到它们飞翔的声响。特别可怜的是孤雁，落伍的哀鸣总是催人泪下。

成年后，很少看到大雁南飞的画面了，但心中却总有一只孤雁飞翔、哀鸣。孤雁是否能够飞到它心中的故里呢？想来天边有天路，应有适合它的旅途。

今天雨中漫步小路，如孤雁飞翔，只是我没有那种孤独，以为雨中听天地之间对话，别有情趣。

回到办公室，雨一直在下，那只燕子依然站在电线上顾盼。迷路的燕子，难不成就这样等待着太阳来临？天气预报明天还是雨天，后天也有雨。

汪峰的《无处安放》唱道："我闻到初春的味道 / 那如同儿时梦境新鲜的芬芳 / 也尝到思念的苦涩……我去到来时的路上，还是那躺在公路尽头的月亮。"是的，歌者唱出空旷、惆怅、无助；是的，令人泪流满面。

人生风雨兼程，一程又一程，多少往事在心头。雨中记录，一切寻常，回头却又是不寻常，熟悉又陌生，又是撩人留恋的情愫。

正如纳兰性德曰："被酒莫惊春睡重，赌书消得泼茶香。当时只道是寻常。"

# 面死而生

欧阳杏蓬

第一次生病，他根本没有想到死。

他觉得身体的毛病主要在肛门，拉不出，又胀。每天都要上十几次茅厕，反反复复，有时拉稀，零零星星。有时候吃点儿盐酸小檗碱片又管点儿用，但只是管一小会儿，又开始反反复复跑茅厕，人也受不了这反反复复的折腾，日渐消瘦。

他听了我娘的话，去县医院检查——他已经往返过乡镇医院好多次，吃药，塞药，吊盐水，毫不起作用。

县医院的医生比乡镇医院的医生高明，还是治不了，建议他去省城大医院诊治。

他觉得自己不就屁股胀、一天跑十几次茅厕的事情嘛，小病，或者仅仅是痔疮。医生小题大做，是骗人的、吓人的。

我娘说："你看你这身体快干了，再不去治，就死在屋里了。"

"死？你死了我都不会死。"

他很强硬，但也感觉到了这么拖延下去，会出问题。于是抱着试一试的态度到了省城，省城的医生肯定比县城的医生高明，开几服药，吃一吃，回来又是一条好汉。他做好汉完全是个人追求，没人要求他做好汉，我们只要求他活着，活轻松一点儿，活健康一点儿。六十多岁的人了，不出问题，对我们做儿女的来讲，就是幸运、幸福，也是我们的责任。他习惯了做好汉，他始终坚持认为做个勤奋的人不会错。我们不能守在他身边，这不能怪我们，我们虽有错，但客观环境就是这样，骨肉分离，似乎成为平常之事，平常到可以忽略，甚至可以欣然接受。但是话说回来，并不因距离而缺乏关心、问候，我们的心思没改，只是鞭长莫及。

我们把他弄到省城的湘雅医院，拍照，做CT，医生说是结肠癌，要手术，割掉肛门、结肠，在肚子上开孔，做人造瘘。

我想，这样子，太出乎他的乐观估计了，也超出了他最悲观的估计，他死也不会接受。

“没有保守治疗方法吗？”

“没有。”

我带他到梅溪湖散心，目的是希望他思想放松，心情愉悦，热爱生活，热爱这个美丽的世界。此时此刻，再告诉他要动手术，让他做好挨刀的思想准备。

他有点儿意外，说：“这不是个小病吗？不是吃几个疗程的药就能解决问题的吗？”

“你说话不算，我说话也不算。我们既然进了医院，就听医生的，医生有治疗方案，医生不会害人，医生不会让你的病情加重，医生只想治好你的病。我们就全听医生的，配合医生，医生讲什么，你就听，医生要你做什么，我们也按医生的要求做。”

我耐心地开导他。除了手术，我们已经没有选择。

他神情有些黯然，这太意外了，这偷走了他的精气神，在生与死之间，他已经没有权利选择，他只得泄气地说：“我想不到，这么个小毛病，还要做手术。”

我据实以告："医生说了，做了这个手术，至少可以多活四五年。"

"不做呢？"

"只能拖个一年半载。"

把底兜给他看了，他没看清，未来怎样，我也看不清。但四五年相对于一年半载，还是相当有吸引力的。

早晨八点半插管，进手术室，下午五点多，才出手术室。

我们担心他身体弱，会死在手术台上。医生说不会的，是他醒麻醉太慢，一直醒不过来。

把他推回病房，我跟他讲："从今天起，你就算一岁，以前的归零了。"

他看着我，眼睛没有光，也没有失望，很平静。

出院后，他回老家乡下，我们各奔前程。他知道现今的情况，儿女们都忙，也默默支持我们做着各自的事情。看着我们各奔四方，他深感无力。回到老家，休养恢复了，又闲不住了，他要做好汉，就不能闲着，忘了我跟他说的他才一岁，以为自己还是壮年——人总是活在年轻的记忆里。他上山去劈柴，下地种菜、种红薯，并且乐滋滋地告诉我，他劈了一屋子的柴，他酿了三百斤红薯酒，我们过年回来，有柴烧，有酒喝。

我说你不要折腾了，略微出个小问题，到医院花的钱，可以买几车的煤球，几千斤红薯酒。

他说："我晓得的，我自己的身体，我还不晓得？"

日子拉锯一样过着，过了四年多，一切平平常常，平平静静。医生的话，却一直在我耳边，四五年，眨眼就过。人活几十年，看起来就是一瞬间的事。可细分到每一天，却很漫长，漫长到无聊。我们就在这无聊中紧张地生活，挥霍着时间。

我娘说：“你爹的病又发了，咳嗽，从早到晚地咳，半夜也咳，要咳死了。”

该来的，总会来，不是迟早，而是不迟不早，依约而来。

兄弟把他弄到长沙的中西医结合医院——老乡说，那里做介入和放疗，可以控制癌细胞的扩散。我查了一下资料，结肠癌细胞扩散到肺部，已算晚期，能活多久，全在病人的精神状态和意志力。我从广州赶到长沙，见到他时，他就像一片纸儿贴在沙发上，不动，只有眼睛会转。站起来，脚也抖，手也抖，全身颤颤巍巍，好像是秋风吹着的一片秋叶，扑腾着，颤抖着，要蔫了，要蜷缩在一起了。

他没有想到过会死，他认为是年轻时候得的肺结核，这回感冒，是肺结核复发了。

肺结核是病，但依现在的医疗条件，不至于要命。

我们不敢据实以告，是癌细胞在扩散，不控制，很快就没命。

命是残酷的，生死由命。

命也是释然的，大不了一条命。

命的价值，轻如鸿毛，重如泰山，对一个老百姓来讲，不适用。老百姓的命，是听天由命，是自然的，也是无奈的，不存在美好，也不存在什么残酷，怕的是遗憾。为了少点儿遗憾，我跟兄弟讲，尽量延长他的生命。我的兄弟也是这么跟我说的。他养大了我们，我们给了他很多遗憾。但能让他多活一天，我想，以前再多的遗憾，都可以忘记、忽略。醒来能睁开眼睛看到这个鲜活的世界，就是最大的幸福。什么比活着重要？愉快地赴死。可惜这世界上，没几个人愿意这样去做。

9 月 1 号到 9 月 30 号，我陪着他，做了两次介入手术，十次放疗。

放疗要做模，当那一块特殊塑料蒙住他的脸、他的胸，我像看到了一只赤裸的小鸡，瘦骨嶙峋，随时都会塌了的样子，我担心。他还是好汉，憋足气，也憋足劲儿，一点儿也不担心死，顺顺利利地下了 CT 机。

在岳麓山下住了一个月，我守在他身边，一步不离，没上过一次岳麓山。

我不是怕他死——在医院，人是不会轻易死的——这是我的认识。我怕他孤单，老年人最怕的是，好像亲人不要他了，世界不要他了，那他，只有死路一条了。我们都要他，我们就得给他希望，让他看到希望，让他感觉到活着是很幸福很宝贵很难得的。他怕我们一直守着他，误了我们的事。活人的事，在死面前，能算什么呢？活人很多事，都是可以放下的。这一点，他还没弄明白。他希望活着，他觉得他还有事没做完。做不做得好是其次，重要的是没做完。比如说我娘，他死了，我娘怎么办？他死了，三个孙子的事他看不着了，这也是事，他放不下。死人之所以不甘，是因为事没做完，死不甘心。

他想活着。做介入，做放疗，都很折腾，他配合折腾。

他积极，我们跟着积极。

一如当年，家里那么穷，他要做个好汉，要战天斗地，也带着我们，要做个好汉，不屈服于生活的安排。命运，只有出生，不代表过程和终点。他以身作则，所以一家子人在他的带动下，都很要强。

在病床上，他很少安安静静躺着，吊七瓶药水，他都坐着，看着窗外。他希望有奇迹，他知道很可能没有奇迹，他非得试试不可，不试怎么知道此路不通？

他知道，要创造奇迹得从自身找动力，所以面对癌症，他坚强、乐观，甚至硬拗。

我知道，奇迹基本是没有的，也不可能出现在我们这些凡人身上。但对奇迹的向往所产生的力量，每个人都感觉到过。我们希望他能尽量扛住，多扛一些时日，只要他愿意。

在中西医结合医院住了足足一个月，他不咳了，可以行走自如了，他要出院。他说，他再不回去，我娘就以为他死在医院里了，我们拉着尸体回去，让人家看笑话了。

我说："回去可以，什么事都不要做了，跟娘一起，唯一的事，就是耍，怎么舒服怎么来，怎么轻松怎么来。"

两个古稀老人，能指望他们无恙安度晚年，已经是一种奢望了。

他回去了，还是闲不住，种红薯，种白菜，种芹菜，插葱栽蒜。我娘担水，他浇灌。天天买蛋吃，划不来，还养了七只鸡。

我说："该闲了。"

他说："农民不种点儿田土，还叫农民？"又说，"不出去动一下，浑身不舒服，吃不下饭。"

仅仅两个月，他又扛不住了。或者不关他的事，是他身体里的癌细胞更活跃，扩散到了肩、颈、背、腰。他说："半夜背上疼，疼得睡不着，贴膏药，打火罐，擦活络油，都不管用。用高度酒擦了，可以顶一阵子。"

我娘说："一夜起来好几道，他没疼死，我要被他拖死了。"

癌细胞扩散的疼，我是知道的。隔壁邻居乳腺癌晚期，临死的那个月，叫疼叫了一个月。她男人说她不是病死的，是疼死的。疼得撕心裂肺地叫，满口骂人的话，翻来覆去地挣扎，旁边的人看了，像针一样戳，不忍心说“死了好，死了个痛快去”。我和兄弟不忍心他受这种折磨，把他送到县医院治疗，治不好，但至少，疼痛会少一些，生活质量会提高一点儿。

在医院，他的境况大不同于以前。两个月以前，他上下床还自如，轻轻松松。现在像个乌龟，上床就像乌龟翻墙，先伸出一只手撑在床上，再把屁股挪到床上，尽量往里挪，挪不动了，又伸出右手在床头撑着，慢慢把上身放下去，嘴里还“哟哟哟”地喊着，脖子疼，肩疼，背疼，碰不得。放好了上半身，又提右脚，再提左脚，把脚放床上去。我娘说：“你像个千年老乌龟，又活不得千年，活千年才好。”他不回应。我要帮他，他拒绝，说：“我还活着，让我自己来。”

这一次，他还要以生抗死。

医生跟我讲，你爹没多少时日了。

我们全家都知道了我爹没多少活头了，但经医生的嘴说出来，还是像法官的宣判，庄严，神圣，不容置疑，一锤定音。

“能不能过年？”

“看他的意志了。”

我相信他的意志，一直相信，也将永远相信，他是这世界上意志最坚强的男人。他不想死，尤其是在这个关头，他认为他绝对不能死，他得活着。他从护士那里知道了吗啡的副作用，开始减量，再疼的话，他就握紧水杯，疼不过了，也不吃药，叫我帮他按摩按摩，哪里疼，按哪里。按着按着，他说：“你还是回广州吧，这阵子我死不了。我把大家都拖在这里，不是个事。叫你娘把那七只鸡交给邻居照看，让她下来操心我。”

我娘把家看得很重，把七只鸡看得很重，把一块地里没挖的红薯看得很重。

我娘说：“他死了，我还要过日子的。”

他对我说：“我死了，你娘怎么办？”

我说：“你安心治病，没那么容易死。”

他说：“我不想死，哪个活人想死？我已安排了，到时候，你妈会把钱拿出来，连柴火我都准备好了，不要你们兄弟出一分钱。我就担心你妈，我死了，她怎么办？”

他俩打打闹闹一辈子，到这时候了，才看出来，农村里的这些夫妻，算计、吵架、打骂，都不完全是真的。他们的爱，不显山水，却是实实在在的一辈子，一辈子都没提过一句离婚散伙的话。回看我这半生走过的路，比起父辈，简直渺小得不堪。

我说：“你想多了。”

他说：“我还想活个三两年，那时候，大孙子大学毕业了，可以自食其力了，我也放心了。”

“面死而生，心想事成。”我说。

他看看我，像看个陌生人一样，仔仔细细从上到下看了我一眼，嗯了一声，开始吸氧。

# 你听，你听，那窗外的雨声

唐 野

转眼间，我来杭州差不多已有十年的光景了。可是在这期间，父亲母亲却一次也未曾来过杭城，一年四季，岁岁年年，他们都是与黄土地为伴。我知道，他们是舍不得那片土地，它们陪伴父亲母亲的时间远比我陪伴他们的时间要长得多。

在这近十年的光景里，我大部分时间是在外面租房子住，时常需要搬家换地方。我本打算接父母来杭城跟我一起住，但他们知道我在杭城住得也不安稳，总是决心难下。每次明明好说歹说，终于把他们说通了，让他们满口答应下来，但临近出发时又反悔了。

父亲母亲一辈子与黄土地打交道，从黄土地上走出的我，自然知道他们的辛劳。年岁大了以后，干活也都力不从心。在我和姐姐的一再劝说下，父亲和母亲只留了一亩多地，种些瓜果蔬菜，其余的地一部分给了姐姐家去种，一部分给了近门的叔伯们去种。我一再叮嘱他们如果想来杭城，我就回去接他们。后来我成了家买了房，新装修的房子也差不多空置了近一年的时间，租住的房子再有两三个月就要到期了，那时也恰巧临近爱人的预产期，孩子出生后还需要母亲过来帮忙照看，于是便打算把母亲接过来先适应一段时间。

母亲不识字，未曾出过远门。之前她去过的最远的地方要算县城了，这次是她第一次来杭城，也是她离家最远的一次。

母亲初到杭城，东西南北都分不清楚，每日只能在楼下附近走走，不敢走得太远，怕认不得回家的路。日常生活用品都由我买了带过来，偶有急需的，而我又没有及时带来，母亲也只得在楼下游走的行脚小贩那里买些来凑合着用。久在乡间，母亲只会一口浓重的豫西方言。因为方言口音太重，买东西就成了问题。母亲说话别人听不大懂，别人说话母亲自然也是不懂。在这里人生地不熟，不识得路，语言又不通，想必母亲会感觉十分寂寥无趣吧。不像在老家，房前屋后有几棵树几株草，几时花开，几时叶落，都了然于胸，更不论还有那么多朝夕相伴生活了几十年的街坊邻居呢，举手投足间尽是安然与悠闲。

虽然我租住的地方比较远，但好在我上班的地方离家里不算太远。若无其他事情，每天中午我都会回到家里去吃饭。母亲自然很是高兴，特意做了手擀面。饭做好后如果我还没有到家，母亲便会到楼下等我。吃罢饭我要回去上班，母亲又坚持要送我到楼下。执拗不过，也只好随她去了。待我转过街角回头看时，母亲依然立在门首处，怅然地望着我远去的方向。

有一次单位有一些急需处理的事情，我回去得晚了些。出发的时候铅灰似的天空阴沉如水，走到半路时，天空竟然飘起了细蒙蒙的雨丝来。到楼下时，看到母亲正呆坐在花坛的牙子上，也没找个避雨的屋檐。雨虽然下得不大，但母亲花白的头发上已是雨滴点点了。看到我回来，母亲欣喜地站了起来。我暗暗自责，自己应该早些给她打个电话的。我对她说："妈，今天单位事情比较多，回来晚了些。以后在家等我就好了，不必跑到楼下来。"

谁知道母亲赧然道："我饭还没做哩，要不你回来就可以吃了。不知道现在做还来不来得及，耽不耽误你上班？"说完又自责似的说，"出门忘了带钥匙，门也进不去，本想给你打电话吧，又怕耽误你上班。"想必母亲定是在楼下的细雨中等了我许久了。

母亲以前没有用过手机，这次来，我特意带她去选手机，有喜欢的就给她买一个。看了半天，智能机她不会用，挑来选去，最后买了一个声音很大、字很大而且还会自动报数字的老年机。虽说有了手机，母亲一般也不用，只把它拿来看时间。

我耸了耸肩，笑着对母亲说："没事，晚一点儿不要紧。"

母亲连连说："那就好，那就好。"

其实中午原本是要陪客户吃饭的，最后我在领导诧异和不满的目光中毅然走了回来，吃完饭还要早点儿赶回去看能不能补个场。

母亲在擀面的时候，我不经意地看了好几眼时间，可能被母亲看到了，她不由得也加快了擀面的速度。母亲一边擀面，一边似乎漫不经心地自言自语："不知道这雨能不能下成。"不知道母亲何来这一问，我抬头看她时，她只顾低着头专心地擀着面，几绺头发垂下来，在她满是皱纹的脸上拂来拂去。

吃饭的时候，母亲轻轻说道："我来都快小半个月了，不知道你爸在家里怎么样了。"几十年了，母亲和父亲几乎没怎么分开过，这次是他们分开时间最久的一次了。

没想到母亲会这样问，我胡乱塞了两口饭，含混地回答道："我刚才给他打过电话，还行，就是嘟囔衣服要自己洗，饭要自己做。好在我姐家住得也不远，有什么事情我姐也可以有个照应。"

说实话，母亲来的这半个月时间里，我还没有跟父亲通过电话。唉，自己总是给自己找万般借口，每次拿起手机总有一丝莫名的慌乱，感觉没什么话可说，于是就推托想下次再打吧。即便是以前偶尔的几次通话也都是寥寥数句。连个电话也不经常打，更遑论抽时间去陪陪他了。

“他这个人啊，酱油瓶子倒了都不会抽手去扶的人，一辈子都是吃现成的，这一下子要他自己又洗衣服又做饭，那不消说肯定是忙了这头忘了那头，顾头不顾腚。小的时候你外婆有一次住院，我去伺候了她几天，你爸照顾你们姐弟俩。要不是后来你爸自己说漏了嘴我还不知道哩。你爸可本事哩，他能把菜炒得直接在锅里烧起来，也能把好好的面条煮成一锅糨糊。”说起这些，母亲的脸上漾起笑来，仿佛又回到了她年轻时候和父亲的点点滴滴。

母亲又喃喃道：“前一段时间你爸咳得比较厉害，去检查后医生叫他往后不要吸烟了，我不在家这几天，不知道他是不是又偷偷吸了。”母亲似乎是在自言自语，又似乎是在对我说。

如若不是母亲说起，我还不知道这件事。再三追问，母亲只说是伤风感冒，也无甚大碍。吃罢饭，我给父亲打电话，母亲虽说不用，但我可以感受到她心中殷切的希望。铃声响了很久也无人应答，拨了几通，都是如此。母亲神情黯然，怅然起身，边收拾碗筷边说道：“你赶紧去上班吧，去晚了不好，免得叫你家领导收拾你。”

细雨不多时就停了，仅仅是湿了地皮而已。到了单位，放下手头的事情，我给父亲打了电话，问他身体状况怎么样，他也只说他很好，其他的便不再多说。这次通话也是匆匆数句而已。电话那头，父亲只是一再叮嘱我转告母亲他很好，叫她放心。可我明明在听筒中听到了杯碟掉落破碎的声音。

过了些时日，母亲也敢到更远一点儿的地方走走，不过也都只在小区里面。

一日，爱人和我一同前来陪母亲，母亲自然很是高兴。当晚我俩也就在这里住下，爱人很早就沉沉睡去，由于新换了地方，我翻来覆去睡不着。窗外路灯散发着昏黄的暗光，照着四近不大的地方，对面几户的微弱灯光透过窗户照射进来，屋外远处偶尔传来喝醉了酒的游走夜人歇斯底里的吼叫声。忽然听到屋外母亲在轻轻地叫我的名字，我推门出去。

母亲那屋灯也未开，听到我进去的脚步声，母亲起身坐在床上，掩不住内心的欣喜，道："小野，你听，你听，窗外的雨声。"

窗外确实有水滴落的声音，但那应该是楼上晾衣服的水或者是空调水滴落到雨棚上的声音。

母亲道："来的时候家里都有点儿旱了，地都裂了一指多宽的口子，天天盼着下雨，这下子终于下了。这下你姐姐家的豆苗也能出土来了，瓜蔓也该爬起来了。我叫你爸也种了半亩甜瓜和西瓜，等熟了你俩可以回家去吃。"

其实这里离家有近两千里远，即使这里下雨，家里也未必下雨，更何况这里也没有下雨。刚想开口告诉母亲这不是下雨，话到嘴边又止住了。于是附和母亲道："江南雨水多，老家估计也该下雨了，已经快入夏了，雨水自然就多了。"

过了许久，母亲那房间才没有了动静，想必她已经睡着了吧。

转眼母亲已经在这里住了一个来月，她已经渐渐适应了这里的生活。虽然话依然听不大懂，但现在的她不仅可以在小区里恣意走来走去，而且还可以沿着古苑河和余杭塘河绕一大圈再折转回来。母亲放心不下家里，准备先回去，待孩子出生时再来杭城。

母亲走时我去送她，杭城又下了一场雨，一场很大的雨。母亲踏上西去的列车时，半是欣喜，半是不舍。我知道，自此以后她将又多一分牵挂。

# 大地的发言人

东夷昊

董家同走了。“走了”这个词语在我的老家代表着去了那个未知的地方，也就是《聊斋志异》里描述的必须经过一段幽暗的旅程才能抵达的地方。我想，他在那里会是安乐的。我想他会安乐的这个判断，是因为我了解他的脾气。我在童年时期就经常见他，他在我家吃饭甚至留宿。那时候农村人都热情好客，我的父母虽然吃上了公家饭，生活相对要好一些，但也遵循着淳厚的民风，遇到来访的客人总要热腾腾招待一顿饭菜，一顿不行那就两顿。所以，也经常有贪杯的访客醉倒在灶前，像是一只煨着火的懒猫躺在柴垛里酣然睡去。那时候，我所谓的家，是大湖小学的两间教工宿舍，外间当作客厅和厨房，里间当作卧室，一家四口用了两张布帘子隔开，所谓的留宿也只能让访客睡在外屋。董家同和那些找了借口来家中蹭酒喝的访客不同，他穿着一身中山装，尽管上面缀满了补丁，可还算整洁，上衣兜里是要别着一支钢笔的，证明他是一个文化人。

论起辈分来，我得管他叫叔，可是年幼的我不太想见到他，因为他的面相也太让人印象深刻了。我在这里不为尊者讳也不为逝者讳，还是描述一下他的形象吧：个头中等偏上，骨骼宽大，皮肤黧黑；头像是一颗大冬瓜，眼珠圆瞪像是牛的眼睛，鼻似烟囱，嘴唇特厚；中气很足，嗓音浑厚，一张嘴就会露出两颗巨大的门齿。他的形象在村民当中可谓特立独行，只此唯一。他来我家闲谈的内容也是深奥的，《周易》、八卦、美术、集邮、飞禽走兽等，无所不包，这些都引不起我的兴趣。也就是在那段时间，他和我的父亲收集整理了项橐的故事，并经过文人润色，收录到了日照文化局出的几本民间故事集中。父亲搜集的手稿曾被我收藏起来，想着这可是第一手资料。这份记录于20世纪80年代初期的手稿，比较系统、原汁原味地反映了“圣公”的民间面貌，活灵活现地展现了一个孩童的天真，而不是当今坐在所谓“七合寺”里的那尊面目呆滞的泥胎。

我不喜欢他到我家来做客，也是有对比的。当年有一个姓杨的年轻人经常到我家来，骑着摩托车带着一个大美女，要知道在20世纪80年代的农村，一般人连条不带补丁的裤子都是没有的，那个美女居然穿了条皮裤，这视觉效果是很震撼的。姓杨的年轻人自然也是蛤蟆镜喇叭裤非常fashion，说话也顺溜，出手也阔绰，每次来都是不空手的，虽然每次也都要带些回去，可让人觉得这个人有点儿礼数。他找父亲是为了搞养殖需要周转金，结果软磨硬泡也没有争取到，周转金都被父亲扶持给集体的果园了，因为父亲认为他是在搞投机倒把。后来呢，他成了百万富翁，在北京居然混得风生水起，衣锦还乡在老家投了几个项目。而在他起步成为万元户的时候，董家同却为了生存不得不放弃自己的文艺理想，成了一个书贩子，蹬着大金鹿自行车驮着一个小书箱走家串户去卖小人书。衣衫照样褴褛却整齐，模样照样邋遢却精神。

他一边搞着小生意一边搜集着当地的民间故事，晚上回家在煤油灯底下记录下来，就像一个小学生在完成每天的作业。没有人让他这么做，他这完全是自觉。他的文化程度不高，可是他一直以为自己就是一个文化人，文化人就应该做点儿有益于文化的事情。好像他在镇政府当过一段时间的文书，后来因为身份问题辞了职。辞职后，他走过南闯过北，把祖国山河大地几乎周游了一番，最后又把脚扎回老家的土地上。这段周游的经历令他眼界大开，口若悬河，性格完全打开，而且变得敢想敢干。什么县府衙门，什么楼堂馆所，他昂首而入，丝毫不怵。于是上至上九流，下至下九流，无不游历交往，可谓知交满天下，也借此把碑廓的故事传播到了更大的范围，不断发表于各级各类媒体。

尽管我们搬了几次家，他照旧到我家找父亲聊些天上人间的事情，谈玄论道，追根溯源。某年，他承担了续家谱的重任，作为牵头人跑得更勤，而且因为觉得我“出息”了，甚至在家谱上把我给美化了一下，名字底下缀了好几个头衔。家谱印刷完毕，当我看到自己的那一条时，禁不住脸红惭愧，心想：我这个叔叔，可真是会“抚慰”人，这不是出我的洋相吗？前两天，我又看到家谱，想起再也没有这样的热心人张罗家族之事了，心里还一时落寞，觉得实在是对不起他的期望。他之所以美化族人，不就是为了展示老董家人才济济、蔚为壮观，可以骄傲一下吗？传世的家谱，总得慎重对待啊，此次修订完毕，下一次又该找谁张罗呢？

董家同自己也有一大堆的头衔，政协的，社会团体的，民间组织的，等等，这些头衔如今也随着他故去了。这是一个乡村文化人的荣耀，尽管不能带来温饱。一个大城市出生的人，不会相信在偏远的乡村居然会有人把传承文化当作使命、当作精神食粮而全然不顾家计的，在他们看来，这肯定是另一个世界来的人，甚至与现代文明社会格格不入。可是他是真实存在过的，音容笑貌至今仍然让人记忆犹新。

某日和初中班主任坐在公交车上回忆过往，谈起董家同。我说："乡村需要这样的人，他们自觉地担负起记录和弘扬本土文化的担子，可是现在这样的人已经没有了，至少我们这一辈人不会像他一样付出了。"班主任说："是啊，一辈人有一辈人的担当，我们的乡村人才流失严重，像他这样的，当然也是人才。没有这样的人才，乡村的故事就断流了。"于是两人一起叹了口气。

我曾经那么厌恶自己的家乡，认为沉滞的环境压抑了我的成长，所以必须到远方去寻找心中的梦想。中年以后，我才渐渐理解乡村，也渐渐对乡村的守望者产生敬意。他们的土，是因为本性的质朴；他们的炫耀文笔，是因为对本土文化的热爱；甚至他们的狡黠，也是世世代代传承的乡村智慧。这是原生态的东西，正因为他们根系在这里，从来没有背离过家园，才把为大地代言当成了自己的使命。他们的每一笔记录就像是在大地上播撒的种子萌发的新生机。当所有的年轻人都为了诗和远方而不愿意苟且的时候，总得有人苟且着固守家园。因为家园不在了，远方也就失去了意义和光芒。还有多少人像农民董家同一样地"不务正业"，像文化人董家同一样地在为着自己的土地发声？我不知道。

董家同回到大地当中去了，他是大地的儿子。他活出了一番景象。

# 回到村庄的人

陆登光

那日午后，听得一阵唢呐响，村里的人对我说，又一个离开村庄的人回来了。这个人离开村庄已经几十年。刚离去时，他还是一个少年，现在，他已经什么都不是了。

每年都有一两个像他这样的人回到村庄，他们已经静静地躺在村庄的黄土之中，不再醒来。不再醒来也好，他们在外面漂泊了一辈子，劳作了一辈子，是该闲下来好好歇歇了。头枕着村庄的山水，有那么多的花草夜夜与之相伴，有那么多的鸟儿日日为之歌唱，想必他们会睡得很安稳的。

另有一些人，还没等到这最后时刻的到来，先就回来了，仍旧回到他们旧时的庭院里，继续与土墙为伍，与鸡鸭为伍。他们也都老了，须发全白，老态龙钟，用他们自己的话说，黄土都埋到脖子上了，只等时候一到，也会一个个走的，是到了该回到村庄的时候了。

“回来好！回来好啊！”

在村里，我常常看到这样的老人，也常常听到这样的感叹声。比如村西头的赵大爷，十二岁那年，父母双亡，他捧起一只讨饭碗，捡起一根打狗棍，浪迹他乡，一去五十年。五十年啊，他还惦记着村庄，他还是回到了村庄。又如村东头的王大爷，当年身不由己，被迫离乡，先当苦力后扛枪，枪林弹雨十几年，为着一个目标，为着一个理想。而当目标和理想实现时，他却成了半残。半残的人不愿在城里坐享清福，执意回到村庄。还有那位读书人，自小勤学苦读，一路读到大学，后来立了业成了家，有宽敞的楼房居住，有贤惠孝顺的妻儿陪伴左右，老了，却仍对儿子说："我先回吧，到时，你也会回来的。"

回来就回来吧！几十年了，你已很久不曾看到村庄的花儿草木，沟儿田畔，你就回来看看吧！你和你的祖辈们，曾经在这片古老的土地上生存劳作，说不尽的酸甜苦辣，伴随着地里的庄稼一起生长，年年月月，月月年年。一片草叶，一声鸟叫，都能唤起你最深情的回忆，都能令你激动得热泪盈眶，你怎不回来看看？

看看吧，虽然村庄已不是旧时的模样，虽然你看到的大多是一张张陌生的脸。走了几十年，或许你从来都没有想过还要回到村庄看看？离得那么远，还怎么回去？离得那么久，村庄里还能有几个亲人？还回去做什么？可是突然有一天，村庄便在你的梦中出现了，它就像那条跟随你多年的老狗，只朝你轻轻叫唤几声，就令你的心儿碎了，泪儿流了，于是你不由得又回到了它的身边。

看看吧！看看那些新栽的树，看看那些新盖的房，看看那条新修的路……这一切似乎都有些陌生，却又似曾相识，因为这一切都曾在你的梦中出现过，是你对村庄最深情的期盼和祝福。

记得当年离开村庄时，你的心里是空空落落的。一去几千里，一去几十年，茫茫世界，风雨人生，你把太多的汗水流在异地，你把太多的泪水洒在异乡，你曾有过多少深情的期待，你曾有过多少不眠的夜晚。只有现在回到村庄，你的心儿才是踏实的，你的魂儿才是安稳的。你注定永远是村庄的儿子，你注定永远离不开村庄。

从早上到晌午，从村前走到村后，又从村东走到村西，你把村庄大大小小的一切都看过了，可你还是看不够。你怎么能看得够呢？村庄的一山一水、一草一木，都是那么美丽，那么亲切，都会令你百看不厌。可你毕竟老啦！看你步履艰难的样子，你可是累了吧？累了你就在草地上歇歇。村庄的草地是柔软的、洁净的，还散发着一股淡淡的香气，不像城里的草坪，总像被什么东西污染过，坐着也让人不放心，你就在这草地上好好睡一觉吧。反正现在日子好过了，反正儿女们已经长大，你也不用再操心什么、忙碌什么了。

晚上若是睡不着时，你尽可坐到庭院里，看看头顶上的那一轮明月，听听从不远处的大田里传来的蛙鼓声，或者就坐在牛棚边，与牛拉拉话。月亮还是儿时的月亮，它高挂在村庄的上空，以它的明亮和温柔，拥抱着沉沉入睡的村庄。月亮永远与村庄在一起，有了月亮的村庄才更像一个村庄。而牛呢？牛也是村庄的一部分。没有牛的村庄，能算是一个完整的村庄吗？记得小时候，你就喜欢牛。现在老了，也喜欢牛，喜欢坐在牛棚边听牛亲切的反刍声。更喜欢在这夜深人静的时刻，与牛拉拉话。老牛老牛，我们都是在村庄里长大的，我们都是村庄的儿子。多少年过去了，我们都老了，老不中用了，什么都干不了了，就只有说话的份儿啦。想这今生今世，什么样的活儿我们没有干过？什么样的风雨我们没有受过？可是干过了，受过了，又能怎么样？还不是像现在这样，每天牵着孙儿的手，这家走走，那家聊聊，或者就蹲在墙根下，晒晒太阳？活了一辈子，也没活出个人样来，真是愧对村庄啊。不过，咱也总算到这世上走了一遭，人该干的事儿咱都干了，人不该干的事儿咱一件也没有干，想来也算心安。现在老了，还能怎么样？还想怎么样？不想了，不能想了，就守着这村庄，慢慢打发这最后的时光吧。

把村庄的天看了个够，把村庄的地走了个遍，再把自己一生的路琢磨了个透，心里便也就明白了，也许当年离开村庄是对的，而现在回到村庄也是对的。村庄原本就是一个圆，你原本就是这圆上的一个点，你自以为离开村庄越来越远，其实你离村庄越来越近，绕了一个圈，你最终还是回到原来的那个点上，因为村庄才是你灵魂和肉体上真正的家园。

# 鸡忆五章

梁孟伟

“喔——喔——喔！”梦中多少回公鸡的啼鸣，唤来了山村的黎明，斑斓了童年的梦境。这时老树的枝杈上还挂着寥落的星辰，月亮正提着灯笼归去。

奏完晨曲，炊烟四起。母亲走向庭院一角，将鸡埘门一把移开。大鸡小鸡倾巢而出，欢呼雀跃，扑扇着翅膀，蹦弹着双腿，纷纷跑向木制食槽、盛水破碗，咯咯啄食，引颈伸脖，俯仰饮水。这时晨曦染红了它们的朱冠，晨风轻梳着它们的彩羽，朝阳点亮了它们的瞳仁。

鸡的声声啼鸣，激活了多少记忆，浮现出多少场景……

## 孵 鸡

养鸡先得孵鸡。母亲在旧箩筐内垫进一层稻草，铺上一层松针，再放上几十枚鸡蛋，然后选择一只母鸡孵化。

大概是出于天性，一只麻母鸡想做孵鸡娘，母亲就将它提进箩筐。它立于筐内，左顾右盼，甚是得意，然后扭荡腰肢，耸身一抖，蓬松毛羽，轻轻蹲下，将蛋掩捂。

但麻母鸡玩性难改，孤寂难耐，眼珠一轮，嘀咕一声：外面春光明媚，这里暗无天日；外面呼朋引伴，这里索然枯坐。想到这里，顿生后悔，于是心一横，脖一梗，顶开盖着的米筛，跳将出来，一路欢叫，四处溜达。

麻母鸡擅离职守，当然被“炒鱿鱼”，母亲赶紧换上品性好的黑母鸡。黑母鸡张开翅膀，散开羽毛，仿佛为种蛋盖上层羽绒被。它孵鸡非常执着，近乎痴迷，连续几天，不进食，不喝水。为了让种蛋均匀受热，还会用鸡爪不时搅动。

俗话说，鸡鸡二十一，鸭鸭二十八，鹅鹅一月余。就是说鸡蛋二十一天出小鸡，鸭和鹅的蛋壳厚，孵化的天数就要多一些。母亲在孵化小鸡的同时，有时也会捎带上几枚提前一周孵育过的鸭蛋。黑母鸡孵出尖嘴、细腿的鸡孩儿时，还有几只扁嘴、矮脚的鸭孩儿，也不多想多问，一视同仁。

每当孵窝内传出细微的啾啾声，我便缠着母亲要看小鸡。母亲便一只手挡住黑母鸡的脸，另一只手把小鸡娃掏出，托在手掌上：小鸡娃黄喙黄爪，像团绒球，黑亮的小眼睛怯怯地瞅着你，尖细的小黄嘴发出啾啾的呼唤。母鸡听到叫声，卧着的身子扭转过来，蓬松的颈羽一下收起，气愤地惊叫着加以阻止，母亲只好把小鸡娃放了回去。等到最后一只小鸡或小鸭破壳而出，母亲才把它们散放到院子里去。

有时，我会偷偷捉一只放在手心玩，一双三爪鲜黄小脚，撑起绒球似的身体，颤抖得像台小发动机，给手一种麻酥的感觉。把它搁在脸旁，它又会用柔嫩的小喙，轻啄我的鼻子、眼睛、嘴巴，痒痒得我不由得咯咯地笑。

过了几天，毛茸茸、黄灿灿的小鸡崽们跟着自己的母亲，连滚带爬翻过门槛，鱼贯而出，成群结队徜徉山野。一旦发现米粒、小虫或蚂蚱之类，母鸡便咯咯叫着，让所有小鸡都围上来吃。如有小猫小狗调戏小鸡，黑母鸡便会双翅展开，脖毛竖起，伸出铁一般的硬嘴保护着小鸡的安全。每当狂风暴雨来临之际，黑母鸡又会组织小鸡避风躲雨。有时躲避不及，母鸡便会就地张开两翅，让小鸡都钻到身子底下。雨过天晴，母鸡抖抖身上的雨水，小鸡安然无恙地钻了出来，仿佛根本不知道刚才的降雨。

## 惊 喜

以前那只麻母鸡，并没断绝做母亲的念头，不久旧态复萌故伎重演，咕咕叫着到处乱跑，上蹿下跳四处趴窝。母亲气恼地把它抓起，不顾它翅膀扑腾嘎嘎尖叫，让我攥紧两只翅根处，提到圳边，猛往水里摁，让它清醒清醒，以绝为母之念，重新开始下蛋。但这只麻母鸡痴心难改，仍想抱窝，我一次次把它浸入冷水当中，它竭力挣扎直到精疲力竭。看着浑身湿透瑟瑟发抖的母鸡，我的心中又是生气又是怜悯。

母鸡痴情，母亲绝情。面对麻母鸡的执迷不悟，母亲的“狠招”也层层升级，譬如将一根布带系在母鸡尾部，将它抱到一片空地，用竹竿追打它，麻母鸡跑动起来，布带随风飘扬，它以为有怪物追来，于是越跑越快，直至累得瘫倒在地。或者用布条将麻母鸡眼睛蒙上，将它放在一根立杆上面，麻母鸡不停地扇翅，才能保持身体平衡。本就虚弱的麻母鸡，在这样轮番“折磨”下，鲜红的鸡冠失去血色，鲜艳的羽毛变得憔悴，瘦得只剩一副骨架。

一个风雨交加的深夜，庭院中传来几声鸡的惨叫，一听就知是夜猫子进宅，父亲和我立即起床驱赶，那只弃放庭院的麻母鸡已经不见，但没有发现鸡毛和血迹。从此那只麻母鸡便消失了，我们认为是被黄鼠狼叼走了。

一天清晨，我正给鸡喂食，不经意间抬头，看见山坡上出现个麻点，正慢慢地朝我走来。随着麻点的走近，啊，是那只消失一个多月的麻母鸡！跟在它身后的是一群黄茸茸的鸡崽。麻母鸡神态有些高傲，表情有些欢快，鸡冠恢复了火焰般的鲜红，羽毛在晨光下更加亮丽，它身后的小鸡摇摇摆摆地跟着，叽叽喳喳地叫着，模样实在可爱。我细数了一下，共有十八只鸡崽。家里几只鸡跑了出去，仿佛是出门相迎，又好像是去殷殷问候。麻母鸡带着小鸡们，爬过门槛，拥进庭院，像是报喜，又像讨赏。母亲看到这样的场景，高声招呼着大家来看，麻母鸡创造了怎样的奇迹。

住在我家的外婆说："这一定是有的母鸡偷偷地在山上生蛋，麻母鸡悄悄地把它们孵化成了小鸡，今天带着回娘家来了。"她让我赶紧舀碗碎米，撒在地上，母鸡咯咯咯、小鸡喳喳喳地叫得更欢了，头捣蒜似的啄食起来。后来我和外婆爬上山坡，在一个藏番薯的土洞里，发现一个柴叶铺成的窝，窝中有堆碎白的蛋壳。

## 爱 情

《郑风·风雨》是《诗经》中著名的爱情诗篇，唱出了久别男女团圆后的欢喜："风雨凄凄，鸡鸣喈喈"，"风雨潇潇，鸡鸣胶胶"，"风雨如晦，鸡鸣不已"，"既见君子，云胡不喜！"。诗中的鸡只是陪衬和象征，那么鸡们自己有没有爱情呢？

你看，几只耀武扬威的大公鸡，凤冠霞帔，龙骧虎步，或高蹈于土坡上，或蹲栖在桑树颠，引吭高歌，呼朋引伴，并不时抛出几声浪漫的呼哨，滑过几句爱情的花腔。一群尚未下蛋情窦初开的鸡姑，举头忽闪，故作惊诧，接着低眉颔首，羞羞答答，发出“咯咯嗒……咯咯嗒”的回应，应和着恋人的情歌，回答着求爱的信息。

就这样，一群鸡，公鸡母鸡靓鸡丑鸡，白鸡黑鸡灰鸡褐鸡，等到它们鲜红的鸡冠冒出头顶，躁动的青春充满毛羽，就开始了一场轰轰烈烈的爱情。它们或者徜徉树林下，出没芳草间，扑腾荒地上；或者相携庭院旁，刨挖土窝边，追逐阡陌上。大胆而直率，粗野又浪漫。它们的爱情，到来得突然。一只公鸡追赶一只母鸡，甚至扑扇着翅膀飞过鸡群，蹿至一只母鸡的背上，展开翅膀稳住重心，竖羽瞪眼嘴啄脚蹬。这时母鸡也不躲不闪，奓开翅膀俯下身子，任凭公鸡啄住颈羽，踏住背脊，压下屁股，全身颤抖地接受公鸡那种近乎野蛮又异常炽烈的爱情。我小时候实在不懂，每每看到这样的场景，以为公鸡以强凌弱，仗势欺人，总是路见不平一声吼，棒打鸳鸯乱出手，常常搅得公鸡好事难成，悻悻而退，而母鸡站起，郁郁走开。直到有一天外婆告诉我，这是公鸡与母鸡在生孩子，而我只知道小鸡是孵出来的，怎么会是公鸡压出来的呢？

公鸡宛若一个帝王，妻妾成群，前呼后拥，无所事事。而母鸡都是贤妻良母，安分守己；兢兢业业，生蛋不息；端庄贤淑，相夫教子。不在乎公鸡三宫六院七十二妃，更不会为了公鸡搔首弄姿争风吃醋。

其实公鸡这样的好日子并不多，大多数逃脱不了被阉割的命运。当雄鸡打鸣追求爱情的时候，一位背着褡裢的阉鸡匠就出现在村口，他挨家挨户地阉鸡。抓来一只只大公鸡，麻利地用绳一捆，在屁股旁割开个口子，然后用两个铜钩撑开，再用一把铜匙挖出两颗白色的睾丸。一把锋利的小刀，彻底改变了公鸡姓公的命运；一次麻利的阉割，彻底葬送了它与母鸡们的爱情。难怪公鸡的叫声是那样的凄厉，只有被杀时才发出这样的悲鸣。所以公鸡的青春很茫然，公鸡的爱情很痛苦，农村很少看到气宇轩昂的真正的公鸡。

当然，公鸡失去了应有的功能，但并没丢失应负的责任。譬如对母鸡的谦逊礼让，为众鸡的保驾护航。一旦发现了食物，公鸡自己舍不得吃，却“咕咕咕——咕咕咕——”地招呼大家。母鸡小鸡们听到后跑来抢食，而公鸡便礼让一边，昂着头一边得意洋洋地来回踱步，一边看着它们欢快地刨食。这种先人后己的品性，像极了一个好丈夫或好父亲。有时天空中飞来一只老鹰，公鸡就会偏过头来，一边观察着天上的老鹰，一边“咕咕咕”地发出警报。母鸡们听到后，就会飞快地朝鸡窝跑去。而公鸡却像一个警卫似的，不慌不忙地尾随后面，像个绅士那样从容镇定。

## 斗 争

公鸡的爱情是不幸的，公鸡的斗争也是残酷的，以至史书中很早就有斗鸡的记载，诗文中多有这方面的描写。当今社会虽然已没斗鸡比赛，但两鸡相斗在农村司空见惯。它们或为争食，或为夺偶，或为争王，或为称霸，相互打斗时，置生死于度外，场面十分惨烈。

秋天总是特别高远和辽阔，我和伙伴们放学后，几人一伙，挑着鸡笼，来到刚收割完的稻田，让鸡啄食散落的谷粒。这时晒着的稻草如队似列，割掉的稻茬如行似线，紫云英才冒出圆圆的脑袋，偌大的田畈是鸡们的舞台。由于它们互不相识，先是龃龉，后起纷争。我们当然作壁上观，更会火上浇油。我常抱着自家的公鸡去碰撞伙伴那只公鸡，或者捏着鸡头去硬啄伙伴那只公鸡。对方本不想交战，受不了我们的再三挑衅，咕咕地叫着开始发怒。我们一看时机成熟，就把公鸡们放在中间。两只公鸡奓开翅膀，圆瞪双眼，脖子低得贴着地面，脖羽奓开像个掸子。它俩对峙着，窥视着，一场鸡斗，一触即发。

对峙数分钟后，被挑衅的公鸡就发起了攻击，向前一蹿朝挑衅者的头部啄来。我家那只挑衅者机灵地摇头一摆，不失时机朝对方的背部猛啄几下。被挑衅者忍痛缩身向前，躲开攻击，回马一枪，死死地啄住了对方头部。挑衅者强忍疼痛，步步后退。被挑衅者啄住不放，步步进逼。突然，挑衅者猛一摆头，甩掉对方的尖喙，转身反扑，一下子啄住了对方的鸡冠。被挑衅者也只好低头步步后退，挑衅者死死啄住步步跟进。被挑衅者摆脱了对方的利嘴后，恼怒地一个转身，腾空而起，直扑对方。挑衅者早有准备，同时一个旱地拔葱，两鸡在空中喙啄爪抓，相互搏击。接下来互追互啄，毫不相让；扑腾撞击，辗转腾挪。喙、爪、翅并用，羽毛纷飞似雪，场面十分壮观。

两只公鸡你扑我，我扑你，轮番打压，不分胜败。谁也不顾身上的伤痛，谁都想置对方于死地。公鸡死伤咋办？我要回家挨揍！我想上前劝架，两鸡斗得兴起，已经难分难解，对我不理不

睬，打斗升级更凶更猛——每次纵跳会达半米多高，两鸡鸡冠已血肉模糊。

斗着斗着，我家那只挑衅者大概筋疲力尽，撒腿就跑，被挑衅者看到对方败落，宜将剩勇追穷寇。挑衅者最后一头钻进了稻草，不管被挑衅者如何激将喊战，躲在里面瑟瑟发抖不肯出来。

当然，我家公鸡赢的时候也有。

## 向往

有一年村里闹鸡瘟，我家把鸡寄养到一个兔场，用篱笆和木门圈养起来，喂饲三餐就落到我的头上。我发现，在圈养的十多只鸡中，有两只母鸡特别胆小，一只黑色一只褐色，总受到其他鸡的欺侮。吃食时常遭啄，走路时常遭追赶，睡觉时常遭倾轧，这两只鸡勾头收羽，缩手缩脚，彳亍而不敢进，徘徊又不愿前。即使在它俩旁边另放盆鸡食，只要旁鸡“咯咯”地警告两下，它俩就不敢走近，别说吃食，哪怕很饿很馋也是远远躲开。等到群鸡吃饱了，走远了，它俩才小心翼翼地凑上来，啄几口残羹冷炙，吃点儿唾沫星子。因此，这两只鸡不仅胆怯，也特别瘦小。

正因为它俩的瘦小，一天钻过了破门下的缝隙。另外的鸡空妒恨，干瞪眼。两鸡越狱成功的欣喜，掩盖了灰头土脸的狼狈，站在门外使劲抖动羽毛，抖落了身上的尘土，似乎也抖落了一身的屈辱。“久在樊笼里，复得返自然。”它们全身的羽毛舒展开来，畏缩的鸡头昂扬起来，拘谨的脚步潇洒起来。两只鸡结伴向山上跑去，然后放缓脚步，最后停了下来。山坡上有碧绿的菜畦，怒放的鲜花，摇曳的翠竹，蓊郁的树木。这是它们无比向往的地方，也是它们从未涉足的世界。它俩探头探脑，左顾右盼，徘徊逡巡，裹足不前。

还是及时饱餐一顿吧，同时观察下四周动静。于是钻进了菜地，啄食几口菜叶上的青虫，又在菜地中刨挖起来。啊，蚯蚓，母鸡一啄一摔一吞，蚯蚓很快溜进了嘴巴。但终究有些不放心，又警惕地昂首四顾。这时太阳暖暖的，风儿轻轻的，野花散落在坡上，像满天的繁星。野蜂隐没在花丛，嘤嘤嗡嗡像在念经。蓝天上飘着白云，树丛里传来鸟鸣，仿佛在宽慰着初出茅庐的两位，甚至嘲笑它们没有见过世面。

地里不但有蚯蚓，还有甲虫；地上不仅有青虫，还有蚱蜢。两只鸡吃到高兴处，情不自禁地参起双翅，载歌载舞起来。美食美景更激起了它俩的探索欲望，于是又向着围墙处走去。那里立着一个稻草人，头戴斗笠，双臂张开，似乎欢迎它俩的到来。两只鸡放轻脚步，小心翼翼，生怕惊动了对方。趴在树荫下睡觉的狗抬起头来，不屑地看了它俩一眼，又偏过头闭上了眼。对狗，它俩敬畏有加，远远避开，走到一个门洞旁边，立在门口张望，门外有黛青的远山，弯曲的河流，葱绿的田野，灰色的村庄。

它俩带着憧憬，充满欢欣，一边嘎嘎地笑着，一边拍打着翅膀，准备走出门去，去拥抱门外的春天，去探索门外的世界。

这时的我，就出现在它们面前。

# 乡村冬夜（外一篇）

黄爱华

太阳在山垭口努力地往上挣扎，却还是敌不过蜂拥而来的暮色，慢慢地，由一轮耀眼的火球变成一只红黄的盘，围绕的云也被这红晕染着，陪太阳涂着最后的一抹色彩，阴影越来越浓，终于，红盘被吞噬了。

望着沉入山际的太阳，忙活儿的农人们叹着气，没忙完的活儿，只有等明天了，日子太忙，真恨不得扯根绳子把太阳拴起。在暮色的催促里，他们扛着挖锄、挑着粪桶忙忙地往家赶，农人们知道，暮色也不会停留太久，黑夜会随之而来，家里家外，还有一大摊事。白天和黑夜分了工，农活儿也分了工，白天有白天的农活儿，晚上有晚上的农活儿。

各家各户的鸡、狗、牛、羊在天黑之前自动进圈、钻笼，这些动作它们烂熟于心，就像是祖祖辈辈流传的规矩，谁也不会不回家，谁也不会走错，坚守着自己的方寸之地，恪守着对家的忠诚。就像农人守护着土地，哪怕贫穷、艰辛，依然固执、长久、永不放弃。这也是一种特别的乡村之道，生存之法，和城市的宠物相比，它们则更加懂事，朴实无华。睡了一整天懒觉的猫此时精神抖擞，伸伸腰，洗脸抖毛，为出门做着准备。对于夜晚，它们比人要淡定得多，它们是黑夜的行者，也是黑夜的拥有者。

霜风四起，冷冷地掠过村庄上空，呼狗唤猫的声音悠然远去，草木垂头，牛羊寂然，乡村的冬夜，就真正来了。

乡村的冬夜，火才是真正的王者，有火就有温暖，有火才有故事。灶膛里，旺旺的柴火烧起来，那柴火，烧红村上一轮轮的太阳，熬沸村上一瓢瓢的月亮，周而复始，为农人熬春煮夏，世间的杂烩在锅里扑腾。火如莲，锅若佛，一火一锅，尘世的油盐醋米便在沸腾的汤菜里参禅悟道。

灶门口，负责烧火的我夹着一块块的花块柴，把火烧得通红，火就扑哧扑哧响起来，母亲说，喏，火在笑。我听不明白，火为什么会笑，看了半天，没看出个所以然。忙进忙出的母亲没时间解答我的问题，只是说，火笑就预示着家门平安、吉祥。我拿着吹火筒使劲吹，想让火发出更大的笑声，火筒口在我唇边印下一个黑色的圆圈，如同那谜底上的封印，永远无解。但直到今天，我都坚信，火是会笑的。

而那灶膛里燃烧后的灰烬，总似要诱惑人家做点儿什么，才不负那一膛柔软。饿得急慌慌的我们，捡几个红苕或是洋芋，倒进灶膛，用火钳一一摆好，再用灰烬焖上，稍后，再把红苕洋芋翻个面。这些土里生、土里长的东西，也只有在灰里烧、火里烤，嵌入泥土的气息，才能呈现出最原始的美味。不一会儿，就有香气从灶膛里飘出来。刚开始，是一丝丝的，钻入鼻孔后，就再闻不见了，忽然，浓密的香味，从灶膛里跑出来，撒着欢儿地往人怀里撞，撞得人浑身都是烧洋芋烧红苕的味道。饭桌上，有烧洋芋红苕的味道，猫狗的碗里、猪的食槽里、牛羊的栏圈里，都有它们的味道。它们霸道、蛮横地把一切都变成了烧洋芋红苕的味道，所以，村庄流淌的味道，也就是红苕洋芋的味道。

灶火是乡村漫长冬夜的温馨，是一家人生活的期盼。而火塘，却是一种岁月，是让人一生都可以咀嚼的念想，随着时间起伏，凝成魂魄，慢慢沉淀在人的骨髓里。

早在秋来之际，家家户户就筑好了炉子，只待那寒飞嚎、雪花飞的日子来临。乡村的炉子，大都是土火炉，用带黏性的黄泥、石灰一层层地糊上去，用拍板把炉子拍紧实，这样烧火的时候才不会裂。

冬天的夜晚，我们围在火塘边，烧着洋芋，蓝红色的火苗舔着洋芋，我们眼巴巴地瞅着，时不时将洋芋翻一下身。爷爷捻着花白的胡须，给我们“摆经”，爷爷摆的经，大多是“鬼经”。在乡村长大的孩子，谁没有听过几段“鬼经”？爷爷摆“长鬼”：有一种鬼，要和人比高矮，人肯定比不过鬼，那怎么办？抛草鞋，将草鞋抛得高高的，鬼就比不赢，就气死了。气死后的长鬼，要不变成一堆牛粪，要不就变成一蓬乱草。以后，我在路边遇到牛粪和乱草，就跑得飞快，生怕它们是长鬼变的。

爷爷还“摆经”：有个人正在屋里烤火，听到外面有毛狗子在喊，他顺手拿起火铳，从窗户往外面瞄，准备打死那个毛狗子，突然，他看到那只毛狗子四爪趴在雪地里，似是身上压了什么重东西，往前拱一下，就哀嚎一声。那人再仔细一看，毛狗子身上没看到东西，却从它身上倒映下来一个长长的影子，原来，是鬼骑到毛狗子身上了，毛狗子驮不起鬼，走一步，喊一声。那人吓得大气都不敢出，就悄悄地退了回来，后来晚上再听到毛狗子喊，再也不出门了。

我听得汗毛倒竖，吓得躲在火塘屋的最里面，生怕那鬼撞门而入。从那以后，我再也不敢趴在窗户往外看了，生怕在那白皑皑的雪地里，冷不丁地就蹿出个影子来。

我们战战兢兢地听着爷爷摆“鬼经”，一边大口大口地吃着烧洋芋，似乎只有把恐惧吃下去，才不会让人害怕。煤油灯下，母亲纳着鞋底，昏黄的光晕里，闪跳着簌簌的抽线声，每响一声，犹如神秘的天外来音，让人心惊肉跳。屋外，风打着呼哨掠过树梢，凄厉、哀怨。

这种让人心悸却又让人温暖的感觉，那种想听故事却又害怕“鬼”的心情，让人百转千回。小时候，努力地想挣脱这种害怕，而现在，却心甘情愿沉在这种害怕里。那些被火塘浸润出来的故事，带着鬼魅而又温暖的气息，让人抗拒却又让人沉沦。而今，故园已远，火塘依稀，而记忆，却如树的根须，早已经深深扎根在血脉里了。

在冬夜，我们还有一件重要的事，那就是推磨。冬天了，圈里的猪要加紧催肥。肥猪在春夏两季拖大了架子，在秋冬就要补膘。秋天主要补红苕洋芋，有了大量的糖分和淀粉补充，猪一天比一天肥壮。冬天时，苞谷粉主要是坐膘，膘厚的猪才有油水。

一筛一筛的苞谷子放在大石磨前，大人掌磨架，我们在旁边搭把手。磨架转动，磨子也跟着转起来，一推一拐间，苞谷便磨成粉。我们嘻嘻哈哈地跟着磨子一前一后转，推了半天，胳膊酸得就没劲儿了。有时也想自己单独推磨，可磨架转个半圈，便推不动了。我和姐姐又扳又推，才勉强转过去。父亲说，推磨要一鼓作气，如果中途稍有松懈，磨子就拐不过去。多年后，负重前行的我才明白，人生何尝不是如此？在磨难面前，不知拐了多少弯，一次次停顿，一次次重来，我有多少次就差点儿没拐过去。

就这样，磨子转一圈，我们转一圈，记不清磨盘里的苞谷粉满了几次，筛子里又添了几次苞谷，只觉得大汗淋漓，浑身酸疼，似一种无盼头的绝望，只是麻木而机械地跟着石磨来来回回地转。不知过了多久，母亲才说好了，我们如释重负，飞也似的逃离这让人疲惫不堪的农活儿，但第二天晚上，石磨又会轰轰转动。日复一日，石磨转着一家人的生活，我们转着自己的年轮，转了很多年，从懵懂少年转至青春韶华，如今，那种轰轰作响的声音，还在我的心上，一圈一圈地转。

待把所有夜间的活儿做完，夜已深了。我们爬上床，一句多余的话都没有，头一挨枕头，马上就睡着了，估计连梦都没有。

可是大人们却说，人是有梦的，并且，梦是很灵的。他们站在晨曦初露的田里，津津乐道地讲着头天晚上各种各样的梦。比如说，有人头天晚上梦见亲戚，第二天家里就肯定会来亲人。我们有时候出门，过段时间回家，母亲笑着说，我就知道你们今天会回来，我昨天晚上梦见你们了。也有梦见别人家不好的，一段时间后，那家人果然出事了，或是有人去世，或是有人生了病，做梦的人叹息道，我就知道他家不吉利，这梦真的很灵。还有梦见自己家或添人丁，或有吉祥之事，往后果真一一灵验。

梦是乡村生活的另一部华彩乐章，也是乡村所有生命的灵魂寄托，村上所有的一切都是梦的元素，一滴露水、一只蚂蚁都是梦的一部分。似乎只有梦，才让枯燥的生活有一种更深长的意味。那些或长或短的、幸运或不幸的梦，带着无尽的思念与期盼，或悲伤，或欢乐，在夜晚柔软温暖的被子里发酵，穿越重重黑夜，于第二天清晨出发，以此抵御漫长的时日和人世的艰难与不易。

我一直稀里糊涂地做着梦，也不知道，我的梦是否灵验。我也做过关于亲戚的梦。父亲自那年秋天去世后，一个个的冬春夏秋，我做了数不清的梦，一直梦见他，梦里的父亲忙里忙外，跟我们讲话，和我们做事，让我们做这做那，音容笑貌近在眼前。可是，醒来，父亲就消失了，这是我最亲最亲的梦了，可我知道，我那远行的父亲，是回不来了。

# 菜 场

菜场位于集镇中心，是原先政府办公的地方，后来因为发展需要，便改建成了集贸市场。说是集贸市场，主要也就是卖粮、油、菜的地方。每天清晨，菜场把各种小菜集中在一起，准时吹响小菜集结号。

菜场每天醒得很早，昏暗的光线里，睡眼惺忪的小贩，买早菜的人们，在各种价钱里，一讨一还，把各种声音搅拌在一起，热烈、急切，然后混杂成各种人生的欲望。

如果你仔细听听，这些声音就犹如涨潮一般，这边轰的一下，然后是持续的嗡嗡声，然后是那边，轰的一下，然后又是持续的嗡嗡声。突然两边声音交汇，集成一股高亢而激越的滔滔洪流。这股洪流，每个人都有声音在里面，而每个人的声音，又被这洪流淹没。任你怎样声嘶力竭，终是摆脱不了这股洪流。

卖菜的早已把各式小菜码摆齐整，喷洒上足够的水，使这些菜看上去更加鲜活水灵。当然，他们也有私心，水分足，能凑点儿秤，本身就是磨的几个小钱，生活不易，得精打细算。

遇着有人来，卖菜的可就高兴了。斜眼飞瞟，手法熟稔，既要防着生意被别处抢了去，又要让自己的菜卖得只赚不亏。嚓嚓两下，菜就扔上了秤，嘴皮不伶俐的买主，也就省去了许多口水之争，只管掏钱拎菜便可。

也有买菜的毫不逊色，一看二挑三称。过日子，不就是要精挑细选吗？首先看菜色，嫩、鲜、亮是首要条件。再要挑出菜里夹杂的枯黄菜叶，一层又一层地剥，剥得卖菜的心尖子疼，一片菜叶一分钱，照这样剥，亏得没本，于是一把抢夺过去，说道："买就买，不买就算了，这么剥我卖不起。"买菜的可能也觉得差不多了："那你就称嘛。"可是在秤上，又有一番较量，双方眼睛睁得老大，生怕短了那斤两。如碰上买菜的是个仔细人，还要拿到别人秤上去"复称"。如果稍缺了五钱或一两，那都是要争一番的，最后双方各退一步，卖菜的少收几毛钱，买菜的不计较那一两半两秤，这才各自心满意足，买菜的挎起菜篮转战其他菜摊，卖菜的重新整理小菜。这"讨价还价"的分量与内涵，不可言说。余后闲聊，卖菜的自有一番得意："哼，在这菜场里复称，没门。"有人附和："就是，有本事自己带秤最好。"小贩们都有一种惺惺相惜之感，平日同行多嫉妒，各自为政，互相争利，但在共同利益前，不容半点儿马虎。而买菜的，在你来我往的讨价还价里，识得了人心。谁谁卖菜大方气概，不计较，不作假；谁谁短斤缺两，弄虚作假，自是心中有数。下次再买，只往那心中所想之地奔去。

除了固定摊位，还有流动摊位。大都是乡下的，卖点儿自家种的小菜、土特产之类的，零零星星，这里摆点儿腊肉，那里摆点儿土豆。菜扎得也没小贩们的好看，用粽叶子、稻草胡乱挽着，用手一拨还有泥块，如一个乱发蓬蓬的孩子，鼻涕口水在晨曦里透出一身邋遢气，按土话说就是“没看相，没卖相”。这样的菜也就卖不了好价钱，而卖菜的，也如旧时小媳妇，遇人来，低低问一声：“要吗？要吗？”低声下气，极尽羞涩。

卖菜的有两条主巷，主巷也只能限于小菜买卖，绝不允许其他掺杂，肉铺、鱼铺得另觅他地。逢冬腊月，或是有新鲜的蔬菜上市，这主巷上就显得有点儿挤，摊位就尤为紧张。也就时有“争摊”的现象。卖菜的人早早地爬起来，宁愿在寒风中瑟瑟发抖，也要占一个摊位。也有头脑活络的，趁头一天漆黑无人，弄几个木箱来“占位”，提前告诉别人，这“位”是我的。天亮之后，再大大方方地来摆摊。有时还有人要围绕这个摊位“是我的还是你的”做一番争吵，但也不是大吵大闹，做生意，谁都知道“和气生财”这道理，谁也犯不着跟谁死磕，吵闹会影响到财源。实在争论不止，就要找个人理论理论。市场管理员是不二人选。市场管理员是菜场维护秩序的人，这个人，要能主持公道，敢说真话，不徇私情，这才会让双方都信服，也让自己有一定的威信。市场管理员逢着热场的时间，是很忙碌的，谁的摊位超出了划线区域，谁的摊子没摆好，哪里起了争执，还有那些外头来卖狗皮膏药的，要一一清查到位，不能乱了规矩。那“争摊”的双方在市场管理员的调解下，互相退让一步，各自为政。待人走场散，那地谁都不是谁的。

偶尔有外地的流动商贩，来菜场卖些东西，那是占不到主摊位的。只能在那犄角旮旯或公厕旁边，支一小摊，做些小本买卖；或是出点儿摊位费，才能挤得一方桌子大小的摊位。但同样也是欢喜的，只要有生意，在哪儿都是卖。他们的叫卖声格外大，因为他们有自制的电喇叭，一开口就八方来财，所以在人群嘈杂声中格外拔尖。

在菜场，混杂不清是常事。肉铺对面就是炸油粑粑的地方，有人来称肉，砰的一刀，猪骨末有时就会直接飞到对面油锅，扑得油花四溅，伴着炸油粑大嫂的一声尖叫，响起一阵嗞啦啦的声音，锅里漂起一块赤白干净的猪骨。倒是没人在意，反正都是吃的东西，买的人不在意，卖的人也就不大在乎。卖猪肉的也许觉得过意不去，有时会剔一盘精瘦猪肉，拿到炸油粑的这里来炸两个粑粑吃。炸油粑的大嫂这时就要老账新账一起算了，并一再叮嘱，下次一定要注意，卖猪肉的把头点得如啄米的鸡，一定一定。逢到下个热场，那尖叫声会再次响起，不过只一秒就被淹没在菜场各式各样嘈杂的声音里了。

卖鱼的生意倒很好，这几年，随着生活水平的提高，人们不再满足于大片腊肉块、大口苞谷酒的温饱生活。鱼肉鲜嫩味美，营养丰富，颇受老百姓青睐。鱼肉也成了家常便菜。几个大盆，各种各样的鱼在里面悠闲地游来游去，嘴皮利索的老板遇人来，麻溜地介绍着各种鱼的做法："鲤鱼炒豆豉，鲫鱼炖萝卜，鳊鱼红烧，酸菜豆腐鱼……"那情景，就活生生地给你摆了一满桌各式各样的炸鱼、煎鱼、豆腐鱼、麻辣鱼……只待你拈筷倒酒，让人觉得香味四溢，口水直流，然后痛快地掏钱，来上几条鱼，乐颠颠地拎回家，一家老小，把日子炒得声色俱佳。

而那些盆里的鱼，面对各式围观的人，倒是不怯场，吐个泡，卖弄一下，尾巴一划，正悠闲自在时，突然劈头一网兜，被捞起放到鱼案上，扑腾几下，未知的命运，就只能交给他人了。剩下盆里的鱼，继续悠闲地吐泡。

菜场里还有一家饭馆，就在菜场进口的位置，生意红火。老板娘精明能干，嘴皮伶俐，熟人生人一律笑脸相迎，让人感觉有一种归家的暖意。老板娘绝不知“宾至如归，顾客就是上帝”这些人为创造的文明书面用语，但山里人的热情、好客，生意人的精明，却能一脉相承。

乡里人赶场，最大的享受，莫过于“下馆子”，那是他们心灵的一处释放、慰藉之地。终年劳苦，在一亩三分薄地里，躬耕着一家人的日子，卑微、弱小。柴米油盐，算了又算；泪水、汗水，一把又一把，恨不得把钱掰成几瓣用。而集镇是不同的，集镇较于乡村，那是繁华盛世，富贵之地。各种叫卖声、喇叭声、音乐声，混杂成种种渴望，撩动着他们的神经，那深埋的欲望，便会轻易地被挑起。而发泄之处，饭馆是首选，人世滋味，只有狠狠咀嚼，才能咽下个中苦楚。“下馆子”要请三两个人才行，要不然，独自一人索然无味。而被请之人，必是关系比铁还要铁、比亲兄弟还要亲的哥们儿。酒酣耳热，推杯换盏，上论天下大事，下说东长西短，无所不谈。论处世之道，或时运坎坷，说到动情处，眼泪和着酒吞。一顿饭，两三个小时，支使着老板娘倒水奉茶，原本卑微的内心，此时在酒精的作用下无比高傲，直至酒足饭饱，才肯离去。并互相约定，下次赶场，在此再集结，诸如“下次我请客之类”的争论，走出去好远了还有回音，不管下次是不是他请，还是能不能请他人，这都是后话。从饭馆走出来，剔着牙，迎着路人的目光，腰似乎也挺直了，脸上挂着得意的满足、炫耀和神气。

菜场的夜晚，倒也是安静的，白天那种起伏的喧嚣，已被黑暗笼罩得悄无声息，熟睡的人们在各自的梦里眺望明天，梦里梦外，不管怎样，对于新的一天，心里是生着欢喜的。

这是动态的菜场，热闹、喧嚣，每个人，把买和卖都装进口袋，漫长的时日，也就有了盼头。

# 地下六十米

乔山人

那是20世纪90年代初的一个隆冬。

我骑着自行车，拖着被夕阳拉得细长细长的身影，疲惫不堪地回到家里。

不知从何年何月起，祖辈们就挤住在一条狭长而弯曲的小山沟里。“见树不见村，见村不见房，闻声不见人。”大老远根本发现不了村庄，茂密的树木将村子遮掩得严严实实，这就是我们黄土台塬独特的地窑院。一孔孔窑洞在院子四周临崖而修，冬暖夏凉的窑洞选址成了祖辈们炫耀的话题。随着时代的发展，全球气候变暖，频繁的洪灾让地窑院无力抗争。经过无数次的商议，全村决定，放弃祖业，告别窑洞，搬迁至平整宽敞的高地。

这次搬迁是我们村史上具有标志性的一次迁徙，用我们队长的话来说：“这叫中华儿女多奇志，敢叫日月换新天。”尽管话语不是很贴题，却表明了即使忍痛割爱也要搬迁的决心。

搬迁的首要问题就是解决水源，建造房屋离不开水，必须先给院子打眼水井。黄土台塬最缺的就是水，地下水源较深，一般六七十米。当时自来水还没有普及，市场上也没有机器钻井设施，全靠人工打井。一时十里八乡的打井师傅被人抢了个精光。

眼看快到年底了，计划明年开春盖房子，这打井的事还没眉目呢。我骑着自行车再次垂头丧气地回到了家，懊恼地吼道：“这个井我来打！”

“你会打井？打不好会把井筒打弯的。”父亲给我泼凉水，“再说了，你也没有打井工具呀。”

我这人很犟，一旦认准的事，非干不可。我买了两包好烟，晚上找到邻村打井师傅的家，请教打井的基本要领。我的诚意感动了师傅，回家时，带着他借给我的风筒，第二天就开始张罗着自己打井。

我拿来一个搪瓷脸盆，扣在地上，用树枝沿脸盆的边缘画了一个圆圈。母亲拿擀面杖挑着用红布遮盖的筛子，插到院中央，点燃三炷香，神情庄严地跪在地上边烧黄表纸边念叨：“大慈大悲的观世音菩萨、东海龙王保佑我家打井顺顺当当，井水旺旺的……”父亲点燃了一挂鞭炮为我壮行。我如赴战场，义无反顾地戴上安全帽，拿起钢钎、錾子、手锤，郑重地在厚实的黄土地上凿下了重重的一记。

我一直认为打井没什么难的，力气活儿而已，别人能打我为什么就不能打？当真正蹲到井里时才发现，这是个技巧加力气的活儿，一味蛮干只会事倍功半。井口就脸盆口大小，人蹲进去两腿和脚必须八字形撇开，膝盖骨顶着井壁，钢钎在两腿之间的裆部挖。挖完跟前的土后，蹲着转四分之一圈再挖，一圈需要转四次才能挖完，等于将一个圆分为四等份。我在井里挖，妻子用蛇皮袋缝制成一个能装二十斤左右的口袋，挂在辘轳上绞土。一天下来，整个人虚脱了，一摊泥似的瘫倒在炕上，浑身没有不疼的地方，两条腿就像被钢筋固定了，蜷着半天伸展不开。心想这才刚开始没打几米就这样，往下怎么挖呀？

父亲看到我这个样子就说："我说了嘛，这打井可不是谁都能打的，算了，明天再去找找，看看哪个村还有会打井的师傅。"

我一听这话，脸臊得像红布。当我再去请教打井师傅时，他说："开始都一样，没有习惯，三天过后就好了。"我只好咬牙挺过了三天，果然，第四天的时候，身上不怎么疼了，腿脚也习惯了井下的作业，不再"罢工"了。

凛冽的西北风呼啸着，铅灰色的乌云铺开了，瘦骨嶙峋的树枝惊恐地躲避着刺骨的寒风，旷野里翻滚着干枯的草团，腊月的天气被这风搅动得异常寒冷。大风过后，天空飘起了雪花，不一会儿就落了一指厚。父亲在井上用洋槐椽搭建了简易棚，棚顶铺上厚厚的玉米秆，遮挡着飞舞的雪花入侵。尽管地面冰天雪地，井里却非常暖和。每次下井前我都要站在井边，脱下厚重的棉袄，穿上单衣单鞋，快速下到井里。从井口开始就在井壁两边半人高的地方凿上两行脚窝，便于上下井。在井下作业，不敢抬头看天，井口随时都有小土块落下，一旦向上看，不是被土块打伤额头就是被浮土眯了眼睛，最严重的时候会伤及性命。我们邻村有一户人家请师傅给家里打井，井打到一半，钢钎秃了，要到铁匠铺重新淬火。于是，打井师傅到镇上的铁匠铺淬火。没想到，掌柜的是个急性人，左等右等不见师傅回来，就拿上自家的钢钎，安全帽也没戴就下井挖土。打井师傅回来后，不知井下有人，站在井口直接将淬好火的钢钎扔到井里，锋利的钢钎从掌柜的头顶直插而下。也有人将淬好火的錾子装在口袋里往井下放，结果口袋磨烂个洞，錾子凌空而下导致伤人。如果井下有人，放錾子时要装半袋土，将錾子放在土上，慢慢地下到井里去。每当累了，我就会大幅度摇动绳子五下，表示休息时间到了，每次十分钟。如果摇动三下，就是装满土了，可以起吊。这是下井前和妻子约定的暗号。只要一休息，妻子就会一边烤火一边站岗，防止小孩恶作剧向井下扔土。

每当休息时，我就体验到井底之蛙的感觉了。井口如脸盆那么大，井越深，井口越小，到最后就像一面小镜子似的。只要上面有人向下探头，井底立马就漆黑一片，唯一的光线被硕大的头颅占据，如世界末日来临，漆黑一片，伸手不见五指。莫名的恐惧会让我战栗不已，那种无助、害怕的感觉如汹涌的洪水将我淹没，令人窒息，挣扎着想拼命地抓根救命的稻草。每当这时，我都会愤怒地向井上怒吼，如同狮子咆哮。有时面对散发着新鲜泥土芳香的井壁，任思绪如脱缰的野马纵横四野，想象自己就是那征战沙场的勇士，英勇善战，所向披靡……突然，一个怪念头不失时机地蹦出来：万一吊土的绳索断了怎么办？万一井底突然塌陷了，会不会掉到美国去……这些莫名其妙的怪念头时不时地钻出来困扰着我，我会突然神经质地感到很伤心，心想如果这些意外真的发生了，我就再也见不到亲人了，甚至还会有吧嗒吧嗒的眼泪掉下来。温热的泪水将我从悲惨的思绪里拉了回来，我怕丢人，赶紧用衣袖擦干眼泪，这时嘴角会微微上扬，扑哧一声笑出声来，心里暗暗骂自己：真是个傻蛋！有时，另一个想法也会冒出来凑热闹：这一钢钎下去，万一挖到金元宝或者地下宝藏咋办？那我可就成了百万富翁。我会用这钱在海边给父母买上一幢大别墅，让他们远离寒冷的冬天，安度晚年。我还会拿出一部分钱，接济贫穷的亲戚朋友，当然遇到生活困难的人绝对不会袖手旁观，必须帮他们。最后，带上陪我吃苦受罪的妻子游历祖国的大好河山……每每想到这儿时，自己好像就生活在那世外桃源的美景里，情不自禁地哈哈大笑起来，吓得井上的妻子紧张地趴在井口连连发问："怎么啦？怎么啦？"我懊恼地训斥她打断了我的美梦："没事，你的头把光挡住啦！"

遇到第一道石层是十几米之后。石层只有几厘米厚，姜石结构。我用手锤敲击錾子，稍微一使劲就打通了。我想起打井师傅的话，井下最难对付的就是石层，最难掌握的就是确保井筒不弯。经过第一层石层之后，每隔五六米就会遇到一个新石层，我连续打通了四层之后也没感觉到有多难呀，只是一层比一层稍微厚一点儿而已。而且只要照着井口射下来的光亮往下打，就不会打弯井筒。当你发现钢钎落下的地方没有亮光时，就说明井筒开始弯了，立即修正到亮光处就又直了。打井这活儿并不难，看来以前被打井师傅忽悠了。到了二十几米之后，井下空气开始稀薄了，呼吸困难，胸闷难受，头疼欲裂。我赶紧把从师傅那儿借来的风筒沿井壁固定好，父亲拉起了风箱，徐徐的新鲜空气沿布制的风筒而下，清凉的气体将井下的空间填得满满的。氧气充盈了起来，我一下子清醒多了，头也不疼、胸也不闷了。

师傅的忠告在第五层石层应验了，井的深度已经快六十米了，按照这个深度水源应该快要出现了，它却拦住了我的进度。这层是青石层，它将井底捂得严严实实。我用錾子沿井底的边缘往下探，没有一丝缝隙，看来遇到的是一块大石头，它的体积远远超过井底的N倍，只能一点点儿削薄它，直到削穿才能继续往下挖。一开始我并不知道这块石头有多厚，信心百倍地用錾子削、凿，甚至想象着在这块石头上刻下"齐天大圣到此一游"几个大字该有多浪漫呀。

当我凿秃了一大堆的錾子，甚至父亲专门到铁匠铺帮我淬火的速度也赶不上凿秃的速度，这块大青石已经被我凿下去一米多厚了，还是看不到丁点儿希望。它静静地卧在井底，像一头卧牛挑衅地看着我。我背靠井壁累得呼呼直喘粗气，井壁的石头碴子硌得后背生疼。连续几天，我不断地上上下下，一天能上下好几次。打累了就上来睡觉，跟谁也不说话，自己怄气，觉得太窝囊。

我像被抽了筋似的瘫倒在炕上，丝毫感觉不到火炕的温度，一股股寒气透过脊梁直冲头顶，无神的双眼茫然地盯着窑壁，一句话也不想说。看不到一丝希望，心里哇凉哇凉如同跌入冰窖，看来这井是废了。那段时间我一直边干边找打井师傅咨询解决的办法。有人说要用炸药，但药量掌握不好，会炸塌井筒。也有人说在井壁的一边掏个窑洞，将整块石头掏出来之后，推到窑洞里去。还有人说，算啦，你功夫不到家，还是让师傅给你打吧。打井这一行有条不成文的规定，不管自己打多深，只要师傅接手，以前打的全算师傅的。父亲看我饭也不吃炕也不起，就说："算啦，认栽吧，找师傅打。"我实在想不通，凭什么要让给师傅？他凭什么不劳而获？父亲劝道："凿石头是技术活，咱干不了呀。再说了，咱也没有打井的经验呀。"父亲的话刺痛了我，我就不信这个邪，经验也是积累的嘛，谁一生下来就会打井？我的犟病又犯了，翻身下炕，奔井而去。

当我下到井底，才发觉自己的一时冲动是多么愚蠢，以前幻想的画面被眼前这个庞然大物击得粉碎。我只能硬着头皮，面对着冷酷的大青石，握紧錾子，抡起了手锤，咬着牙狠狠地砸了下去。这是我一生中刻骨铭心的一锤，是画龙点睛的一锤，一锤定音！当我恶狠狠地猛砸下去时，听到的却是"噗嗤"一声闷响，錾子穿透了大青石最后一道防线，錾尖一头扎进泥窝里。"啊，钻透啦！”我大喝一声，吓得妻子又趴在井口紧张得大声问道：“怎么啦？！”我高兴得在井里跳了起来，妻子明白后，竟然号啕大哭起来。我对着井上喊：“哭什么哭，放炮！”

最后一道石层被我攻破了，往下全是湿漉漉的泥土。父亲说，已经打到水层了，水层挖得越深井水越旺。我一鼓作气，站在水里一边舀水一边挖泥，到最后井水涌动的速度太快，被迫完工了。

当我最后一次走出井口，大雪已经给过冬的小麦盖上了一层厚厚的棉被，偶尔有几片麦叶探出雪地，惊奇地张望着雪白的世界。树枝上挂满了积雪，偶尔轻轻晃动一下。村里人踩着积雪，大包小包地赶集回来。我惊奇地问：“谁家过喜事？”妻子在我耳边大声喊道：“今天是腊月二十九，全国人民过喜事，明天大年三十啦。”

雪花纷纷扬扬，新的一年来到啦。

# 房子，房子

王　娅

## 一

1979 年对于我们家具有划时代的意义。

那一年，父母终于结束了长达十余年的牛郎织女生活。母亲从老家黄梅调入父亲所在单位——阳新县富池镇中心学校，我随母亲转学到该校读小学四年级。9 月，像大将军般威风凛凛地矗立在学校操场边上的一幢三层的红色教学楼，终于向初高中学生展露笑颜。新楼搬迁的那一天恰好是我的生日。学长们抬桌扛凳，从破旧的平房教室，向新楼房拥去，汗水把他们的笑脸濡湿得像盛开在清晨的花朵。与他们逆向而行的我，宛如一只在风雨中逃生的小兔子，左冲右突，还是不时地被硌痛了身体。我毫不在乎。我的心头燃烧着一团巨大的火焰，让浑身上下温暖又有劲道。因为这一天，我们家有了一个像家的房子。

原先我们是住在“L”形的教师宿舍区。学校都是平房，整个布局像火柴棍拼成的“9”字。楼与楼间不紧凑，又没有围墙，到处都是豁口。而两排教师宿舍的犄角处通向镇子的闹市区，它便成了学生、老师及居民最喜欢穿行的通道。父亲的宿舍约二十平方米，用夹板墙隔出前后两间。父亲在前面约六平方米的区域摆放一桌一椅，用以备课批改作业。他单身一人还觉宽敞，来了母亲和我，房间一下子拥挤不堪（考虑到住处狭小，弟弟仍留在外婆家，没有随母亲过来）。父亲把桌椅移走，支上一张小床，便成了我的寝宫，只要门一开，我就暴露在过往人的视线中。讨厌的是，过往的大人小孩偏偏喜欢向里张望，似乎不探明里面的情形誓不罢休。时间一久，倒也习惯了，隔壁左右家家都是如此。经过别人家时，我也报复似的扭头窥视他们。我们班上一个男生住在这排最东边，几次瞪起灯笼样的眼睛朝我猛喊："看什么？"吓得我不好意思再瞄他家。

除了住，还有吃。父亲一个人时是在学校食堂解决，现拖家带口的，情形就不一样了。再三请求，学校把"L"钩上的一间房一分为二,一半给我们家做饭，另一半住着一位单身英语老师，中间用一堵比父亲略高的墙隔断。英语老师姓吕，县师范毕业。那时英语课刚刚普及，吕老师是英语老师中的唯一专科毕业生，他的发音很难用谐音汉字匹配，被学生们认为是纯正的英语。他又写得一手漂亮的斜体板书，他的课大受欢迎。年轻的吕老师越发神采飞扬，忘形时他在教室里走路不走直线，两腿前后交叉，转圈，还带着韵律，看得我们眼花缭乱。大家说那是交谊舞步。他教唱英文歌用的是沙哑嗓音。那时候，交谊舞和流行歌曲正在从港台走向内地的途中，吕老师提前让我们窥见了这样的雪月风花。加上吕老师风流俊逸的外表、洒脱豪迈的做派，他很快在小镇上声名鹊起。小镇掀起了学英语浪潮，以青年女生为最。只要吕老师在家，屋里必有好学女生求教。这样一来，我家厨房的油烟显得很不厚道，每每越过短墙，呛得那边的喷嚏与咳嗽声仿佛男女二重奏。父亲和母亲有时吃饭间会抿嘴偷笑，看到我诧异的眼光，收住笑，用手里的筷子敲打我的碗叫我吃快点儿。我猜想他们定是偷听了人家的软语。

所谓像家的房子不过是一间废弃的教室。父亲用粉笔画在地面的线条上，砌上砖，石灰水刷白。分出的小房间被定为厨房、餐厅和卧室，很像我在一幅画册上看到的家的模样。如果放在四十年后的今天来看，它只是一个用泥巴捏出形状的瓷器的坯胎——漏雨的屋顶，凹凸不平的泥地，没有卫生间（倒痰盂是母亲每天天黑后和天亮前雷打不动的工作）。没有自来水，挑水成了我每天的功课，我曾经不止一次懊恼地想：假如发育期里不用龇牙咧嘴弯腰勾背地挑水，是否可以长得更高。但在当时，渴望一个私密的独立空间，是一个花蕾般的小姑娘多么渴盼的事情。（还是不够私密，房间的门，是母亲用旧床单剪成的帘子，她经常破门而入，吓我一跳。）

我十个月大时，母亲就把我交给外婆。记忆中的外婆家，除了人还是人。吃饭时八仙桌围一圈大人，竹榻上围一圈小孩。夜晚醒来，一屋子白花花的胳膊和腿。外婆家青砖灰瓦内为木结构，上下两层，楼下吃饭搁杂物，屋外石棉瓦和碎砖搭的斜坡，叫“灶”，犹如房屋长出的痈疽，却盛满我童年的味道——外婆就是在那只容一人的灶屋烹饪一日三餐。楼上两间房，朝阳的一间舅舅舅妈住，另一间，两张丁字形的大床把房间顶得满满当当。那时的外婆像只健硕的老母鸡，白天辛苦劳作，晚上抖开双翅，呵护着一群小鸡——未出嫁的姨、回娘家的姨、姨的孩子，两张床仿佛是流水席，从来没有空闲过。男孩子由外公带着睡在房外过道里的“铺”上。

在呼噜声、磨牙声、梦呓和灯光中（外婆为便于照顾每晚开灯睡）长大的我，突然面对一片漆黑阒静反觉诚惶诚恐，好像窗外与床底下藏着无数的鬼魅随时会掳走我。第一次睡在像家的房子里，次日的眼睛下方竟像卧着鹌鹑蛋。

两年后，父亲调到县农民技术中等专业学校，居住条件更好了。前有院后有天井，水泥地面，房间有木门，所有的门都是葱绿色，与白墙面衬映得煞是好看。放学回家的路上，远远望着学校的绿门，像是垂挂在菜园里的新鲜瓠子。而且不用挑水了，每天早晚泵房会定时响起隆隆的机器声，那是世界上最美妙的乐曲。家家户户会用潺潺水声、锅碗瓢盆撞击声、棒槌声遥相呼应。父亲一高兴，买了一台14英寸的黑白电视机——学校的第一台电视机。从此，每天晚上在《霍元甲》的片头曲响起时，从我家外面看过去，里面全是黑压压的后脑勺。

可惜，那样的好日子在我的脑海中并没留下太深的印迹。我上初中了，住校了，周末回家又有做不完的作业。倒是外婆家的小灶屋、大通铺成了我挥之不去的童年记忆。

## 二

有人说，结婚是女人的第二次生命。我理解的“二”，是包括住房在内的一个全新天地。

结婚，是在漂亮的新房里。

两室一厅一厨一卫，深红褐色的门与窗，光滑洁白的墙面，客厅悬挂着彩球和拉花，卧室里的大红丝绸被面，张贴的大红剪花，一派喜气洋洋。更重要的是，当时流行的三大件（彩电、冰箱、洗衣机，缺了一响录音机）、组合家具，一应俱全。家电的金属光泽和香槟色的组合柜，使屋子弥漫着高贵与奢华，我仿佛从满目疮痍的第三世界一步跨进“现代化”国家。父亲于 1987 年病逝后，我们一家又搬回黄梅，缺了顶梁柱的家每况愈下。我和母亲、弟弟蜗居在母亲单位的两间毗邻的房屋里，压抑而沉闷地生活着。

二次生命，远比父母给予的更让我期待。

然而，居家生活像高倍镜，把每一个日子照得纤毫毕见后，新婚的喜悦、浪漫便逃之夭夭。新房是租的。我和丈夫的单位都申请不到住房。丈夫的家在农村，为了婚前誓言要给我好的生活，他咬牙把新家安在县城唯一的商品房住宅区内。小区收房租的姓柳，说起来还是丈夫的同乡兼校友，人很瘦，看上去牛轧糖似的软绵，可糖的黏劲用在收租上却恰到好处。每月第一天（周末也不例外），他准时上我家。进门一屁股坐在布艺沙发上，海阔天空地胡扯，偏不提一个钱字，我们吃饭，他毫不客气地拿起筷子就往嘴里送。我和丈夫只得掏尽所有，实在凑不齐就请他明天再来。要不然，万一他要过夜的话，我心疼我家沙发。次日他会如期而至。后来，哪怕是在大街上碰到他，我的心都会哆嗦成一团。

我是 1991 年结的婚。那会儿我和丈夫的工资加起来不到两百元，除去日常开支，所剩无几。每月的房租像铅块似的沉甸甸压在心头。为了房子，丈夫动用一切关系调动了工作，只因新单位有一栋新建的住宅楼，这像一支巨大的火炬冰淇淋，让我们垂涎。那铝合金窗茶色玻璃，如金丝眼镜，即使胸无点墨的人佩戴也可增气质。何况，那楼楼中藏珠：客厅是水磨石地面，卧室错缝铺着赭红色长条砖，齐腰的果绿色卫生墙，这样的装修在当时的县城不多见，一时来我家参观的亲朋好友络绎不绝。

其实，时尚的源头是南海边改革的滚滚春潮。丈夫新单位不过因为天时地利，率先被溅上了几点浪花。很快，有前瞻意识的人开始春心萌动。丈夫在婚后第二年被单位派驻深圳办事处，在那个神话般崛起的城市里他也拾到些小小果实。如果不是女儿的横空出世，说不定他也会混成一个富豪，这是我们玩笑话里的假设句。但在当时，使命与责任让他无心在花花世界里驻留。他回家后送给我们娘俩两份大礼，一台 CD 机（弥补结婚缺录音机的愧疚）和房子（凑齐了单位福利房的房款）。

终于有了自己的房子，刹那间泪眼婆娑。

很快，南海以排山倒海的气势向神州大地汹涌奔腾。太平洋大西洋也在对这块觊觎很久的膏腴之地蠢蠢欲动。处在长江中下游的内陆弹丸之地，虽不似前沿阵地有地动山摇的震感，也能感觉到脚底下的颤动。人们纷纷从冬眠中醒来，苏醒的脑袋仿佛开了天窗，一个个奇思妙想喷薄而出。

相比较，我和丈夫属于中规中矩型。在滔滔来到的大变革年代，我们仍然按部就班。随着职务升迁和大环境的影响，心里开始七上八下的。再瞅房子，寒酸老土，于是，给地面贴四方形的仿瓷砖，给门窗包套，给墙刷仿瓷涂料。碍于当时经验不足，装修水准不高，看上去像朴实的女子描了蜈蚣眉化了风尘妆，不伦不类的。然后，卖房，又买房。精心设计的规划图付诸现实，总是不尽人意……

人生的韶华岁月，却无端多了许多怅惘、幽怨。

## 三

欲望像赌徒，一旦上手，很难收手。

暴发户像夜晚的霓虹灯样无处不在。突然感觉自己是沸腾在大锅里的饺子，热气氤氲，烟雾迷离，上下沉浮，没着没落。茫然间，我和丈夫又折腾起房子。

工资涨了，生活好了，有闲钱了，三室两厅一百来平方米的房子就嫌小了。确切地说，不是房子小，是心膨胀了，膨胀的心仿佛一只行驶在动荡的水中的船。船颠簸，人摇晃。2000 年，县城大兴土木，像许多人一样，我们也买了地。与其说是盖楼，不如说是往脸上贴金，我和丈夫绞尽脑汁倾尽所有。那是我迄今为止住过的最大最好的房子。大客厅小客厅，吊顶，顶上如星星般闪烁的灯盏，大理石地面，不锈钢楼梯扶手。新居落成时，两边母亲惊讶得合不拢嘴。一生节俭清贫的她们何时见过这等架势，难道祖坟上冒了青烟？

令长辈们咋舌的房子并没有让主人满足。不久后，私房仿佛长江后浪推前浪，越来越考究排场。我越发感到，房子永远是一门有缺憾的艺术，也就让人的追求永无止境。

正如“祸兮福所倚，福兮祸所伏”，豪华舒适却拽不住幸福快乐，家中不幸一桩接一桩：失窃；我路遇抢劫摔成骨折；公婆染病相继离世；最后丈夫身陷囹圄，远走他乡。几年工夫，曾经热闹的房子，人去楼空，灰尘遍布，院子里杂草丛生。如此情形之下，我把房子低价卖给亲戚。多年以后，再回到熟悉又陌生的老家，心里五味杂陈，百感交集。

然而，房子的故事远没有结束。只是角色互换，房子成了主角，它疯狂地折腾我们，几乎让我们到了崩溃的边缘。在异乡的几年，不知是漂泊的心灵需要房子寄存，还是周边人都在拿房子当学问研究，我的目光和精力依然没有离开房子。但是今非昔比，房子已由乖巧顺从的小媳妇，变成狰狞恐怖的巫婆。房价的长势，连施了生长剂的农作物都望之兴叹：赚了蝇头小利，一经出手，改了姓的房子转身翻倍……一念之间巨大财富与我失之交臂，弹指一挥间，一堆钞票滚滚东去。是房子疯了，还是我疯了？

一直到2012年母亲过世，我在一场大病中与死神擦肩而过，休养生息中，开始思考生命的意义。人究竟为什么而活，为了房子吗？从狂躁中安静下来，顿觉拨云见日心境豁朗。

没错，汉字的“家”，字形上就是房子下面安卧一头猪。“安居乐业”是我们祖先崇尚的理想生活状态，因此，“居者有其屋”的思想，根深蒂固地流淌在一代又一代人的血液里。中国人的心目中，“房子”与“家”是可以互换的词。可是，祖先肯定不曾料到，时代的列车进入21世纪后，房子已不再仅仅是作为遮风挡雨栖身之所，它承接了很多功能，囊括了很多身外之物。房子已不像房子，它成了富贵的天堂，贫穷的地狱，财富的阶梯，道德的试金石。如今的房子承载了太多的现代元素，却把民族的瑰宝弃若敝屣，少了镇宅之宝功用的房子与没有思想的大脑有什么分别？回想我在房子上穷尽半生精力，到末了换来一把辛酸泪，一颗疲惫心。

再回到老家，我只买了两室两厅。祖先说过，一箪食，一豆羹，君子之居，何陋之有？何况窗外草木葳蕤，鸟语花香，屋内左图右史，书盈四壁。人富不如脑富，人生风景说到最后就是心灵的风景。

说也奇怪，从此云淡风轻，波澜不惊。

# 簌簌冬苇动

时　今

隆冬时节，青松以坚强的气势激励人，腊梅以傲雪的品质鼓舞人，而家乡的芦苇则以刚柔兼备、团结倔强的性格吸引人，以恬静安详、不卑不亢的气质感染人。簌簌冬苇动，絮絮芦花飞，则是冬日佳景，引人入胜。

“芦”与“苇”是同种植物不同称呼，长在陆地、矮小者叫“芦”，少见。生在水边、高大者称“苇”，是家乡湖区普遍生长的植物。俚语中，习惯不分芦或苇，统称芦苇。在家乡，芦苇太普通、太常见，密密丛丛，河汊、湖汊、山麓、坝脚、浅坑等处，都见芦苇身影。湖边、河畔、堰坝，布满大大小小的芦苇丛、芦苇带或芦苇荡。

可是，普通的芦苇却有不普通的性格。芦苇像竹，但一年一生，身段柔软，可以顺应浪的推力，微风也能漾起波澜。似草，但通体有节，植株刚强，站着迎接雨雪，立着迎接波浪，再大的风也只随风摇曳，脚跟稳固任尔张狂。春抽芯，夏长节，秋成熟，冬坚守，直到来年新苇成林后，旧苇才化身为泥、涅槃重生。内心总是认为，冬苇枯萎的身子里长有傲骨，安静的性格中透着倔强，是历经坎坷、饱经沧桑的乡亲的影子，一辈子劳累，风骨长在，傲然面对一切，过着无怨无悔的一生。

在湖区，芦苇细小，似乎就是“草芥”。公路、桥梁可以肆意穿行苇地，河流、湖泊任意分割苇荡。苇荡就是野地，苇地就是荒野，是人不常去的地方。芦苇荡没有名，或者附属某个地名，或者就是你知我知的“那个地方”。也难怪，春天的嫩芽被百花遮挡，夏天的绿色是江南的寻常，秋天的黄色不及树彩斑斓，唯有在萧瑟冬天里，草枯了，叶落了，水干了，芦苇才露出顽强的面貌。

细小的芦苇很倔强。芦苇经常被踩踏，被风刮倒，甚至被牛羊弄折，不管如何，芦苇不低头、不潦倒，而是倔强昂起头，努力站起来。芦苇集群而生，聚众而长，相互依靠，成林成带。苇根交错，深入泥土，长成细密的根带。洪水没顶，苇墙不毁。巨浪冲击，苇荡不灭。寒风呼啸，苇林不倒。大脑常现幻觉，冬苇以简约应对萧瑟，以恬静应对寒冷，是普通平凡的乡亲的写照，一辈子寻常、简单，团结倔强，淡然看待一切，过着恬静安详的生活。

冬天的芦苇很平凡，貌似可有可无。牛吃太硬，不如干草；当柴太湿，不如芭茅；盖房太粗，不如稻草。芦苇韧性不如山中竹篾，一般不用来编织篮子或筐子。芦根较葛根纤维多且苦涩，一般不当菜食用。当然，芦花枕头好睡觉，芦苇荡里好摸鱼，芦苇丛中好寻（鸭）蛋。芦苇可以做口哨、赶牛鞭，芦苇是孩子的好伙伴，可以用来编织童年的梦想。

少了芦苇，湿地会退化，会失去水分调节、大气呼吸、净化水质、固结土壤等功能，水生动植物就失去栖息的地方。冬天，水可以干，草可以枯，但芦苇不能不在。它是南飞大雁的坐标，苇丛就是它们的第二故乡。野鸭、水鸟要借助芦苇抵抗风浪，河蚌、田螺要借助苇根冬眠藏身，柔软的芦叶、芦花是水禽做窝的材料，苇荡是干涸的冬季里水生动植物的庇护所。心中常想，冬苇老迈的身体里包含大爱，疲惫的身形散发温暖，是包容、豁达的乡亲的素描。一辈子艰苦、辛劳，悄然面对一切，默默奉献微弱的光和热。

芦苇细小，毕生努力，也长不成栋梁。可是，长成参天大树固然风光，但长成芦苇也是生命的辉煌。树大招风，经常雷劈风摧，满身疤痕，到了异乡才能雕刻成材。芦苇细小，根深脚稳，不惧狂风巨浪，在故乡释放微弱的光和热。家乡的芦苇，不羡慕高山，不向往碧水，不羡慕大海，不向往远方，湿地就是永远的故乡。生于斯，长于斯，生生死死不离开家乡。湖区的芦苇不攀爬墙头，“头轻脚重根底深”。不羡慕浮萍，“有根有骨任风吹”。风吹来，雨打来，平平淡淡就是理想。冬天的芦苇，不羡慕大树，不羡慕膜拜，迎风抗浪就当平常。不羡慕花草，不羡慕呵护，雪压雨打视作日常。绿也罢，黄也罢，绿绿黄黄都是风景。

在萧瑟冬季里，苇叶枯黄，苇秆金黄。丛丛簇簇，簌簌有声。身处芦苇丛，常常会弄错时节。笨笨的野鸭，飞不高也飞不远，但就是追不上。漂亮的天鹅，走不远也离不近，只能远远欣赏。苇荡深处，芦叶簌簌，水鸟叫声此起彼伏。温暖阳光下，螺蚌竞相奔走，生机无限，哪会有隆冬的感觉？

在寒冷旷野里，苇荡金黄，芦花飞扬。蓬蓬勃勃，摇摇曳曳，“质朴无华野趣浓”。逆光穿行，芦花遮眼，苇叶蓬松，软化了脚步和心肠，把人带进金秋的梦幻！

飘飞的芦花，柔软，洁白，是芦苇放飞的梦想。落在地上，胜过羽绒，为苇荡里的生命铺垫软床。飞上天空，胜过白云，为单调的冬天增加色彩。飘到心灵，与心相融，大雁、天鹅和游子永远记住回家的方向。

# 老屋

老烟

我习惯将每一幢老屋都看成一个老人，日暮沧桑的老人，没有朝气，但额头上那一条条沟纹里却藏着说不完的故事的老人。老屋也是，漏了，朽了，不成样子了，连风都挡不住，但老屋也装满了故事，每一根柱子每一扇门窗都有故事。而这些故事，总饱含着比老屋年轻的人们需要的经验、道理。

眼前的这幢老屋几乎连老屋都快算不得了，没有下马石，没有台阶，也没有门簪，不，谈什么门簪，连门都没有。原本该是前院子的地方成了一个污水塘，塘（院）的正前方是前厅吧，没遮没挡孑然在那里。塘边，原该两旁都有着一厢耳房的，现在只剩下一边的半间，便是这好不容易经历几百年风雨侵蚀后还能兀自站立着的房子。似乎只剩下了最后一丝气力，十分不情愿地放松了全身骨骼，束手、屈膝、下蹲，只待躺下死亡。

唯一的生机是半间房子右角的一株老柚子树。老柚子树显然也不年轻，挂果已经远不如早先那般繁硕，但叶儿却终于还是绿油油的，到底还垂着几颗泛着青光的柚子，似在向路人强辩——这儿曾经年轻过，辉煌过，有着瓜瓞延绵。

老屋当然年轻过，而且，年轻时，它光芒四射，在这个叫十都的古村里属于标志性建筑，以它的华丽和宏伟睥睨着周遭建筑。那时，它被唤作“上祝家大屋”，是整个十都最有身份地位的两栋建筑之一，与王家大屋显赫在十都、嵩峰，甚至是广丰几百年。

乡政府在这栋大屋前钉了一块牌子，上面写着：“上祝家大厅，建于明朝万历年间，建筑面积1800平方米，明代古宅建筑风格，四进布局……”连标点共有九十六个字。这块牌子一点儿也没让我满足，它太简单，几乎不能透露出有关这座建筑的任何信息。我更想知道这所建筑里原先有些什么，推崇什么，讲究什么……可以想见，就冲它昔日的宏伟与荣光，祝家大屋也该是江南祝氏的一个文化符号。

为了使这幢有着辉煌过往的大屋成为一项旅游资源，乡政府居然从上面争取到了一些款子，用于修缮。我是第二次来这里了，头一回，我在这里看到的除了腐朽还是腐朽，腐朽的跑马楼，腐朽的绣楼，腐朽的门窗，腐朽的框架和屋顶。这一回，那原本因为太腐烂以至连在它檐下站立也有点儿恐惧的跑马楼，居然被崭新的木料重新卯榫好了，而且，该镂花雕刻的地方跟原先一模一样地雕镂上了。尤其是两边的木门，轻推，咿呀的一声响，然后天井留住的那一束日光循着徐徐敞开的木门也跟了进屋。屋里的昏暗被日光划开。

一位叼着水烟筒的老者坐在八仙桌边用纸点燃了烟筒上的烟丝，深吸了一口，然后身子朝后仰了仰，满足地吐出一缕青烟。这时，候在老人身后的女子用拳头轻轻在老人背上捶打起来。女子该是这位老人的儿媳妇，样子很端庄，给老人捶背的动作十分轻柔。我还发现，女子脸上堆着笑，那种很温柔很真实的笑，我从这份笑意里明显感觉出了一位儿媳对公公的孝顺。除了这些，我还看见一张矮几前坐着一个稚童，粉嫩的小手正握着一支狼毫蘸墨描红，而老人的眼光，始终停在这位稚童身上一刻也不曾离开，眼神里溢出了浓浓的爱意。不独这些，厢房外也有人穿梭，扛着锄头农归的壮年，天井里有正清择身前一蓬青菜的婶子，另一边蜷坐在竹椅子上的一位老大娘不紧不慢地纳着鞋垫，眼睛使劲地往鞋垫上凑，看似有些吃力，但那鞋垫的针眼很紧密，很整齐，身边的笸箩里有些已经纳好，大大小小的……

这当然是我的幻觉。从看见被日光划开的明暗时起，我便有了一种穿越时光的感觉，恍如进入了老屋的年轻时代。是的，在我的印象里，老屋里头的光景就是这样的，像建筑本身，严实紧密，不招风不过雨，但它从不拒绝阳光，门窗上留足了让阳光从容照耀的栅格，因而，方正规矩却不乏温暖的房子里有的只能是浓郁的温馨：老人含饴弄孙，儿媳孝敬公婆，没有空巢，更没有忤逆。

这种温馨极让今天的人们羡慕。不错，与这所经历了四百多年的老屋比，今天的人们居住的高楼的确亮堂许多，气派许多，也许还舒适许多，灯光、玻璃涂料等现代装潢材料将人们的住宅装扮成了童话里的宫殿。然而，却少了亲情温暖，隔音的墙壁将人与人之间的关系也隔断了，不消说叔伯妯娌，即使是祖孙婆媳，也越离越远。哪像老屋，每一个日子，厅堂里都弥漫着浓浓的暖意。

据说，今天的广丰十都已经游人如织，每天都有成百上千的城里人来这儿赏看这些老屋。我想，他们的目的不仅仅是来满足一次眼观的愉悦，我觉得，他们大多像我一样，更在意的是想感受一番这种老屋里包裹着的人情温暖，因为，这种感觉于今天的人已是久违了。

三进是绣楼，精致玲珑。我更诧异的却是这绣楼里隐隐飘溢的一股书香味儿。

旧时有“女子无才便是德”的说法，寻常女儿，只需精练女红，除非官宦人家，少有女子读书。这所建筑显然不是官宦之家的，整个建筑的规模和风格明明白白地彰显了这只是一幢农商宅第。按理，绣楼里外可以饰以花鸟灵禽或是俊男美女。然而，这一进的窗牖梁柱的雕刻却多是读书教化之类的题材。依松倚竹、展卷挥毫的书生们栩栩如生地在木屋的川枋斗拱上意气风发。这些又让我恍惚了，抬头看，一位妙龄女子正斜靠在窗棂边，一手缓摇团扇，一手轻拈诗书，神情专注，竟丝毫没发现楼下仰视着她的男子。

其实我不该诧异一个农商之家的女子崇尚读书的，事实上，我也素来不相信“女子无才便是德”这种说法，即便有，我认为那也只是特定时代的产物。我觉得，但凡是人，但凡是有一点儿审美情趣的人，都喜欢身边的女子是懂事乖巧的，古代形容一个出色的女子不就常常会用上“知书达理”这个词吗？知书便是读书。在我的印象中，古代女子并非不读书，而是受礼教束缚不能去学堂里读书而已。比如这所大宅的主人，显然就鼓励自家女儿知书达理聪慧贤淑，只是和普通人家不同，他的主张更明显，更了然，他不仅支持女子读书，还愿意去为女子读书营造一个良好的学习氛围。如果我的揣测是对的，那么，这位崇尚读书的明代商人足以让我肃然起敬了。

四进也是末进，这儿是主厅，设了神龛供奉天地君亲师位。此外，这儿还应该是主人会见贵宾佳客的所在。可以想见，这里原本是最阔绰也是最庄重的一个大厅。可惜，年久失修，这儿已经不见了当年的气派，唯有的痕迹是这个厅堂的位置最高，在从外到里逐渐升高的阶梯式地面，这里已经是最顶端，站在阶沿往外一眼望去，陡觉几分庄严。

厅内已经没有任何一件可以值得去探究的物件了，有的只是农家凌乱放置的一些农具。这一幕再次让我伤感。在我的设想里，靠神龛的居中位置也该有着一张八仙桌的，两边摆放几张配了茶几的靠椅。家庭里有重大计划的时候，家长端坐在八仙桌边，儿孙们则按长幼次序分坐两旁，然后，就那个即将出台的计划，一家人各抒己见，直到计划的每一个细节都确定无误。这才是这个大厅应有的场景。

我更相信，这本来就是这个大厅曾经有过的场景，从走进这座大屋起，这里的格局就昭示了这一切，亲爱、和谐、崇商、尚文、遵礼、守教，昭示了这是一所盛满了中国传统美德的典型农商之家。

我还相信，广丰十都祝家大屋，这一座接近五百年历史的老屋，它至少有着四百年的荣光，尽管在那四百年里老屋也在一天一天老去，但老归老，它一直延续着自己的功能，始终在用老屋最初建造者赋予的家族理念演绎着家庭的温暖与和谐。只是，四百年后，老屋苍老的速度骤然加快，短短几十年间，便如风烛残年的老人一般失去了精气神，我不知道到了后来老屋何以老得那般迅疾，也不想知道。我只想知道，这幢老屋还能存在多久，它的功能与内涵还能否延续。

我确信，在心里，我期待着它永恒。

# 曼陀罗

薛志成

邻村董家堡和方圆几十里村子的社戏一样，都是大西北人爱看爱吆喝的秦腔。不同的是每到元宵节唱戏的时候，董家堡戏场子所处的山坡有成片干得发白的曼陀罗，惹得一群嬉皮笑脸的孩子来采摘。人人手中一枝，招来挥去，好似一根根狼牙棒，给戏场增添了几分童趣。

台上的戏子演他们的，我们这些小鬼只顾舞着“狼牙棒”装扮自己的角色，车走车路，马走马路，互不相干。这不但惊扰了戴青黑色小帽、抽水烟的老汉们看戏，还引来一个略显疯癫的大少年参与其中。那少年中等个子，脏兮兮的鬈发上捂着个八牙扇子帽。可惜清秀的瓜子脸不知多少年都没有洗了，还挂着两条黏稠的黄鼻涕，差点儿就钻进嘴里。正当大伙为他担心时，只听噗嗤一声，鼻涕吸了进去，但很快又掉下来。若我没记错的话，一年三百六十五天，他的鼻涕始终那样。人们都说他的鼻涕有根，长在鼻子老窝里。又不知谁给他起了个难听的绰号“鼻闹儿”，一传十，十传百，但凡知道的人都叫他“鼻闹儿”了。他自然是不知道小孩子们玩弄的“狼牙棒”叫曼陀罗，只渴望自己也要耍，于是就追着几个调皮的小孩抢，却时不时遭到善使心眼的小鬼们围攻，被扎到脸或者手时，他疼得龇牙咧嘴，而后便站在了一边，无比羡慕又无可奈何地嘿嘿地笑。

“鼻闹儿”时常裹着一件旧棉袄，污垢已经蹭得发亮，衣襟处黑黄的棉花都跟烟熏了似的，露在外面。可别小瞧了他，力气大得惊人。据说，有一次他竟将麦场的碾盘给掀了起来，却挣破了深蓝色老尼卡龙布料的裤裆，他娘用一小块黑布补上，远眺，就像尿湿了一片。大伙儿既佩服，又惧怕他的勇猛。只要有人鼓动，他就像故意展示自己似的，说时迟那时快，双脚轻轻一跳，已经站在你面前，再看，大脚指头是伸出鞋外的。接着，一只大黑手直取对方手中的“狼牙棒”。当你听得呼的一股风响，“狼牙棒”早在他手中了。不一会儿，他手里就舞起几个来，笑哈哈的，鼻涕已淌进嘴里，可他自己还不知道呢。听见别人吼：“‘鼻闹儿’吃鼻了！”他才鼻子一皱，猛地一吸，连同嘴里的又吸进鼻孔里，接着又是得意地嬉笑。有了“狼牙棒”，他如获至宝，随时拿在手中当武器、当玩具。渐渐地，我们玩腻了，换了新的游戏，而他依然乐此不疲，年年这时挥着“狼牙棒”找我们这些小鬼玩，总引得我们一阵又一阵地哄笑，他便在身后追着我们跑。又成了戏场里的一道风景。

这还是我小时候的事，大抵已三十年了。

我上四五年级开始懂得事理，便常向母亲问及“鼻闹儿”怎那样痴傻，母亲却告诫我不许叫他“鼻闹儿”，他叫董满堂，是董家堡大善人董德禄的小儿子。说起董德禄，谁人不晓？他吃斋信道几十年，偏偏生了这个不争气的老生胎。别人看着麻烦，可他偏就不这样想，儿子毕竟是自己的骨肉，还期望娶媳妇、抱孙子哩。

这里的社戏年年如期演出，我没缺过一次，但自上了初中后再没有见过“鼻闹儿”。想起他玩曼陀罗时傻乎乎的可爱样子，倒有几分牵挂。问及当初的小鬼们，都说他这些年常外出打工。好点儿的活儿没人要他，只有陕西一家砖瓦场的施老板见其体格好，就留他常年在那儿搬砖瓦。时间长了，施老板发现他虽傻里傻气的，但憨厚有加，是个干活的好料，就给他全勤工资，还免了伙食费。他却不会说一句感谢话，只顾埋头干，几年下来也挣了些钱，舍不得吃穿，回到家全交给他爹。董德禄也是穷光阴过出来的人，把钱攒下来，将一院土房全修成红砖青瓦的架子房。庄里人表面上都开始赞许“鼻闹儿”有出息，但心底里仍旧看不起他，三十出头的人连个女人都没有，谁还会跟他呢？一辈子光棍打定了！

后来我在外求学，每年寒假都迷上了热土炕和小说，淡忘了董家堡的社戏，至于“鼻闹儿”更是置之脑后。每当人们提起他时，我脑海里仍是他过去的样子，但会尽量地去想象他现在的风度，希望他不再是那个脏兮兮的“鼻闹儿”，最起码断了鼻涕的老根。

毕业那年6月，我待在家里焦急地等待分配工作的消息。母亲一而再再而三地要我跟她去董家堡火星爷殿烧香，祈求神灵保佑我能有好单位。我说不过，只好遂了她的心愿。踩上几年没走的小路，我不觉想起了“鼻闹儿”。他还在砖瓦场吗？再吃鼻涕不？见人还是那傻样吗？唉，够可怜的，定是光棍一条。

哎哟，真晦气！啥贼东西划了一下我的手背？我心里嘀咕着，一瞧，原来是一株绿油油的曼陀罗，山坡上众多的曼陀罗里的一株，株头结了好几个“狼牙棒”呢。

这就是我儿时记忆里的山坡？我惊呆了。满坡苍翠的曼陀罗矗立在草丛间，数不清的“狼牙棒”在草浪中摇摆。细细看去，还有少许笑得正灿的白花，形似牵牛花而略长，加之露出的黄蕊，像足了大队书记家屋顶的高音喇叭。绿中几点白、几丝黄，哪有记忆里冬日的破败？一条弯曲的小土路似游蛇顺沟而下直至火星爷庙院。我和母亲来到庙院才发现大门紧锁。

走！去满堂家，满堂他爸拿着钥匙。母亲说着便带我原路返回，向半山坡右拐处的水泥路上走去。曼陀罗的生命力够强，从水泥路边挣出几株，稀稀疏疏地排布到一户一砖到底的人家门口。红砖青瓦，阔气的铁皮大门，莫非就是“鼻闹儿”的家？

说也巧，董德禄正从那门口走了出来，头戴阴阳帽，一身黑色道袍，手握木鱼和铃子朝我们走来，还是那样精神。

母亲忙前去搭话：“您老人家要去哪儿走艺吗？”

“哦，没！快来屋里！”董德禄说着，转身引我们进了门。

他老伴儿正抱个白胖的小娃坐在上房门槛上拿奶瓶喂奶，旁边侧坐着个虎背熊腰的汉子，手里拿着一株绿油油的曼陀罗在地上敲耍，蓝条纹黄白 T 恤束在腰间，黑休闲裤，棕色皮鞋，只是土沉沉的。听见有人进来，那汉子转过脸来朝我们一瞅，呆呆地笑了一下。

是“鼻闹儿”？啥时候没鼻涕了？我简直不敢相信自己的近视眼，心里暗暗称奇。

“一个女人家不脏不净地坐在上房门槛上像个啥？说了多少遍了。”董德禄瞪着眼厉声道。

德禄老伴儿忙起身，脸一煞红，一煞白，看了看母亲，又瞧了瞧她儿子：“养个娃，长得很快，你快来看我满堂的女儿，多可爱啊！”一边说着，一边在小娃白皙的脸蛋上吱吱地亲了好几下。母亲前去夸赞着，抱在自己怀里，塞了十元钱。“鼻闹儿”娘左右推托，最终还是高兴地收下了。

闲谈中我才得知今天是“鼻闹儿”女儿过百日，农村人称“过百岁”，董德禄刚才正要去庙上给孙女念百岁哩。寒暄之后，我和母亲顺便跟着他去了火星爷殿。

烧香回家路上，我纳闷地问母亲，“鼻闹儿”啥时候结婚的？女人去哪里了？真有福气，还有了那么一个秀气的女娃子。

“嘘！小声点儿，千万别乱说，要保密！”

“啥事啊？这么神秘。”我一脸疑惑。

“是董德禄老两口抱养的。我具体也不知道，也不爱问人家的事，只是听别人说是从陕西抱来的。”

“陕西？听说满堂一直在那里打工呢。”

“嗯，就是他的老板联系抱养的。据传娃她爸妈都是工作人员，头胎是女儿，户口上在了别人家，给人说养的是亲戚娃。后来假装有病，请了长假，到外市生下了这个娃。还盼着能生个儿子，又怕计划生育政策紧，丢了工作，初月未满就托施老板找个好人家送了。施老板也是个慈善人，见满堂爹娘曾经来陕西看儿子给他说过抱养孩子的事，就喜上眉梢。口口声声答应好那两口，背地里把孩子抱给一个条件较好的外地人，又转到满堂爹娘手里。善人总有善报，满堂也不枉来到世上，老两口可以指望招个上门孙婿，为儿子传宗接代。不过可怜了粉嫩嫩的娃娃……”

母亲的话听得我心里酸溜溜的，不知说什么才好。

8月份我参加工作，带着母亲离开老家，来到县城定居。时隔多年，我再没有见过“鼻闹儿”，也不再惦记他，因为他变了，不再那么脏，尽管还是那么傻，但有了一个可爱的女儿。他不会再那么孤独，因为有女儿陪他观赏情有独钟的曼陀罗。

去年的一次宴席上，我偶然碰见董家堡的一个“小鬼”。激动之余，便聊起“鼻闹儿”，说他的女儿年已十八，长得亭亭玉立。董德禄参合五行八字给她起了个好听的名字董翠珠。“鼻闹儿”他娘去世两年了，总算把翠珠拉扯成人。翠珠应了她亲爹娘的智商，小时聪明伶俐，读书也不错。老两口生怕她考上学飞走了，留下儿子没人照管，硬让她辍了学。又不让她出去打工，生怕见了大世面，跟男人跑了。时间一长，翠珠也习惯了，待在家里也挺自在。“鼻闹儿”的爹八十有五，身体还行，准备给翠珠办婚事。

“女婿是？”

“上门女婿呗！还是咱一个大队的，他爸你可能知道，背疙子。他妈是疯子，生了两个儿子，倒精干得很。人都嫌弃他爸妈，没人给媳妇，只好上门了。”“小鬼”吐了一口烟。

“哦，精干就好，但愿精干，不然‘鼻闹儿’一家咋活哩！”

善人总有善报，“鼻闹儿”总算活起人了，尤其是可怜的翠珠能找个如意郎君，也能过个红火日子。我心里默默念叨着之后又忘却了。

前些天回老家途经董家堡庄头，老远看见白幡在寒风中飘动。

这不是“鼻闹儿”家吗？掐指算来他也五十岁的人了，听说他最近病重得很，卧床不起。与其糊涂一世，不如早点儿去西天极乐世界享福，免得连累翠珠。光棍一个，爱了一辈子曼陀罗，最后睡在曼陀罗成片的山坡，翠珠再给他脸上撒一把黄土，够幸福了。我一路思索着。

刚下车就碰见堂哥。老哥，董家堡的“鼻闹儿”去世了，我看见他家院门口的白幡了！

堂哥见我高兴的样子，叹了口气："唉，该死的不死，不该死的却死了。老汉八十几了还不死，倒活得旺旺的。'鼻闹儿'眼看将死，吃了几服药，竟好了。女儿太可怜，昨晚服毒了……"

"啥——啥——啥？咋这样哩？一个月前我还在城里碰见'鼻闹儿'住院。他见我还是呆笑，指着女子给我说这是他女儿翠珠。我才知道他女儿真够漂亮，也很开朗，通情达理。不会吧？事情咋成这样呢？"

"你不知晓，那女婿是个玩货，结婚一年多常常吵闹，晚上也不罢休。"

"啥事嘛？两口子争吵很正常，就像上牙磨下牙，渐渐就好了，何必呢？我真为她生气。"

"还不是为了小事情——结婚的彩礼。咱这里娶一个媳妇进门少说得三十万，上门的便宜些，也要十几万，这都是行情。谁要嫌彩礼高，就等着打光棍去，或者在外面骗一个女子回家，除非本事好。可那女婿就是想不通，一个大男人倒插门，还要给那么多钱。为此常闹口舌，甚至打架。本来是父母之命媒妁之言的婚姻，两人没感情凑合着过还可以，一闹矛盾越发生分，想不开就喝了一整瓶除草剂……"

"哎，哪里来的除草剂啊？不晓得把它藏好！"

"你晓得董家堡庄头的山坡长满了曼陀罗，这些年连附近的庄稼地里都长满了。起初人们要费好几天力气去拔它，后来有了除草剂，冬天一喷，来春就少多了，很省事的。"

"贼草，都是你惹的祸！"我有点儿恨"鼻闹儿"，一定是他拿着成熟了的曼陀罗当"狼牙棒"挥舞，无意间将籽粒撒在地里长出来的。

归途时我的心一再发软，顺便看望了一下“鼻闹儿”。他看见我，低下了头，哭得死去活来，鼻涕又吊得长长的，流进嘴里，不知是咸还是酸。董德禄泪眼汪汪，强打起精神对我说：“都是她婆婆在世时常和狗一样蹲在上房门槛上，一个女人家的脏身子冲了正堂的神，造的孽啊！唉，可怜的翠珠就这样一命呜呼了。”

告别“鼻闹儿”的家，向山坡上的公路走去，途中见到几枝干得发白的曼陀罗。我的心一沉，春暖之时，它还会发芽、抽枝，5、6月份又会开出极芬芳美丽的花。传说在西方极乐世界的佛国，它不舍昼夜地从天上落下，满地缤纷。那时，看着曼陀罗长大的翠珠或许在闻着花香，享受天乐吧。我想，稍过时日，大善人董德禄定会打起精神，穿上道袍，敲着木鱼，摇起铃子，为孙女翠珠超度亡灵的。

汽车离董家堡渐行渐远，我隔着车窗不停地回头望，儿时的那个山坡依旧长满曼陀罗，在凛冽的冬风里发颤……

# 母亲的大碗

杨永红

我们家里有个特大号的碗，略粗的白瓷，碗腰上有一圈青色的缠枝莲花纹。

这碗若盛满水，我一手端着费劲，它笨重的样子，总让我想起影视剧里那些蹲在自家院子里大口吃面的男子。一双筷子在碗里一扒拉，扑面的热气就卷着面香刺激着味蕾。这样的吃相无疑是最上不了台面的，但这样的吃相却绝对充斥着十足的食欲感。

这碗一直是父亲用的。

其实，父亲的饭量并不大，但母亲每次都会用这碗给父亲盛饭。

如今，每次去母亲家里吃饭，她必定会用这大碗给我盛饭，她知我吃饭马虎，也知我吃不了多少，但依然用这碗盛进她认为我应该达到的饭量。我就会想起父亲，他每次端起碗吃饭时都会埋怨一句:“这么多，都无从下筷子了！”

这碗于母亲有着它特殊的使命。

首先，数量是必需的，然后挑挑拣拣，将品相最好的菜蛋米面统统收纳其中，最后她一定是坐在我的对面，看着我一面吵嚷着太多吃不了，一面强撑着将它一扫而空。我刚撂了筷子，她就收了碗开始数落我，一米六几的个子，吃猫食呢，你妹妹啥时候都比你吃得多。

吃一回挨一回训。

昨夜下过一场雨，几畦韭菜东倒西歪地举着白色的韭菜花，入秋了，它们强撑着骨头不肯衰败下来，我看着也觉得挣扎，我想，该将它们齐根剪了。从今春发芽到现在，我只剪过一次，调成韭菜鸡蛋虾肉馅，包了饺子，这样的吃食带给我的美味感更多的是“夜雨剪春韭，新炊间黄粱”所带来的，原来，味蕾也可以造境。

煮好后，趁热给母亲急忙送一些，母亲见这热腾腾的水饺，顺手在厨房取了那只大碗，将它们悉数倒入其中。我急急地取了碟子，倒了些醋，让母亲尝尝味道如何，母亲一边尝一边说，我种的韭菜吧？味道就是不一样。于是，那美味感又虚化成她躬耕的样子。

给母亲买过细瓷的盘碗，但她只在逢年过节时才用，用着这些温润的细骨瓷，她格外小心翼翼，仿佛这样的用具将节日又能推至另一重盛大，她的旧围裙和那些常日用的碗筷，终于在欢聚一堂的时候，心意从素朴转为庄严，话锋从随意日常转为锦心绣口。

这一切于母亲不过是一种仪式。

仪式与尘间烟火还是隔着一些距离的。就似花开是一种仪式，插秧是一种仪式，风吹雨打的磨砺，劳作挥汗间隙里的蓬发，一直在仪式之前游走。那用惯经年的盘碗才真正深藏着一种温暖，白天喂养血肉，夜晚生出精神，尽饮沧桑之后，花落成果，十月获稻，那捧着家常碗筷的人，站在成海的稻田之上，一眼望去，有风生，有水起，任是怎样质地的盘碗，所装的都是同一种富足。

昨日去母亲家吃饭，一大碗清汤面。

我说："太多了，吃不了。"

母亲说："那么大个子，吃猫食呢！"

我低头吃，她在一旁唠叨。

突然觉得，这碗里盛放的何止于食物，分明是她和父亲经年的对话。如今不同的是，我在重复着父亲当年的话，母亲则继续着她的絮叨。

对话能够继续，总好过独角戏吧。

# 土　豆

王宗伦

我家种的土豆丰收了，在厨房一角堆了一大堆。

因为有了一大堆土豆，各种吃法都可以尝试了。有炒来吃的，有蒸来吃的，有烧来吃的，有烤来吃的；有炖猪脚的，有炖牛排的，有炝烧白的；有切成丝的，有切成片的，有的切成菠萝状，有的切成肉丁状，有的切成三尖角，有的切成条，有的切成坨；有的蒸熟后捏成土豆泥……切成片的，开水焯一下，晾晒成土豆干，油锅一炸，夹一块，咬一口，咔嚓一声，又香又脆，下酒最好。

记得我进城读书的时候，在新华书店看书，学了一招，将土豆切成细丝，在开水里焯一下，凉拌，特好吃。在我家乡，凉拌土豆丝这种吃法，我是第一推广人。总之，土豆的吃法千奇百怪，各有各的口感。尊贵的客人来了，可以接待。平常过日子，也是百吃不厌。

由于土豆多，我们常常拿一些送人，或者拿一些到街上去卖。观察土豆的价格波动，也是一件有意思的事情。有时候可以卖个好价钱，有时候又卖得便宜。同样的土豆，不同的时节，不同的地点，不同的人销售，价格都不一样。比如把土豆摆在我小区对面亲戚的小店门口卖给路人，价格就不能喊得太高，因为他们都是图方便、图便宜才顺便买几个，并不是非买不可，所以不能待价而沽。如果摆在菜市场，有趣的现象就更多了。因为没有其他的菜陪伴，孤零零的一袋土豆，在喧嚣的菜市场一角，毫不起眼。偶尔有人瞟一眼，感觉奇怪，这个卖菜的人，怎么只卖一袋土豆呢？于是上前来问，我们说："自己种的，吃不完，拿一袋来街上卖。""你自己种的？"人家不相信，以为我们是骗子，至少以为我是。一个戴眼镜的中年男子，看起来酸不溜秋的，怎么会去种土豆卖？有的则好奇，觉得我们不像卖菜的人，因为卖菜的人那个手脚之麻利，眼睛之机敏，口齿之伶俐，言语之甜蜜，我们都不具备。我们只是守着一袋土豆，像春秋战国时期那个守着和氏璧的卞和一样，任人嘲笑和奚落。我们无所谓，卖不了就拉回去。有的过来问一声，然后蹲下来，捡起土豆东看西看，像个主考官对考生进行面试一样，不懂装懂地故弄玄虚。有的因为买了我的土豆，知道这个土豆特别好吃，所以，只要我们的土豆在菜市场一亮相，马上就有人来买。但是我们的价格往往喊得比其他卖主要高，有的人就故意压价，说人家只卖多少多少，你怎么卖得这么贵？好像我们犯了什么错一样质问我们。然后讨价还价一番，他假装去其他地方看看，然后又倒回来，还是按那个高价买走了。有时候，我的戏谑心顿起，看他迂回来，就故意把价格喊得比先前还高。他会怒目而视——欺负人？有的生气掉头离开，愤愤不平。有的看到迂回一番，价格反而抬高了，便立即购买了。有时候，人家出的价钱高，但他的脸色不好看，我偏不卖给他。生气的是你，又不是我，活该。有时候看到慈眉善目仿佛是个好人的，我会送给他几个。有时候土豆太多，自己又有事情急于离开，土豆的价格就喊得跟其他的差不多，甚至还低一点儿。人们就一下子过来哄抢。见到这情形，我又想把土豆带回去，不忍心就这样贱卖了。但回头一想，土豆就是这个命，何必为它太伤情，也就挥挥手，随它去吧。

卖出去的土豆，命运也是千差万别。有钱人买走一袋。酒店采购买一些，普通劳动者买一点儿。进星级大酒店，进朱门别墅，落入小户人家，甚至有的被人抛弃，成为垃圾，有的处理不当，腐烂变质。而成为“贡品”“赠品”，被标榜为“土特产”的备受尊崇；被艺术家买去作为写真之物后，画进图画，成为永恒；被摄影师摄进镜头，流传于世；被文人墨客写进文章，赋予了思想和内涵，流传千古。同样的土豆，为何命运和结局却如此大相径庭呢？我常常百思不得其解，好像我比土豆还着急一样。

有一次，我在土地的一角看到一株两株或者是几株随意生长起来的土豆苗。原来那些被人随意抛弃的小丁点儿的土豆疙瘩，因为接了地气沾了泥土，又长出了自己的下一代。风儿一吹，土豆苗儿摇来晃去，一副生生不息的样子，好像嘲笑我的多虑。

# 水上的香格里拉

一　苇

## 一

到大理西湖前，我不知道有此西湖。

到了大理西湖后，我眼里心里便只有西湖。

我是大理洱源人。按理说，我应当从小就知道西湖，到过这么美丽的高原水乡。但在前三十年的人生岁月里，我总是与西湖擦肩而过。我常常坐着客车往返于下关与洱源之间，其间的距离仅七十公里。客车常常经过右所街，沿着绿意葱茏的弥苴河一路向北。右所街离西湖只有二里之遥，可我却不知道还有西湖。即便偶尔听到，也忽略了，像风吹过一般。大理有那么多的湖，洱海、茈碧湖、海西海、剑湖、天池我都见过了，想来西湖也差不多吧。

更早，是在读初中时，初一的班主任杜老师就是西湖人。一个长得纤秀的男人，一头鬈发，大眼瘦脸，随他一起来读书的侄子倒黑而健壮。知道他们是西湖来的，却以为那只是一个村庄的名字，那里未必有湖，就像有山的地名未必真有山。他们也不谈西湖，就像那是他们的一个秘密。

怎么会想到呢？熙攘喧闹的右所街，人烟稠密的右所街，交通要道的右所街，每天总是满满当当的。那时还没有大丽路，没有复线，这是 214 国道上的要冲，往剑川、丽江、中甸，都要经过这里。隔了一个小镇，几块田垄，就在闹市的眼皮底下，却藏了一个静谧安宁的西湖。

说是藏，真的是。别的地方，若是有一方小小的水潭，一包小小的秃山，都要挖掘它的来历，编排它的传说，开发它的资源，让大把大把的钞票流进来。可在洱源右所，如果不是刻意去打听，外人真的不知道有西湖。就连像我这般喜欢游历的本县人也不知道。站在右所街上或是田垄间，朝对面的覆钟山上望去，也没有一点儿湖泊的迹象。只有远山、田野、村庄，呈南北向绵延。

西湖躲着，躲在咫尺之内，躲着俗世的入侵。

## 二

其实，西湖在历史上早有大名，是邓川州有名的“烟渚渔村”，这在《重修邓川州志》上有记载。与唐王朝相始终的南诏国时期，南诏主皮逻阁在那场著名的“统一六诏”战事中，与邓赕诏部落在西湖上有一场惨烈的战斗。那时的西湖是一片大泽，没有什么村落，和现在的“六村七岛”不同。估计也没有小岛浮现。后来邓赕诏战败后，在白族史上常被提起的著名女子白洁夫人殉节。关于她的死，有 N 种版本的传说，有说投洱海的，有说投井的，有说投弥苴河的，有说投西湖的。至今每年火把节之后，人们还在西湖上百舟聚集，凭吊白洁夫人。西湖畔有白洁夫人庙。尽管那一段历史早已灰飞烟灭，如今和谐安宁的湖面根本看不到历史的遗迹，可在西湖民间却口耳相传，代代承接。民俗的力量有时是强大而坚韧的。

有一个唐朝的人，他的名字和西湖连在一起，他叫罗时。那时的西湖水患频频。每年夏秋，河水暴涨，弥苴河承受能力太弱了，不仅没法排泄西湖的水，反把洪水倒灌入西湖。西湖四周大片良田淹没，农舍冲毁。罗时无官无职，但他实在看不下去了，就和弟弟罗凤一起，组织乡民，从自家的田里开挖河道十里。又拿出千两白银，召集役工，开通玉案山南麓，引西湖水南流入洱海。从此，西湖水患平息。洱源人很重感情，就把那条新开的河道叫罗时江。而西湖，大概也就成了现在这般模样。

后来，徐霞客来了，杨升庵来了，李元阳来了，杨南金也辞官回来了，西湖热闹起来。徐霞客老前辈在游记里用了大量的篇幅把西湖夸了一通，说这里比杭州西子湖更好。杨升庵和李元阳，一个是四川来的谪戍状元，一个是大理名士，才华多得用不完。他们常常坐着船，游罢西湖，便到湖畔的杨南金家里喝酒唱和，也就有了一首首吟咏西湖的诗。

那时的西湖，是有福的。

## 三

第一次见西湖，我便与西湖心意相通。

六村七岛相望，汀港相间，曲折成趣，舟楫往来，渔歌互答；苇岸青青，菱蒲泛泛；蛙鼓鱼跃，鸥鹭翔集，更兼鸡鸣犬吠。

一个诗意栖居的高原水乡。

一只小木舟悄无声息地滑过来。

上船的那一刹那，我以为误入了江南。

触目所见，是满眼的绿。柳堤翠绿，湖水深绿，苇荡浓绿。湖面上静静地卧着海菜花，白色的花瓣随风轻颤。带刺的菱角浮在湖里，用手一抓，连茎带叶拉出来，摘下就吃了。一切都干干净净，芦苇是干净的，海菜花是干净的，菱角是干净的，湖水是干净的，清澈见底。在船舷边可以看到海菜花的茎，直到湖底，伸手去拉，却是老长老长。还有一绺绺的水草，随着船身的摇摆扭动着。阳光透到湖底，可见游鱼在水草间穿梭。

船家左一篙，右一篙，深一篙，浅一篙。木船便稳稳地穿过芦苇间的水道，像穿过窄窄的小巷。接着便进入阔大的湖面。风微微吹拂，便将湖外的暑热换成了一湖清凉。正待站立船头放眼四顾，一道石桥迎面而来，赶快蹲下，俯身，低头，桥洞从头皮上方掠过，吓了一跳。身旁却有两名男孩游过，他们的身体油黑发亮，游泳的姿势像极了水獭。我心生羡慕，这才是自然之子。回头一望，撑船的大妈朝我笑笑，用浓郁的白族乡音说："我叫您小心了，您没有听见。"大妈面孔黧黑，脸上布满了皱纹，白发在青色的包帕间露出，身子骨却很硬朗。

前面一个小岛，岛上的村落叫南登，住着清一色的白族人家，房舍都是白族民居风格。一名白族妇女走出家门，解开拴在柳树上的木船，向湖心划去。撑船的大妈和她打了招呼，她说要收包谷去。白族乡音，白族服饰，白族民居，让我从"江南"的感觉中醒过来。

转过一湾苇塘，前面一个小洲，如龟背一般露在水面。小洲上种了一畦辣椒，红红的。还有一排包谷，秆上挂了几个翠绿的黄瓜，点缀着这个小洲，也给湖面添了一丝生趣。

撑船的大妈说，西湖地少，种点儿粮食菜蔬都要见缝插针。为了一把小青菜、几个辣椒，要撑船去摘，这是常有的事。说话间，一声牛哞从村里传来。湖上有岛，岛上有人家。依然种田种菜养畜禽，透着浓郁的乡村气息。

小船从村旁徐徐滑过，那些屋舍、门坊、村道、树木，都在我眼前徐徐展开。村中一株老树上栖着白鹭，蓦然飞起，在湖面上优雅地掠过。

几只秧鸡，一头钻进水中，再也不见。

一路向前划去，依然是村庄、岛屿、苇荡、田畴，只是夕阳西坠，眼前的景致已是另外一番模样。看着村庄上空升腾的缕缕炊烟，我只好弃舟登岸，回到外面的红尘俗世中去。

从此，我一次次地回到西湖，在西湖的柔波中，洗涤自己被俗世浸染的内心。

## 四

去西湖的日子，留在记忆中的大多是雨天。

晴天里，西湖的天空清蓝高远，白云如轻絮浮着。水面也是明澈透亮的，映着覆钟山，映着村庄岛屿，映着绿树红花，映着一绺绺轻云。心情也随之空旷悠远。

雨天却不同，灰色的天空压得很低。远处的山，四围的村庄全笼在雨雾中，就是六村七岛也若隐若现。水天一色，浑然一体，空蒙婉约。水面上的船只更少了。偶有一艘小船，从汊港中钻出来，几乎是在两船相会的瞬间，才蓦然惊觉。雨点滴在湖面上，溅起一圈一圈小小的涟漪，向周围漾开。一圈涟漪还没有完全绽放，另一圈又追了上来。小船驶在湖面上，好像被天空、湖水、雨雾完全包裹起来，似乎回到洪荒远古，回到了人类最初的蒙昧状态。大雨如注，一个人，一只小小的船，行驶在一片大泽之中，就像天空与湖水间的一枚楔子，镶嵌在水天之间，向湖水的纵深处嵌入，却不知身在何处。这样的时刻，渺小的我陷入孤独，陷入惊恐，心生敬畏。

在这样的雨中，西湖也寂然无声。小舟在湖面一直移动，却看不到岸，看不到岛。此时，才明白了一个词：漂泊。原以为漂泊是很有诗意的，只是在这雨湖中行船，才知道了漂泊的惶恐。

船终于靠岸，系舟步入雨天雨地里。一样是雨天，却仍是那么喧嚣，络绎的车辆将柏油路上的积水四处乱溅，躲都来不及。

几步之遥，竟是恍若隔世。

## 五

曾想，着一身白衫，背一柄长剑，漂泊江湖。

这江湖其实更多是西湖的样子。

就在西湖间一个无人的小洲上结庐，以芦苇覆顶，以竹篱为墙，以小舟做床。喝酒、抚琴、放歌、舞剑，醉卧草庐。或以凌波微步、踏雪无痕的上乘轻功掠过湖面，穿梭于六村七岛之间。猿行而上覆钟山，在山顶施展六合八荒唯我独尊功夫：双掌一击，电光石火，四周山鸣谷应。

那是一种孤独而又自由的幸福，只能想想罢了。

也可以有一种很惬意的方式，于是就做了。某年某月的某一天，和几个同事一道，撑一只小舟，泊在苇岸。一只火炉，用西湖草煤做的煤饼生火。支一口铁锅，从湖中打水上来，将钓到的鱼煮下去。稍微洗洗，也不刮鳞，也不去肚杂，也没有更多的作料，活水煮活鱼，味道却是那样地鲜。只怪鱼还长刺，要不，就整条鱼吞下去。

渴了，掬一捧湖水喝，微甜，只是有一缕淡淡的草煤味。

不远处，一位大嫂用一只木瓢在湖里打水。

西湖人家喝的就是西湖水。

## 六

到西湖，是要看紫水鸡的，就像到中甸纳帕海看黑颈鹤。西湖是紫水鸡的栖息地，有五十多只，在国内已是最大的群落。

我曾在苍山无为寺附近见到一个特立独行的摄影者，开着一辆越野车，架着一只“大炮”，他说他在守一只山鸡，已经守了几天了。和他聊着，就聊到了紫水鸡，那是一种羽色漂亮的水鸟，雄鸟全身覆盖着紫色羽毛，嘴尖，细长的腿朱红。他曾多次到西湖拍摄紫水鸡。他说，你一定要去看，那是世界上最美的水鸟。

在网上看博客，很多人提到了紫水鸡，到西湖去看紫水鸡。

去了很多次，我竟浑然不觉。我看到了白鹭、秧鸡、野鸭，甚至盘旋在天空中的鹰，就是没有紫水鸡。如果没有环保局的资料介绍，如果没有那位执着的鸟类摄影者，如果没有网友的文字，我就真的不知道。只是一遍遍地看着别人写紫水鸡的文字，别人拍紫水鸡的图片，紫水鸡怎么不见我？还是我看到了，却失之交臂？

下次，一定要看紫水鸡，哪怕像摄影家一样，守着。

## 七

西湖又一次热闹起来。

和徐霞客、杨升庵、李元阳、杨南金的时代不一样。现在的热闹更多的是烟火气、尘嚣味，西湖有些不堪重负。岛上已经住了四千多人。每天的游客上千，最多时有三千多人。旅游公司说，还不敢加大宣传，接待能力有限。

岛屿浮在西湖里，本来土层就软，又盖了那么多的房子。房子越盖越大，越盖越好。地基开始下陷，房屋倾斜。岛上的人家，几年就要修一次房子，挣来的钱，大多花在房子上。

能不能多打几根桩呢？不行，就像豆腐上插针。这是一个很形象的比方。用轻型材料，整体搬迁？想过了很多办法。只是，目前还是这个样子。

西湖的水不能再喝了。

环保部门想了很多办法，控磷、控氮，施用缓释肥，控制面源污染。在湖中用人工浮岛种芦苇、种海菜、种菱角，保护野生动植物，保持生物多样性。建成生态码头，码头是木材做的，浮在水上，就像一只只木筏。

南登村里建成了沼气站，大家把牲畜粪便送来，转化成沼气，又用管道输送到各家各户。沼气站的投入全由政府买单。

西湖更加绿意葱茏，西湖水返清了。

还有更大的举措，整个西湖，将建成一个国家级湿地公园。

那会是怎样的西湖?

只愿仍是原初的、本真的、质朴的西湖，仍是渔歌互答、汀港相间的西湖，仍是苇岸青青、菱蒲泛泛的绿色家园。

因为，大理西湖，就是水上的香格里拉呵。

# 村庄的声音

徐春林

人的心思狗知道。狗不会说话，但会判断人的走向。现在，我能够做的事情就是慢慢回忆。在我的记忆中回到锅庄，努力地回想这个村庄的声音。

从我出生的那天开始，奶奶把瓷碗砸烂在天井的台阶上。我顿时号啕大哭。这是我来到人间的第一个声音，我生下来时没有呼吸，是这个炸雷般的声音把我惊醒。在我成长的日子里，奶奶说，黎明的鸡叫声能传到星星那里，牛叫声能碰到天上的白云。从此，我的生命被整个村庄的声音包裹着，各式各样的声音在我的耳朵里回荡，远远的，就像是一个悠远而漫长的梦。

我每天细细地品着声音里的味道，有时还会吸收着新的浑浊的声音。当我写到爷爷的时候，我突然意识到村庄的故事该结束了。爷爷已经离开了。

我时常梦想着回到村庄里去，回到我的小伙伴中，和他们一起跳绳，追赶蜻蜓。不是走从前的茅草路，是从水泥路上狂奔而至。然后在村庄里放风筝，风筝飞到了太阳上。

如有可能重新在老宅基地上盖几间泥土房，盖两层，和城市里的房子一样也做个阳台，猫喜欢卧在阳台上晒太阳。和着阳光看书或者练习书法，风一吹墨汁就干了。山里的阳光更暖，树叶更绿，水也更清，悠长得几乎听不见遥远的呼唤。

我回到村庄时，母亲蹲在灶台前，侧着头朝灶内吹气，一点点儿火光被她口里的气吹得光亮。火焰在灶膛里烧得旺，锅里的水很快就翻着浪花。母亲的眼角布满血丝，额前的头发蜷缩着。她已娴熟掌握了吹火的技巧，但火苗难免袭击式地喷出来。

灶台一侧堆满了干枯的柴火，老鼠洞就藏在堆满柴火的角落里。柴火一般是烧不完的，烧得差不多时就得添加。垫在底下的一般是柴蔸，等到除夕夜整个搬进火炉。老鼠洞常年掩埋着。翻开柴蔸会有一股难闻的味道，粪味、烂薯味。

傍晚时分，村庄到处是喊鸡、喊狗的声音。动物占据了村庄的一半，在这里它们可以四处奔跑。鸡狗都认识主人，了解主人的内心。

那年秋天，镇干部就像春风吹进了村里。坐在老大队部的地场，村民们围着听他们讲政策。“移民，不移民是没有出路的。”在锅庄蜗居那么多年，村民的日子苦得难熬。移民是一束从山外照进村子的暖阳，年轻的村民好说，可那些年老的听不进去，他们舍不得这块相依为命的土地。就算土地再贫瘠，他们都不愿离开。“世代在这里生活了上百年，这才是我们的家。”是的，在这块土地上发生过太多的故事，那些故事构成了乡村文明。

一年后村庄里的人还是移走了，整体搬到了繁华的县城里。谁不向往美好的生活呢？老人的思想工作不是镇干部做通的，是他们的子孙们。村庄变成了一个空壳，移民政策有规定，搬迁后将宅基地还耕地。于是村庄里除了寺庙，陆陆续续会有人像走亲戚般回来。他们会站在老屋前，感叹过往的生活，也会站在村庄的某个角落抹眼泪。

我现在看清村庄的往日了，就像是一个失去光明的人。我发现我的眼力有限，很难透视村庄的内心。可是谁还需要一个盲人呢？我听够了这个村庄的声音，也可以不听了。我想，我是否可以改变一种方式，用鼻子闻，用手摸，用嘴去尝？村庄是不会拒绝我的方式的，我会用心把它的点滴刻在薄纸上。

我得感谢我的村庄，它给了我家几亩地，虽然不能脱贫，但在很长的时间里养活了我们一大家人。我的曾祖父和曾祖母，我的爷爷和奶奶，我的父亲和母亲，还有我们兄弟姐妹，一代又一代人的汗水浇灌着土地，但土地还是不见肥沃。种的植物也是有选择性的，除了麦子就是红薯，麦子和红薯都可以做很多好吃的。但麦子收成较少，只够吃上几碗面条，或者几碗麦子粑。每年的春天气候都不一样，有些时候麦子种下去，麦苗能够顺利长出来；有时要闷上好一阵子，生长得非常慢；还有时是稀稀疏疏的。红薯却不一样，不会因为季节的反常影响生长，薯藤只要埋在土里就会长果实。所以村民们都会选择这种命贱的植物，这样不用担心口粮。

我离开村庄后那几亩地就空着，长满了层层叠叠的茅草。那些耗尽精力挖地洞的山鼠全部挪到了地下，它们在地面上真的是太孤独了。

村人会因为离开改变信仰吗？实际上村庄的人陆续离开，不完全是整村移民。在此之前，村里的人陆续在离开村庄，最早的时候是外出打工，在沿海某些城市赚了钱，回来在县城买了房子。后来有些孩子读书改变了命运，毕业后分配到了更好的地方。这些人也都不愿意再回村庄，他们在外面的生活比村里好。

现在想来，发生在村庄里的过往事情，都是因生活条件太差造成的。邻居家的大黄狗老往我家跑，站在门口伸着舌头朝屋内张望。主人不同意，狗是不会跑进屋来的，那些日子没有剩饭剩菜，我们吃什么，母亲总会给狗倒半碗饭。狗不会经常来，每次来要么是邻居不在家，要么是狗的口粮没有了。想想，狗是多么善解人意。

夜半狗吠声响起，像是月亮在叫，声音悠远飘忽。我放学后玩得忘记了回家的时间，黄昏时狗站在山沟对面叫我。我喜欢看狗摇尾巴，奔跑着朝我跑来。我有自己的小路，比狗跑得还快。慢慢地狗声丢失在村庄里，在村庄里再也听不见狗的声音。

我后来想想锅庄这个地方是不适合居住的。乌鸦特别多，经常会听见哇哇的叫声。声音像是带尖刺的铁丝网包围着村庄，在空气中来回撕扯，一层层密布。那次村庄里意外死了两个人，年龄都不大，警察进村抓捕犯罪嫌疑人时，警笛声呜呜地划破了村庄的宁静。奇怪的是乌鸦漫天飞舞着，叫声覆盖了警笛声。可悲的是犯罪嫌疑人在乌鸦的叫声中，借机逃得无影无踪。

在这之前还有些声音惊动过村庄，一辆破拖拉机开进村庄时，“突突突”的声音吓得鸡鸭满天飞。一股难闻的柴油味散布在空气中，很长时间都未散去。

村路是老百姓用锄头挖出来的，可以勉强通行一辆拖拉机。路上的山石随时会滑落，砸在车轮上叮当响。那年秋天，拖拉机进村装了一满斗麦子。开到村口坏了，几日后，除了底盘和机器壳能拆的都被人拆光了。后来就连拿不动的也被铁匠铺分割成几段，变成了镰刀、锅铲子和斧头。还有一些被打成了铁棒，门前的桥就是用铁棒焊起来铺板的。再过些年在上面重新铺上水泥，桥梁变得非常结实牢靠。

村庄里来汽车的时候，狗已经不再看热闹了。汽车的声音很小，发动机的声音轻一声，小一声，小的时候好像没气了。山路铺上水泥还是不好走，路太狭窄，急转弯特别多，每过一个拐弯，车内的人都会碰到一起。还会让人担心，车会不会掉下旁边的悬崖。很多时候在半路会杀出程咬金来，车遇到车就找不到掉头的地方，仅倒车就得花半天时间，换上生手倒车会成大问题。还有些车坏在半路，连拖车也进不去，得请个师傅来现场，师傅不愿来就得被人解体。

夜晚是黑得没有尽头的，但也是清爽的。几个村民围坐在一块儿，聊着一些睡梦里的话题。声音黑黑的，人也是黑黑的。

还有一个夜晚，房檐的泥土沙沙地落在窗台的茶碗里。随即是各种像爆炸的巨大轮胎的叫声，从村庄的上空碾轧而过。我至今都想不明白，那天晚上发生了什么。

慢慢地，我发现村庄变了。人也变了，我以为埋藏在人内心深处的善念是不会变的。善念与村庄附近的森林贴得很近，刮风时林子里的花香忽忽悠悠地飘散得变了形，它随时会被风唤醒。

村庄底下还会有村庄吗？我一直怀疑。翻阅史料，村庄的历史仅一百余年，但我不相信，我以为在更久远的时候地底下还埋着另外一个村庄。

奶奶比爷爷早去两年。她去世时只有母亲在身边，她拉着母亲的手说："一定要送我回去。"

爷爷去世前，已经不能说话了。他的耳朵还正常，能听进去声音。我单膝跪在床前，还想听他说点儿什么。他伸过手来拉着我的手，怎么也不愿意松开。他的手冰凉得刺骨，没有了任何气力。我想起了三十年前，他拉着我的手时的感觉。走在山路上，我脚下一滑，他又把我提起来，始终没有滑倒。

人都是要离开这个世界的，别后就永远不可能再回来。不知道为什么，爷爷离别前却示意我一定要回到村庄。是不是人回去后，就意味着一切都回去了呢？他是我亲眼目睹死去的第一个人，我以为一个人对死亡会产生恐惧，他却死得十分安详。

我不知道一个人的头脑里储存着多少声音，那些声音是什么形状和颜色的。我想把听到的全部说出来，但还有很多是没有听见的。但我相信一定会有人听得见，他们的耳朵比我的灵敏。如果我是一个聋子，那一定还会有很多的声音没有描绘出来。还有吗？声音能否唤醒我的耳朵呢？在没离开村庄前，我的耳朵特别灵敏，就连隐约响起的碎丝乱飞声都能够听清楚。但后来不知道为什么，耳朵渐渐失去了知觉。

我把耳朵贴在墙壁上倾听，突然从硬质的泥墙里响起狗叫，像从很远的地方，狗叫着跑来，越跑越近。

也许在村庄的地下，还会有很多的声音。

# 阴山，阴山

孙国华

山的重要，并不在于这山是否巍峨或是险峻，是否连绵起伏或是重峦叠嶂，而在于所处的地理位置或者战略价值。

在内蒙古高原，阴山就是一座很重要的山脉。

“敕勒川，阴山下。天似穹庐，笼盖四野。天苍苍，野茫茫，风吹草低见牛羊。”一首古老的民谣，让人们知道了“敕勒川”，知道了“天苍苍，野茫茫，风吹草低见牛羊”那壮美的草原风光。但是，很少有人去了解那座著名的山脉——阴山。

我们一行几个人，乘坐一辆吉普车，从敕勒川的远处，沿着那条古老的土路，驶向那莽莽苍苍的阴山。山风很猛烈，顺着山坡呼啸而来，在我们的耳边，发出一种尖锐的声响。树木和野草，都在山风里震颤、飘摇。

下了车，将目光缓缓放过去，自西向东，一直到目光苍茫处。那里，阴山山脉，仍然以一种奔腾的姿势，逶迤而去。这就是那首民谣里面的阴山吗？这就是那座让人神往，又让人敬畏的阴山啊。我们摇头叹息，又无端感慨。阴山，这座静静横亘在内蒙古高原的山脉，多像一首磅礴的诗，饱含深情，且歌且咏且苍凉；多像一曲悠长的蒙古长调，在琴弦上震颤而出，有苦难，有悲伤，有久久散不去的烽火硝烟；这塞北蒙古高原上静静横卧的阴山山脉，更像一幅徐徐展开的长卷，镌刻着游牧、狩猎、金戈铁马、日月星辰、繁衍生息……

阴山，这座绵延几千里的山脉，如一条巨大的屏障，东西纵横在内蒙古高原上，将漠北高原吹来的风沙，悉数遮挡。而它的南面，则是“天苍苍，野茫茫，风吹草低见牛羊”的敕勒川，是水草丰美之沃土。那些生活在这里的少数民族，骑马射箭，放牛牧羊，安闲而自在。

因为阴山南麓，气候宜人，水草丰沛，塞外那个在历史上曾经很著名的少数民族——匈奴，就把阴山作为他们生活的天堂和崛起的摇篮。

大概没有谁知道匈奴的来龙去脉，当人们注意到阴山脚下，有一个叫作“匈奴”的部落十分活跃的时候，匈奴的势力，已经足够强大了。已经强大起来的匈奴部落，不甘心做一个大漠上的民族，不满足在阴山脚下，在“天苍苍，野茫茫，风吹草低见牛羊”的敕勒川放牧游弋。在先后吞并几个大大小小的部落之后，将目光，投向了远方，茫茫草原之外的中原大地。而此时，中原的花花世界一片歌舞升平，没有谁愿意去关注塞外那个荒凉寒冷之地，更没有谁会去为阴山脚下谁会逐渐壮大而操心劳神。

秦始皇的大将蒙恬率兵击溃过曾经作乱的匈奴，匈奴溃逃到漠北那个不毛之地去了，已经不足为患。秦始皇举全国之力修筑的万里长城，足以阻挡从塞外刮来的阵阵寒风，和射来的冷箭。一条万里长城，可以一劳永逸地屏蔽塞外那些贪婪的目光对中原大地的窥伺。

但他们不知道，一条万里长城可以阻挡北方少数民族南下的脚步，而一座逶迤磅礴的阴山山脉，却为匈奴的崛起、发展、壮大，提供了最为理想的天堂。“天苍苍，野茫茫，风吹草低见牛羊”在中原人的耳朵里，只不过是一首传奇的歌谣，那天苍苍、野茫茫的大草原，也只不过是令人神往的奇异风景罢了。而在匈奴这里，却是生命的摇篮，再次崛起的生命之源。每过几十或者几百年，总会有一个少数民族，在这里崛起、强盛，威胁中原。

站在阴山脚下，强劲的风从耳边飒飒掠过，像是几千年前射出的箭弩鸣镝，有一种厚重的金属声响。这草原的风的确是不一般，一次刮过便不绝，不但风吹草低，就是我们这些站在山脚下的人，也有些站立不住，随时都有被风卷走的可能。

一座莽莽阴山山脉，背阻北方袭来的漫漫风沙，却敞开胸怀，让滚滚黄河流经而过，灌溉着千里沃野，孕育出丰茂草原与肥沃的田野。同时，也滋养了一个个强悍的少数民族。同行的张老师不禁感叹：这阴山山脉，对内蒙古高原的重要性不言而喻，而匈奴各个时期的首领的目光，也是令人敬佩。他指着地图上一座蜿蜒起伏的山脉说，你看，这阴山山脉东西横亘，形如屏障，它不仅是一条重要的自然地理分界线，一条农牧业经济形态上的自然分界线，还是内地汉族与北方游牧民族交往的重要场所，是获得经济资源和信息资源的重要来源，具有十分重要的经济价值。它还具有很重要的战略价值，一座阴山山脉，就是横亘在内蒙古高原上的万里长城，在这里南可出击中原，败了，还可以退到阴山的北面，茫茫的大漠戈壁，那是任谁都十分忌惮之地。

是啊，一个民族之所以能够强大，一定是有着天时地利之便，一定是有杰出之领导者。在历史上，匈奴之所以屡挫屡强，并且逐渐成为中原各朝各代的心腹之患，这个神秘的北方少数民族，的确有其不寻常之处。把阴山山脉当作生存和战争据点，这就是一个了不起的战略举措。

眼前是一条蜿蜒且悠长的小路，从阴山的深处，迤逦而来，又消失在茫茫草原的尽头。就像草原上的河流，细长而婉转，不知从哪里来，不知道哪里是尽头。小路上两条清晰的车辙印，弯弯曲曲却坚硬无比，就连那些坚韧的野草，也无法将它们覆盖，无法让它们恢复生机。或是有太多太多的车轮碾轧过了吧，那种草原上的勒勒车，被老黄牛拉着，慢悠悠地，一遍又一遍碾轧过去。有匈奴的，有鲜卑的，有突厥的，当然，还有蒙古人的。应该还有中原将士的战车，追击而来，又慢慢离去。那些深深浅浅、凹凸不平的马蹄踏痕，是铁骑千万次踩踏留下来的，野草覆盖不住，风沙也难以填满，就是悠悠岁月，也无法抹平蹄痕深处的悲伤。俯下身，轻轻触摸，似乎感觉到了那些蹄痕里面的余温。有秦朝的烽火，有汉代的铁血，有唐朝的硝烟，当然，还有宋代岳家军那潇潇冷雨。我想，岳飞率千万铁骑踏破贺兰山缺的时候，会不会也途经于此呢？

不断崛起的北方各少数民族，之所以会不断进扰中原，除了据有阴山山脉这个丰饶的战略基地外，还有中原历代朝廷，总会有那么多昏聩懦弱的当权者，让那些强大了的、怀有野心的单于、可汗，有机可乘。

几千年后，站在塞外阴山脚下，在凛冽的山风中，我似乎听见了岳飞那沉重的叹息。

几只雄鹰在天空拍打着宽大的翅膀，飞过来，又飞过去，发出阵阵长唳，苍凉而悠长。野花在山风里俯仰生姿，星星点点，让单调的草原，有了温暖的色彩。敕勒川，在阳光底下，静静安卧，无忧无虑。我想起了翦伯赞《内蒙访古》里面的一段话：

阴山以南的沃野不仅是游牧民族的苑囿，也是他们进入中原地区的跳板。只要占领了这个沃野，他们就可以强渡黄河，进入汾河或黄河河谷。如果他们失去了这个沃野，就失去了生存的依据，史载“匈奴失阴山之后，过之未尝不哭也”，就是这个原因。另一方面，汉族如果要排除从西北方面袭来的游牧民族的威胁，也必须守住阴山的峪口，否则这些骑马的民族就会越过鄂尔多斯沙漠，进入汉族居住区的心脏地带。

我们在风中，一边缩头拢衣，防止帽子被强劲的山风掀起，或者衣襟被山风撕扯，一边感叹着曾经围绕着这阴山山脉展开的烽火硝烟，爱恨情仇。

远处，一群一群的羊，在展开的草原慢慢移动着，像是挥之不去的思绪，远远近近，聚聚散散。几个男人，骑着快马，在风中来回驰骋，挥舞着手中长长的套马杆，驱赶着一群马，风一般从远处掠过去，很快，就不见了踪影。那是匈奴人的后裔吗？快如风，疾如箭，几千年之后，雄风仍在。

或许，对匈奴人来说，阴山山脉，是他们的再生之地，也是他们最终消失在历史深处的根源之所在。正所谓，福祸相依。福地，必有福之人居之。而居住之人有非分之想，而祸必至焉。因为据有了这个进可攻、退可守的战略要地，匈奴人的心，不免躁动起来。

秦时，匈奴人就伺机进击中原，被秦朝大将蒙恬率兵击溃。十几年后，蛰伏了许久的匈奴，卷土重来，在阴山前后出没不定，不断袭扰中原，汉王朝不得已派兵越过阴山北击匈奴，他们才在与汉朝的反复争战中，彻底失去阴山远遁。而匈奴人并不因此而罢休，再次卧薪尝胆，以图东山再起。到了唐代，阴山山脉仍然是北方少数民族与中原战乱不止的策源地，只不过，战争的主角已经由匈奴换成了突厥。这是中原历朝历代对北方少数民族最关键的一战，史称“阴山之战”。唐朝在这次战役中彻底击败了东突厥汗国，东突厥颉利可汗后被俘虏，东突厥从此灭亡。

连绵起伏的阴山山脉，在蒙古高原经风沐雨，历尽沧桑，愈见风骨。生活在阴山山脉的少数民族，就像这敕勒川的野草，生生不息，就像这山脉，绵延不绝。

阴山山脉，滋养了内蒙古高原肥美的草原，也养育了一代又一代的少数民族，在这里繁衍生息。这里，不仅仅有铁骑如风，有羌管悠悠霜满地，有“但使龙城飞将在，不教胡马度阴山”，还有“葡萄美酒夜光杯”，“风吹草低见牛羊”，还有引弓射猎或围捕野兽，还有阴山那些引人入胜的岩画。

同行的另一位蒙古族鲍老师，对中国历朝历代围绕着阴山山脉所展开的战争，提不起兴致来，却对阴山上面雕刻的岩画，有着极浓厚的兴趣。在当地向导的带领下，他向山上爬去，要去和那些在冰冷的岩石上存留了几千几万年的岩画，来一番心灵对话。或者，用今日的手，去抚摸、去温暖那个久远的年代，那些斑斑往事吧。我们对阴山岩画知之甚少，觉得顶着呼啸的山风上山，也不一定有什么收获，就在山下，寻找了一个背风的地方，在温暖的阳光底下，回味那些早已经消失在风中的前朝往事。

天苍苍，野茫茫。野草，在风中飘飘摇摇，就像是一波一波的海浪，从眼前，向远处涌去。没有成群结队的牛羊，白云般散布在茫茫野草里面，也没有如风的铁骑奔驰而来，又呼啸而去。几座蒙古包，零星地点缀在草原上，这里几个，那里几个，就像是大海里的孤舟。我们不禁有些唏嘘，敕勒川，阴山下，不见了刀光剑影，不见了鼓角争鸣，也不见了风吹草低见牛羊的景象。

一切，都随风而逝了吗？

# 关河诗情

朱湘山

## 一

眼前是一望无边的瀚海戈壁，衬着远处孤零零的一抹血色残阳。就算是这样人迹罕至的地方，当夜幕降临的时候，居然还有几个行色匆匆的商人，赶来通关。一个疲于奔波的商队匆匆掠过，铁蹄在官道上敲出零星的火花。很快，这群人被放行，守关的将士点燃篝火，这时，几声羌笛悠然响起，回荡在边关的四周，在这月色空蒙的夜晚，那羌笛带着格外悲凉的情调，渗透进茫茫的夜色。

阳关，位于敦煌城西七十公里处的阳关镇古董滩上，始建于汉武帝元鼎三年（公元前 114 年），距今已有两千多年的历史。因据守玉门关之南，古以南为阳，始称作阳关。西汉时是阳关都尉的治所，是一个异常重要的军事关隘，也是丝绸之路南道的必经之路和关塞。那里凭水为隘，据川当险，岁月的烽烟走过千百年，阳关依旧无声无息地守护在那片戈壁滩上。

历史上，阳关古城曾以雪山为屏，原也有过优美的环境，一千多年前，它曾是湖水碧波、林草丰盛的处所，只是由于各种天灾人祸，变成了连天的荒原。现在，古阳关已被流沙掩埋，当年筑城用过的石头，也早已风化为尘土，在连绵起伏的沙丘裸露出点点土堆。

最早在阳关道上留下足印的并非是骚人墨客，而是驻守边关的将军和兵士。这阳关古道对他们而言，无异于是一道生死关，归乡的路变成空想的梦境，像阳关上的那弯明月，清凉而缥缈。他们是这条古道上最先的守望者与诗人，留下的点滴浩叹，曾经震动着无数人的心田。

二

沿着丝绸之路，我们朝历史的深处走去。两千多年来，茫茫崎岖戈壁滩上，中华民族用心血和汗水浇灌了一条通往外部世界的开放之路。云水激荡，山川奇峻，这开放之路涵养了中华民族的文化性格，也造就了丰厚的民俗风情和历史内涵。

张骞出使西域，两次从阳关出发。他出发时高车驱马，到后来只能踉跄于散兵乱民之中，流离奔命。史书记载，张骞曾两度被匈奴扣留，他再返长安时，青丝染白发，苍凉十三载。衣衫褴褛，而开路精神恒久，并由此被西方人尊为东方的哥伦布。

玄奘作为大唐使节也曾经从这里走出关门，行进在从长安去西域各国的路上，那当然不会是一次只有诗情画意的从容之旅，耗时十七载，惊魂五万里，才走出大唐盛世的气魄和中华文明的熠熠光华。

岁月的风尘早已湮灭了悠悠古道上的辙印，连那座与诸多历史大事维系在一起的国门，也只剩下一座并不雄伟的土墩，砖石塌落，荒草萋萋，哪里还能体味当日出发的盛大景象？

## 三

窸窣翻动的史册，翻卷起一幕幕褪色的诗篇，云烟漫漫，翠华摇摇，在车轮和马蹄声中联翩而过。那快马的汗息挟带着九重圣意和浩浩狼烟，凄清的夜雨浸润了多少历史，车辚辚，马萧萧，洒下了多少无奈的叹息和分离。掩上书页，不能不生出这样的感慨：阳关，这两个藏在词典深处的方块字，竟有着令人难以想象的恢宏历史文化内涵。

由此，也就不难理解，为何阳关常笼罩在一片惨淡抑郁的悲剧气氛之中，那急遽的马蹄声骤雨般地逼近，又旋风般地远去，从古都长安走到这里已经是人困马乏，生命耗去了大半。长路漫漫，西行万里之遥，回望故乡，人们的天涯之叹也就怆然而生了。

文学作品中，阳关似乎总与孤单相随，没有觥筹交错和前呼后拥，没有炫目斑斓的色彩，连日出也顾影自怜般羞怯。这里只有孤烟、夕阳、冷月和罡风。但孤独又是一种相当难得的境地，只有这时候，人们才能从红尘的喧闹中平静下来，轻轻抚着伤口，心平气和地梳理自身的情感，而所谓的诗，也就在这时静静地流出。既然是在这么一个荒凉僻陋的去所，没有什么可以描摹状写的，诗句便只能走向自我，走向心里，走向深邃。

文学，是社会生活的反映，汉武帝开疆扩土，纵横大地，催生了华美铺张、浩瀚恣肆的汉赋，大唐国力昌盛，四海来朝，铸就了唐诗昂扬向上、乐观旷达的诗魂。

一方面在于强大的边防和高度自信的时代风貌，另一方面在于建功立业的渴求和幕府制度的刺激。唐代的文人普遍投笔从戎，赴边求功。表现在告别的态度上，就充满了洒脱自信：“海内存知己，天涯若比邻”；“莫愁前路无知己，天下谁人不识君”；“我寄愁心与明月，随风直到夜郎西”。

就美学上来说，这些送别的唐诗主导的特质是阳刚之美，给人一种极为向上的生命张力，展现出唐朝泱泱大国的雄浑的民族精神。既不像前朝人的送别“黯然销魂者，唯别而已”，也不像后人写的“莫唱阳关曲。泪湿当年金缕。离歌自古最消魂，于今更在魂消处”。

## 四

今日，地理上的距离已不再是人们相思之泪洒落的因由，心灵上的分别才是肝肠寸断的折磨。心灵中的阳关是一种看不见的煎熬，荒漠在身外，悲怆在心内。近在咫尺，却如在天际，那才是无处话悲凉。

阳关，本是一个普通的关隘，作为一个离别的符号，临行饮酒赋诗，吟唱《阳关三叠》，并由此演变为一种离别的仪式，唐代大诗人王维的那首《渭城曲》应该是功不可没。

在古阳关城堡前面，万里蓝天之下，伫立着唐朝大诗人王维饮酒赋诗的巨大雕塑，诗人把酒向青天，巨大的袖笼仿佛刚刚被风吹起，那著名的诗句还在手中的酒杯里酝酿。古老的阳关，曾经是中国人心头的一杯离别之酒，它是漂泊、孤独和伤感的意象，挥手自兹去，望断天涯路，王维的酒杯，是否也会盛满这样的苦酒？

“渭城朝雨浥轻尘，客舍青青柳色新。劝君更尽一杯酒，西出阳关无故人。”细雨初霁，柳色清新，王维语出惊人，俊朗洒脱，丝毫没有流露凌厉惊骇之色，而只是缠绵淡雅，淡淡的晨雾，笼罩着苍凉敦厚的气韵，充满对游人旅途的关怀和祝愿，清风徐来，举杯相邀，一切尽在这杯薄酒中。

不是挥泪伤感，不是执袂相劝。他们的眼光放得很远，他们的人生道路铺展得很广。离别是经常的，步履是放达的，这才是唐人的风采。这种风采，李白是这样的，高适是这样的，岑参也是这样的，在他们那里，诗情焕发，方显出大唐的本色。

同样是分别，到了宋代，面对国运的式微，即便是豪放派的领军人物，写到阳关别离，也充满了泪水和凄凉：“唱彻《阳关》泪未干，功名余事且加餐。浮天水送无穷树，带雨云埋一半山。”

## 五

对于中华民族的历史来说，烽燧不过是一束烟火，边关不过是一个音符，阳关之外的丝绸之路才是一首宏大的史诗，是国门开放的阳关通途。

看吧，一支支驼队迤逦而来，身后扬起茫茫的黄沙，驼铃在孤寂的空旷中摇曳，红柳、芦苇、骆驼草和一丛丛的灌木交织在一起，它们试图用生命的本色来补偿沙漠的寂寞。而一丛丛的野花犹如星星一般，在这恣肆蓬勃的色彩中显出了几分颜色的高贵和矜持。旷野上开始有了牛羊和炊烟的影子，马队和牦牛远远地构成一幅力的雕塑。背着弓弩的大汉从远方飞驰而来。阳光照在古老阳关的土黄色的城墙上，风干的黄沙泛出一种金色的光泽。

波斯的商人、突厥的马队从中亚的荒漠逶迤而至，出行的使团旗帜飘扬，抖擞精神奔向千里之外的西域：它把民族自豪和盛唐风采写在高举的旗帜上，带着古老的华夏文明向同样古老的异国文明呼唤，期盼着更加富于激情的牵手，更加恢宏壮丽的融合。

10 月的阳光懒懒地流淌，天高云淡，秋风惆怅。荒原，在死一般的静谧中演绎着沧桑的含义。

告别阳关，继续前行，宁静的天蓝得像异族少女的裙裾，脚下的戈壁璀璨得像她叮咚作响的手镯，连绵起伏的沙山随着视线不断地向前延伸，这幅画面定格在我们的心中。

北风吹来，在漠漠黄沙上留下一圈圈涟漪，又很快散去，就像是船行过水无痕，只有长路漫漫，《阳关三叠》，人生逆旅，情怀永恒。

# 诗歌卷

# 取 经（外二首）

黑 眸

## 取 经

《大话西游》中，城头上相拥的两个人
取笑走远的孙悟空：
看，他走得那么难看
像不像一条狗？
或者，我也是这样的一条狗
佝偻着身子，歪斜着肩头
挑着一根棍子
向着西天远去
去取，那一部
早已遗落在城头的真经

## 晚 年

我无数次想象过自己晚年的光景
一个人，带一条狗
在路人的无视中

在喧嚣的红尘里
漠然地，走过晨昏
最后，等狗老死了
等我不堪其痛，不再寻找活物陪伴
那时，在暮色苍茫的小路上
在寒凉清冷的秋风中，就只会有我一人
踽踽独行

# 藏在狗尾巴草里的故乡（组诗）

予 衣

## 喊 山

山是有灵性的
有时候，你喊他会应你

喊山，就是不停地喊
一缕炊烟
刻在山里的每一个名字

不停地喊
直到荒草隐退，枯叶回春
直到山开始朝着低处奔跑
一边跑一边不停地
呼喊着我的乳名

## 核 桃

磨掉一层皮

才露出一身的硬功夫

所谓刀客
就是一生以刀为命的人
在自己的肉身上
一刀刀雕刻骨头的性格

神似
一脸木然的父亲

## 布口袋

一个小小的布口袋
把年久失修的颜色
紧贴在母亲的胸前

一朵从乡下来的野花
挂在城市的胸口
怎么看，都像是故意绣上去的
补丁

## 彼此彼此

老房子，蜷缩成一团
隔着杂乱的荒草。彼此

偷偷地看着
彼此

落魄。惺惺相惜的脆弱
不敢走得太近，生怕
一指触摸
彼此就倒了下去

## 故乡明月

月是故乡明
是一盘过期的谎言

把脸埋在一堆荒草丛中
整夜整夜地哭
故乡的明月，早已老成色盲
分不清春秋之色

如果有风吹过
那一定是母亲的衣袖
不小心缠住了故乡的长发
弄花了明月的脸

## 老房子

老树上秃顶的鸟窝
母亲低垂的乳袋
老房子，谦卑得像祖父的样子
藏在深深的狗尾巴草中

孩子和狗都走远了
只有狗尾巴草和风
可以说说话

# 小灯，十四帖

武雷公

一

睡不着觉时，闭目数羊
数着数着，小羊们
把星星当作盐巴吃掉了

二

你指向云下掠过的灰雁
悻悻地说：它们还会回来吗
孩子，它们只是一些草鞋子
被秋风穿走了

三

你看芦花
飘至树下，供落叶取暖
可它还会结霜

它曾经的葱郁，只是
时光一度迸裂的缝隙

## 四

孩子，你不止一次
向我宣说，你长大后的梦想
你曾说过，祈愿早日长大
要为乌龟发明翅膀
可是，我亲爱的孩子
你知道么，我憧憬于此时此刻的你
也妒忌此时此刻的你
童年，对于现在的我来说
是多么奢望的一件事啊

## 五

春风绿了门前小草
兔子耳朵里的年轮在生长
六月，小巷里的草，一天一天被你拔完
你把一只别人赠予的小兔子
喂养得体格硕壮
突然有一天，它被祖父做了下酒肉
菜园里，你把残骨一锨一锨埋起来
用小手轻轻拍着堆起来的土

孩子，你知道么，那一刻
我呆若木鸡，不敢开口讲话
生怕碰疼了你的悲悯

## 六

你坐在我的膝盖上半途睡去
我坐在一棵老树下，回味
一些沉闷的世故尘劳
此刻，月落明光
好吧，让我借用这洒落一地的月光
折一折，轻轻放回水塘
做纸船吧

## 七

已经有很多人，把月亮写了又写
你背诵“床前明月光，疑是地上霜”
我相信，此时的你，还没有领略到月光的尖冷
我曾经在一首诗中，把月光
比作一地的寒霜
把它们收集起来，就成了我的乡愁
孩子，许多年以后
你想起我，也一定会感受到
这乡愁的尖冷

## 八

你囚笼了数十天的鸟雀
已不知去向。因此
你向祖母决绝地抗议，并表示绝食
孩子，我看到你因一只重获自由的鸟雀
而悲怆落泪。我有些莫名地替你担忧
内心却也有一丝小小的愉悦

## 九

这个人间随处都存在着硝烟
叙利亚的孩子们，此刻
还在躲避着轰炸与枪声
孩子，你只是生在了一个
新时代没有战火的和平国家
孩子，感谢祖国吧

## 十

山风吹来，一扇玻璃窗晃了晃
你把墨水瓶不小心碰翻
担心妈妈会责骂你，于是
找来一块围裙擦了擦

那时，我已烂醉
那时，春风也已烂醉

## 十一

当我一只脚踩进广场的草坪
你告诉我：小草的腰是柔软的
不要惊扰了它们的幸福

## 十二

杏花落败，青杏已挂满枝头
这正如你的童年
令我垂涎
小燕子飞过苦菜地
你的眼神告诉我：那是何等地迷惑着你
好吧，说一说小燕子
它大概是向春天求婚去了吧

## 十三

小树林深处，花喜鹊彻夜在祷告
我钻入妈妈亲手絮的棉被里
瞅着炭火舔舐寒冷的冬夜
木门突然被推开

风雪和父亲进来了
父亲把劈好的木柴堆放在火炉旁
他在火炉旁把手烤热
又过来摸了摸我的头
什么都不说
这是我儿时的一个冬夜
孩子，听完后就睡吧，在梦里
听一听我父亲他后来说了一些什么

## 十四

草叶上最雅致的庙，是打盹的蜗牛
午夜，越来越澄明的心脏，是露珠
孩子，若有轮回
就允许我做你的一双洁白的翅膀吧

# 一片瓦依旧是故乡的天

宁社华

乡人尽量压低身影
虽然单薄
但仍然高出一粒种子
一颗粮食
甚至几只麻雀的叫声

那些来来往往的高度
经过几个回合的淘汰
剩下的动作
都跟石头一样坚定
黑夜白天通吃

他们附着在庄稼地里
比花朵还重要
随便伸出一根指头
发掘一下
这里的黄昏没有尽头

偶尔一望他们的脊背
如摊开一本厚重的书
朗读了几千年
那是多少生命的瓦片
阴晴圆缺
仍旧是故乡的天

# 你为国家挡住一粒子弹（组诗）

马维驹

## 你为国家挡住一粒子弹

你的胸腔，挤进一粒花生米大小的铁
排异本能，无可奈何

枪炮，早已化作尘埃
而铁，不时提醒你，注意阴冷和潮湿

你为国家挡住一粒子弹
战俘一样，把它囚禁在柔软的组织中

你知道，会有一天，在你的骨灰中
将有一颗舍利子，当啷一声
撞疼祖国的耳膜

## 春　草

坐在荒野的草地上，观小草如何挣扎着

捧起它们的春天
看黑山羊忘情地亲吻嫩情人
小尖叶从去年的枯草中顶出来，仿佛
婴儿脱离了母体
顽强的生命，从石头下面曲曲折折地爬出来
春天的召唤无法抗拒

草地边缘，一条斜坡通向中医院
一位大娘推着轮椅，艰难走过
瘫坐在轮椅上的少年，想必是她的儿子
不知道得的什么病，但可以肯定的是
在这个春天里，母亲用单薄的身子
尽力把她的儿子朝着春天带

尽管，他们的头上也压着一块巨石
但我还是要祝福，他们总会像小草一样
找到自己的春天

## 和 解

绿色深下去时，黄土有了庇护
在这个山沟，除了草木，几无亲人
先人的坟茔，又盖了一层新土
野草是忠诚的守墓者，纸钱点燃时
就有了赴死的决绝

隔着一块耕地，就是村庄
那些宅子，犹如魔术师面前倒扣的碗
你掀开哪个，必是空的
上次回乡见过的人，有的，已经
扣在山坡的土包下，仿佛眨眼之间
魔术师将一个小球，偷偷转移到
一只倒扣的碗中

族人跪在返青的草地上，头上摇曳着
茅草一样的疏发
我们曾经挖尽田埂的草根，取出
储藏在粗纤维中的火种
今天，跪下来时，草依然
在膝下顺从，就像几辈子的冤家
一朝和解

## 我把秋天穿在身上

旷野，果实已经成熟
走进秋天，就像走进襁褓，走进母体
秋日的阳光，适合晒晾

我把秋天穿在身上
给秋天一个微笑，秋天报我以

无数绯红的脸庞

偌大晒场，适合晒晾一季的收成
在有神论者眼里，秋天
最适合晒晾经书

黄金已经提纯，鸟鸣已经滴落
我以温暖的内心，给秋天庞大的躯体
投去一个感激的回眸

## 我从体内掏出光芒

用气息吞吐河山
用神思铸剑
用方块字炼丹
在这个纷繁的人世，我从体内
掏出一些光芒
为黑暗中的脚步引路

我敛起双翅，闭目塞听
按住江河的波澜
抟河山于掌心，挥剑于无形，弃仙丹于荒野
不需要额外的负累
我自带光芒，足以
穿透暗夜

愿路避开悬崖，有一个善意的走向
愿走夜路的人，有一团日光一样
温暖而明亮的庇佑

## 雨中燕

下雨了，许多燕子整齐地落在一条电线上
只有这时，它们才不再捕食
巢中的宝宝，一定会想念爸爸妈妈的

电线上的燕子们，三三两两地交谈着
不时张开翅膀，抖落雨水
用喙啄一啄把它们托向空中的羽毛

这多像我的母亲和那些大娘大婶
只有下雨天，她们才会停止劳作，聚在一起
家长里短、嘁嘁喳喳地聊大天
不时抬起臂膀，活动活动
生锈的关节

## 一张病了的床

一张钢铁之床，承载过各式各样的病人
扛得住重压、捶打和摇撼

却最怕眼泪浸泡

疲惫、惊恐、同情到了极限
钢，就会呻吟
铁，也会绝望
白色布单覆盖下，病床本身
成为病床

修理病床，是外科手术。与修理病人
使用相同的工具、相同的工艺和相同的材料

不是所有的病床都能修好
有的，修旧如新
有的，保留部分功能

有的，报废

## 在时间中挣扎

这个下午，时间几度恍惚，最终现出了断裂
我们是一帮赶路的老人，跟随时间
打着趔趄，前仰后合

在时间断裂带上，我们一度互不相识
有人迷离，有人挣扎，有人

向每一个同龄人告别
然后跌入谷底

我们知道，时间是一位无比沧桑的老人
疏松、腐朽、断裂，都是
难以逃脱的命运

在尘世，每人陪同时间走一段路程
然后，在一个断裂带跌落
成为时间老人过世的儿女

斜阳把暗影投在楼宇之侧
一帮老人从暗影中走出来，努力摆脱
青苔和霉菌的侵染
而他们狭长的影子，已经被一些不祥的事物
牢牢抓住

## 产自旱地

一桌好饭，全部食材产自家乡的旱地
早熟的扁豆，给饥荒后的乡亲第一顿饱饭
莜麦，荞麦，土豆，都是耐旱作物

我们在旱地劳作，双手沾满粪肥
大牲口，猪羊鸡，大人孩子，都在努力

为贫瘠的土地增加肥力

所有的故事，都在土中分蘖
所有的希望，都在土中萌芽
所有的命运，都深埋土中，静待一场
酣畅淋漓的透雨

我也是耐旱作物，晴热无雨的夜晚
舔舐草叶之上透明的露珠，在滚烫的胸腔
烧炼水晶和珍珠

# 黄 昏（组诗）

崔 岩

## 黄 昏

苍老的群山保留着久远的接纳之心
对一枚即将熄灭的炭火
数点乌黑鸟羽
均报以同样静穆的回声

我也愿意松开胸中弓弦
卸下一支透明的长箭
待日光耗尽
就在黑夜里隐姓埋名

## 途 中

坐在大巴车上，表面肃穆无语
心中的想象在不停颠簸
——我喜欢自己那时的样子

沿途风景故作矜持，总是闪身而过
它们不知道我的不在乎
它们知道我奔向终点的急切的心

## 炽热的灰

他也曾被点燃，曾对着风
高声唱歌，拼尽全力地欢呼
有时也鼓掌
火焰里传出噼啪声响

现在，他苍白。把火苗埋在心里
不动声色。他面临两种可能：
冷却，在时断时续的风里一点点丧失
或接纳一些纸，一些细碎之物，并点燃他们

让那些轻薄的青春像曾经的自己
炽烈燃烧。让熊熊的体温，无缘无故

## 天 象

腐草生萤火。星辰
是人世的量子纠缠。是那么多
老去的人心，羸弱地投射

羸弱到只能夜观。微小到
只需一些稀薄雾气就能掩去
忽闪的暗火

看天，无非分辨晴雨
那些透露出更多玄机的人
蓬乱白发，遮挡久盲的双目

# 芦 苇

彩 虹

一

水喊一声，你就长一寸
水日夜喧嚣，你就婷婷袅袅

风说来就来，这群被裹足的女儿
就兜着水裙练习起跳
是谁，让一群不经风的美人

借助水的嗓门，天天仰着头
喊天喊地，喊疼这片水域
老于江湖的寂寞

二

在水一方，我顺流而下
与你蒹葭苍苍的诗句会合

你吟诵的风月，恰好落在我
火急火燎的胸口
原来，你和我一样，性寒，微凉
是一剂难熬的汤药

轻浮的不是你，而是风
我就是想和你坐在夜的秋千上荡
我们嬉笑，所有的卑微都是一样的
我不比你轻，你也不比我重

就像黑暗与光明共生的大地
我读懂了你的水性杨花
和漂泊无定，我心疼你
就像心疼自己藏在身体里的烟雨

从北到南，从水边到墙头
所爱的人儿，始终在水的那边

## 三

譬如浩荡，譬如春江水，譬如柳笛深处
你初开的情窦
譬如别后，譬如相思泪，譬如居无定所的
你的白发三千

譬如江湄，譬如墙头草，譬如摇摆不定的
你的小蛮腰
譬如蒲团，譬如箔篮子，譬如附在屏风上的
你的魂魄

神说，你是女子的魂魄
素心舞水袖，洢水弄花影
不急不缓，把一生的纯漂洗成纸
用来晕染半壁江山

还有，那些从古代走来的女子
都是你素食布衣的姐妹
油纸伞下，藏着水性的命
隔岸，抛掷相思的绣球

那么多风花雪月，生活是不会给的
可，你一直都在等
直到把自己耗成一捆干柴
直到遭遇天边的那一团烈火

# 父母篇（组诗）

戴逢春

## 一、旧菜刀

许多年，这把菜刀一直陪着母亲
从菜园到厨房
一扇门到另一扇门
削莴笋，剁猪草
一个路口到另一个路口
仿佛，是她另一个自己
刀刃上的缺口与锈迹
就像她每天的劳作与挣扎
更像满脸的皱纹和白发
我不知道手提出的疑问
只感受到沉淀下来的重量
从内心开始坍塌
如刀刃划开的一道裂缝
露出了伤口
现在，它正被另一只手轻轻擦洗
当地里的菜藤高过你头顶时

过去已被掩埋

## 二、母亲祭

雨敲打着窗
纸屑随风飘舞
莫名的悲伤，像吹乱的头发
我无法从分叉断裂处找到痛点
更无法看清满头白发下苍老的面容
仰望你的照片
一些词语溢出窗外
一汪泪水一并溢出
我不敢挪动陈列的祭品
不敢惊动秋叶的飘零
枯枝上，最后那片秋叶
多像我儿时紧紧抓住你的衣襟

## 三、致母亲

我在地上想你时
你已在天上
地上很多路不见了
特别是童年的路，丢失了很多
而我踩到的土地，却无法回答坍塌的线索
刚刚被翻开的土地上

一群人走过
一树杏花落了一地
你抓着我的手
你走到哪里
我跟随到哪里
遥远的情景又被深陷
我没法再栽种这样的花朵
无法保存它极美的鲜嫩
当我再捧起清明的杏花时
里面全是泪水

## 四、镰　刀

镰刀
无论是属性还是铁的本色
还是火星四溅的锻锤
都无法接近一首诗的意境
抑或是挂在墙上
还是握在手上
父亲一生都和它形影不离
我颠覆农民耕种
在盆景里种上稻谷
用父亲的那把镰刀
收割一茬茬
故乡炊烟的味道

让所有的嫩绿，稻谷和麦子
能在我卷起的这张宣纸上
一粒麦子的奔跑，一粒稻谷的追赶
画出你月亮收割的村庄
月色下的村庄就是个悖论

## 五、父亲节

肯定是要发生什么
抑或是缺了什么
以致这广东猛刮的台风
迟迟不肯离去
我听到了牙齿咬噬锈铁丝的声音
日子一天天坚韧前行
像我九十四岁的父亲
钙化了的目光，像生锈的阳光
脸上布满了锈迹斑斑的伤痕
铁水在骨头里一天天流失
像奔腾的湘江流失着满河的沙砾
我害怕哪天坍塌下去

## 六、病危的父亲

不管病危通告单怎么下
你就是不管，拒签

不管太阳几点升起
在哪个方向落下
九十六年都与你无关
你现在只关心，一口气的吸入
从你那微张开的嘴就知道
你放弃了所有刚性，放弃了磨砺的外壳
放下了男人所有的自尊
疲软得，让医生找不到打针的血管
坍落得屎尿失禁
我一直以为风暴离我们很远
湘江永远不会坍塌
其实这个天大的错早就犯了
强忍着，满天乌云不敢让它倾泻

## 七、清 明

没人听过稗草哭泣
我看到了，满山的杜鹃在流泪
我观察了好多年
清明这几天杜鹃花开得更鲜艳
也许是，很多人来了
那么多心脏，血液，眼睛，嘴巴
那么多声音，香火，蜡烛，纸钱
一些伤口，开始撕裂
一些现场，塌陷，破碎

所有悲情，藏于不明真相的风里
那些在深处隐秘的声音
在我不规则的身体边缘蔓延
此时，一条千脚虫爬过我身体
它说它没有时间去考虑悲伤
更没有时间去考虑死亡
它要一分一秒
一步一步爬行
顿时，我全身长满了细小僵冷的脚

## 八、我的诗里，有父亲锯木头的声音

父亲走后
我并不纠结于悬挂某处的往事
但内心的隐痛
常常让我，握着那些刨子锯子发呆
一朵朵从刨子飞起的刨花
就像春天的花朵
带着独有的木香味
你研究木的品质
把圆木变方，又把方木变圆
总想把我也变成你手上的木料
斧劈，手锯，刨光
甚至，照着桌椅的模样打造
几十年，没有把我改成椅子

却把自己装进了棺木
我成了诗人
却在我写的诗里
常常听到有锯木头的声音

# 再远的星星都会回家（组诗）

卢　辉

## 慢慢地……

我希望世间所有的一切都慢慢地
旧火车慢慢地开
铁轨慢慢地锈，大人小孩都慢慢地走
雾慢慢地来
蹲在地上的花慢慢地说话
一株藤蔓慢慢地爬
小掌心慢慢地展开
握住的笔尖慢慢地短
字慢慢地大
身体慢慢地长
山慢慢地高，水慢慢地流
桥慢慢地垮
掉队的小鸟慢慢地飞
远方慢慢地暗
妈妈慢慢地老

## 岁月很小，月亮很大

我在一张废旧的报纸上
为一阵突如其来的灵感做记号
灵感走在有字的地方
要特别地小心
因为岁月很轻，很薄
稍有不慎
一轮明月松间照。照报纸
照家事国事
照沉船，照一个人上岸，照几家欢乐几家愁
那么多的铅字围观我
岁月很小
月亮很大

## 挂月亮

月亮人家
人家月亮
这样一个来回
按上古的光年，就像有人咳嗽一声
不是有人被绊倒
就是有人被照亮
野花也一样

很多人说：月亮挂天上
从小到大
挂月亮的绳子
我一次都没找到，年复一年
我的父母走了：月亮
我都不好意思
挂出

## 低下，再低下

好好陪芦花睡觉又能怎样？它已经够路边
够悬崖了，我们干吗还把它割掉，烧掉
一颗头颅都不剩
它多有腰肢，多么婀娜
你可以抱着它睡一晚，睡一生
包括白白的花须
白白的夜光
多么清爽，多么撩人，到了轻风入芦花
只要我们肯把头低下，再低下

## 再远的星星都会回家

很多次来到海滩
因为亏欠浪花，想象到的
火焰

海风，一阵紧似一阵
我的脚插入水中
天空是可以摸的，随便抓一把星星
把星星撒在滩涂，有很多的渔网
一只船挨着一只船
像你
刚到岸上

## 被看见的美

用清水洗豆，豆子是圆的
豆子是可以看见的
有一下子被看见的美
坚硬的美被看见
是一种幸福
我一时还不想把水倒掉
不想让豆子变软
一颗颗的豆子
相拥在一起，这种时光是很大的
不用你来比较
不用你来
喊叫

## 我不知道那些旧掉的时间

我不知道那些旧掉的时间
是在哪片叶子上，像来年的芽尖
那么高的
悬崖
鸟，比较适合飞或不飞
那些隐居人，都在固定的粮食里，一日三餐
我在树影之下，我翻看一本书
比如天色，比如鸟鸣
完整的时间，零碎的时间
包括水、沙漏
似是而非的哗然，我看见一座古桥
底下的水
没人插足

# 云朵是天空吐出的叹词（组诗）

姜 华

## 春 深

那些在雨中奔跑的人，像一把衰草
衣袖上甩出微寒的风。道路弯曲
他们大多怀揣着阴谋，和宿命。就像我
奔波半生，仍没有理由放下叹息
雨中，有我的亲人、同学和故人
也有我的前世，一只蚂蚁、一头牛或
一条流浪狗。他们生下来就是贱命
没有谁抱怨未知的泥泞，如一只
乌鸦不抱怨黑。他们天性就是忍耐
顺从，我经常在别人屋檐下低头
人在江湖，谁能躲过世俗的淘洗
这个暮春的脸色，仍然是去年的翻版
雨没有停下来。只有雨才会同情雨

## 一朵云

这个夏天，我看见一朵云
在巴山上空游荡。偌大的天空
只有一朵孤独的云被风驱赶
它低沉的喘息声，于我有一秒钟
距离。身体里的黑，让我无法
擦拭一朵云，投下的阴影
不可能还有第三种选择。一朵云
坚持不停地行走，涉过高山、河流
草原和狼嚎，最后停在一只牦牛
犄角上。或者变成冰、变成雨
变成雾，欲望先于肉身死亡
迈过中年。一朵云还悬在汉江
中游，人们恰好可以偷窥
它的年轮有些模糊，肩上扛着
羽毛、雨水和闪电

## 夜 钓

在江边，我也是鱼饵，在水中摇晃
可是黄昏后的鱼，迟迟不肯咬钩
鱼通常会在两种情况下，落进
陷阱。一是因饥饿而不择食

如四十年前的我。二是老眼昏花
被欲望引诱，主动为执竿者献身
我这一生都在钓鱼。我钓鱼
鱼也在钓我。在城市，在乡村
在商场，在同学、亲人和情人
之间，在有人的地方。直到过了
五十岁后，直到我学会了钓鱼
直到湖水让我自投罗网
星星和月亮，看清了一切，上帝
也看到了，他不说话。一只猫头鹰
坐在江边柳树上，背诵《道德经》
河水不管这些，它只管摇晃

## 路过玉米地

初秋，玉米地弥漫着孕妇乳香
那些长出牙齿的玉米，开始从母亲
怀里挺直身子。它同我们兄弟
一样，老大永远站在低处，肩上
依次扛着老二、老三甚至老四
这些很早就写在了家训上
那些怀崽的玉米，都在努力向上
托举。负重的双脚，深深陷进
泥土里。甚至把土地撑开，露出筋脉
风雨过来的时候，它们相互搀扶

让自己站稳。我见过许多母亲塑像
它们身体冰凉。唯有玉米，让我温暖
其实，我对玉米的依赖和爱
缘于它与母亲同样的气味和
我年少时那些饥饿。在秋天午后
一个人经过故乡玉米地，那些玉米
结实、饱满、健康，脸上涂满油彩
像久别的家人和乡亲
后来，母亲住进了玉米地里
变成了一棵玉米，让人无法辨认

## 张河村

从歪头山下来，走在荷花簇拥的街道上
我们都成了神仙。一群城里来的人
被山水收走了眼球
一餐农家饭，让我们的胃变成了绿色
山是绿的，水是绿的，天蓝得只剩下蓝
阳光像煎饼，正在把街道反复擦拭、濯洗
从张河村出来，我们一行人
像刚刚转世的婴儿

# 望月三章（组诗）

邵　伟

## 望　月

很想说，此刻的月亮
是刚经历淬火的瓷器
从太阳的光焰中逃进大海
浸泡蓝色和盐分

环绕的光泽，证明秘境与存在
摁住惊涛骇浪，生长新的内陆
我的手高举
占卜实词和诗句

风声密集又整齐
像鱼群在礁石丛中游弋的舞蹈
陶化的光线撑着水母伞盖
我的每一条血管都贮满渔火

变幻鱼的灵魂，栖息水陆

借助棱镜说出过往的一切
心不会碎
如瓷默许的冷热

## 今夜，在草原望月

循着奶茶的香气抬头
攀援到歌舞着的少女的发梢
山包起伏成花边
瞬间，通透了万千草叶的顶部和花瓣的梦

像挂在蒙古包顶部的钻石
方向归一，财富均分
四野八荒，骚动又安静
可以有泪，在宽阔疆域和博大光芒对接之时

手掌迎接风，也迎接月光隐匿的消息
马头琴塑造昨天的故事
醉在马奶子酒里的英雄们重生
成为草儿们今夜抚养的婴孩

低头，拈光线缝两只贴身的口袋
一只装下绿色，一只装下白银
从明天开始
我咀嚼绿色，消费白银

## 今夜，在乡村望月

青石板浸入夜色，仰起的目光高出院墙
青瓦投下影子，月光开始与我对视
像即将开花的桃林
等待水波和暖空气，拉开那扇门

思念那些喊我乳名、那些带着桃源气息的人
他们的背影是引火的绒草
柔软得，用今夜的月光就能点燃
再借用无垠的蔓延，烧到天亮

站在明亮处，眼睛也明亮着
蜷缩起的美慢慢舒展
如同浴火的青花和琉璃
在朦胧中清晰出极致

此时，捞起水缸里养着的月亮
点数田埂和庄稼
用一次真实的梦游
完成一尾鱼的游弋

# 小说卷

# 蚌人

简 阔

整个事件像一场黑色的噩梦。

四年以来，种种迹象表明 A 得了一种罕见的病症，他的肉体逐渐衰弱，他的精神变得委顿，更加怪异的是，他柔软的身体像蚌和贝类一样滋长出珍珠来。

那些异物扎根在他的体内，像是野草一样放荡地生长，挤压着他那些皮肉、骨头和穿孔的内脏，使得他痛苦不堪。

这一天，他从迷蒙的梦境中醒来，感到一阵来自身体内部的剧烈抽痛，仿佛要把他像洋葱一样层层剥开似的。

他别扭地从床上抬起头，那两道呆滞的鱼眼般的目光空洞地望着仿佛猛兽一般火烈的阳光。

他感到一阵急促的眩晕，在强烈的刺激下恢复了清醒。

他发觉自己正躺在医院里。

夏日里的午后，空气潮湿闷热。

病房里空荡荡的。门的侧面是个带盥洗台的卫生间，几张榆木椅子堆放在靠近窗户的一面，机械钟表挂在墙面上。

悬挂式风扇的扇翼不和谐地旋转着，让人感到摇摇欲坠的恐慌。他独自躺在墙角白漆色的支架床上，像一条僵硬的蛇。

“老天爷，我为什么要受这些罪呢……”他默默地想。

他记起昨天刚进行了一场手术。医生从他的身体里取出了六颗大小不一的珍珠。

这六颗珍珠给他带来了巨大的困扰。其中有两颗恰好就长在他的腋窝里，硌着他两边的关节，这使他不管干什么都绝对不舒服。

至于其他的，一颗像鸡眼一样长在他的脚心，让人家都以为他是个跛子。

一颗像是海滩上的礁石，杵在他的直肠里，碍着他的排泄。

一颗像是抛向海洋的大锚，牢牢地钉在他的肺里，搞得他气喘吁吁。

而最后一颗珍珠，就赖在他的鼻腔里，他吸气的时候，便深切感受到那颗异物钻进自己的头脑。

手术从早晨一直持续到傍晚，他们不得不割开他的身体，把那些珍珠一个个抠出来，到后来，不光是医生觉得累得厉害，就连他自己感觉也累得厉害。

“老天爷，我为什么要受这些别扭，遭这些罪呢？生活中没有一件如意的事情。”他仿佛自言自语一般，反复地发问。

他鼓着眼打量着自己的身体。那些白色被褥之下，他的身体像只蛰伏的小兽微微喘息着，那些肢体不安分地拧动，或许是麻药的力量尚未完全消散，肢体尚且麻木——麻醉物从静脉注射入他的身体。随着供血进入脑物质中——他感到像喝了劣酒一般，眼前的图影伴随着阵阵晕眩变得不真切，那些皮肉包裹下的骨骼像是曝干了的竹子。关节中的沙粒，则使他的活动变得空前艰难。

我在干什么？我要打起精神来才行，马上三点钟，我的经纪人就要来了，他会负责把从我身体里取出的珍珠估价，再卖到适合它们的地方去。他想着。

我必须把那些珍珠变卖出去，还有一大家子等着养活呢。他毫无办法地想，我的父母是上了年纪的老人，我总不能指望他们去挣钱。让还在上学的小孩去挣钱更加不可能。

于是他抬起头，盯着墙上的表盘。挂钟发出机械、刻板的响声，有条不紊地行进着。

我不得不把那些珍珠卖出去，这些珠子成色出众，很可能会卖个好价钱，况且我的经纪人是个效率很高的人，事情只要经他的手，便稳重妥帖。他进一步想，发出一声沉重的叹息。

这真是一场繁重的劳役。我无时无刻不在遭受折磨，我越来越劳累，那些珠子却越长越多，这快把我搞疯了。他又这样想，比起我本人，那些珠子倒是越卖越好……但是就像你看到的，对我自己却无论如何都是徒劳无益，那些从我身体里弄出来的珠子被做成精美的首饰，穿戴在别人的脖子上、手腕上，倒真是件漂亮讨喜的小玩意儿，但他们根本无法体会，我本人却还躺在医院里受罪哩。

这搞得就像只有那些珠子是有价值的东西，而我本人却可有可无，好像是破烂儿一样被丢在一旁。他感到惶惑而又无力。

总之，别再埋怨啦，这样可不好，一个成年人就应该尽到他所有的责任才行。他无奈地想。

现在已经三点一刻了，我的经纪人怎么还没来，他不是一个迟到的人，或许是路上有什么事情给耽搁了。他再次确认表上的时间，感到些许的不安。

要是人家说我是个好吃懒做的埋怨鬼，我可坚决不会同意。这种话根本是毫无根据的诬蔑，难道我不是无时无刻不在工作吗？他感到无比地悲哀。

难道我不是无时无刻不在工作吗……我也只好无可奈何地进行下去，毕竟我只要把这件事情办好，人家就没必要说我的闲话啦。他想着。

我做这一切是为了什么？全都是为了家庭。或许今天会有人来看我，我的妹妹，或者是我的妻子，可能她们两个都会来也说不准，好让她们告诉我家庭的境况，唉，我对这个家是越来越不了解了……他又考虑着。

我不常在家里……我基本都待在医院，搞不好，这已经变成我的工作岗位啦，我每天待在医院里，就像罐头工人每天待在罐头工厂里，推销员每天待在零售品商店里，圈养的猴子每天待在动物园的笼子里……这些倒都是合情合理的工作……

我有点儿饿了，或许我的妹妹很快就会送鸡汤过来……要是在之前，她每天都会把那饱含温暖的肉汤盛到我面前，可是近一年她来的次数越来越少了，我真想念那些漂浮着油花儿的栗子鸡汤。只要用力地嘬一口，鸡汤便会在我的牙齿和舌蕾上化开……

不过我很快就能回去了。我听说家里换了一张崭新沙发。真是好极了，高级的皮料，顶尖的制作工艺，真是精美又舒适……只有上等人才配得上这样的沙发，而每当家庭聚会举行的时候——我虽然不在场，但却可以想见——所有人看到这样一张华丽的沙发，他们都惊呆了，于是那些太太露出艳羡的目光，而那些先生的言行举动都充满了尊敬。

而我的妹妹和我的女儿，她们可以去上更好的学校，这是应该的，实实在在地说，这可真是件好事——如此说来还要多亏了那些珠子——她们会从经济大学和政治大学毕业，成为体面的人。要是运气好的话，便可开一家养殖贝类的工厂，那些长着贝壳的小东西将取代我生产珍珠，这听起来对我是一件有益的事情，还蛮有奔头的。他想着。

这时，A 突然沉默了。

他怔怔地望着窗外太阳晒得红郁郁的槐树叶子，那些波浪状叶缘在烈日的炙烤下蜷曲着，散发出焦沉沉的气味。

一只蝉颤巍巍地从枝头跌下，他的视线也随之一同坠落到泥土里。那只蝉像一铁锅中翻炒的大黄豆，在泥土地里颠儿颠儿地滚出几圈，消失在树的背阴处。

它大概是死了。他想，它一定是被太阳晒昏头了，掉下去，就死了。

他的心情突然变得复杂而激动，瘦长的脑袋像一只烧开的水壶，那皱巴巴的额头上沁出汗珠。

他赶忙把那些装满珍珠的小口袋拿出来抖弄着，那些明亮光滑的圆球一个个地滚到他的掌心里，像是阳光下晶莹剔透的冰块儿，散发着迷人的光色。

一，二，三，四，五，六，一个不少。

他的手紧紧地攥着那些美丽的珠子，就仿佛是紧紧地把握着自己的命运。他感受到皮肤上传出的温度，他的皮肤渗出汗水，浸润着那些珍珠的表面，将它们润色得油亮光滑。

他感到异样的心安。他的抱怨和控诉无比乏力，一旦离了这些美丽的小珠子，可就够他受的啦，万万不能丢了！

他是无比被动却又无可奈何，既然事情已经到了这般地步，那恐怕不只是他一个人的事儿了，他只好继续循规蹈矩地、谨小慎微地、忍气吞声地，任由人家来规划他。

他继续等待下去。

但等到六点钟的时候，始终没有人来，不管是他的经纪人，抑或是他的妹妹、妻子，或是任何人，他们似乎彻底把他给忘了。

他的脸色变得不太好看起来。

天渐渐黑了。冰冷的病房像一个黑色的匣子，渐渐地、静悄悄地，沉入深寂的海。

他感到一阵奇异的骚动，手心发痒。

当他展开手心时，这个可怜人的脸色一下子变得煞白。

那些珍珠像是黄豆、豌豆、蚕豆以及任何豆类植物一样，长出细长的尾巴来——它们耽搁了太久，已经发芽了。

“这可……这可……”他的嘴唇发紫，那双鱼一样的眼球像是坍塌一般凹陷下去。

他感到一阵剧烈的空虚，像架巨大的抽气机一样，把他一下子抽干了。

直到八点钟的时候，医院的护士来了，她们带着冷峻而严酷的语调，向他宣布：“先生，恐怕有一件事情我们必须得向您说明……您的住院费用还未上交，而这笔费用恐怕已经迫在眉睫了……不然的话恐怕医院无法办理相关的手续，换句话说，恐怕您今晚就得离开这里。”

庄严的命令下达了，A 只有服从。

A 无可奈何地强支撑起身体——感到来自身体内部的令人窒息的疼痛——缓慢地从床上坐起，跛着脚，一步步地，拖沓着——在护士逼视的目光中——走到卫生间的洗手台边，他呆滞地望着面前的镜子，虚浮的灯光下，映照着他蜡黄的皮肤和孱弱的躯骸。

他深深地低下了头，把头伸进水池里——在她们惊讶的目光中，他的身体开始变形——他一头扎进下水管道，顺着那长长的金属管道，游进了一片浅洼的湿地。他扑在金色的水稻的浪潮中，那些浸透着稻田香气的泥水如同流动的酒浆，饱满的稻穗沉甸甸地弯进水里，他嘬着香甜甜的稻米，扭动自己如同鲇鱼一般的身体，钻进黏糊糊、滑溜溜的饱含滋养的腐殖质土壤里，包裹在那些松暖的泥土当中，感到了空前的自由和快乐……

# 梧桐谣

皇秋成

大板爹和大板娘没有想到，大板从一百里路外的那个城市，领回一个漂亮的闺女，让灰蓬蓬的院落，一下子明亮起来。

闺女名叫灵芝，是镇子上的。大板爹和大板娘都觉得奇怪，既然是镇子上的，还用得着到一百里外的城里找？

大板拉住灵芝的手，说："这是咱娘。"灵芝点点头，露出一个笑容。

大板又拉住灵芝的另一只手，说："这是咱爹。"灵芝再点点头，露出一个笑容。

这个夜晚，西厢房的那盏白炽灯无声无息地灭了，灯泡里的钨丝由白变红，最后，一丝红都不见了，隐没在黑暗中。

他们都感到惊奇。

大板说："灯泡怎么说灭就灭了？"

灵芝也说："灯泡怎么说灭就灭了？"

他们的声音颤抖。他们的身体开始不由自主地打战。他们都以为是夜晚的寒气太重。

大板知道，在灵芝身上，有一个地方让他的心狂跳不止，那个地方，他已经期待了许久。

大板的手朝灵芝的衣襟底下伸去。他们在黑暗中喘着粗气，都丝毫没有退缩的意思。

最后，大板多了个心眼，他试着松开手臂，像要放弃的样子，灵芝似乎松了一口气。就在灵芝长舒一口气的时候，大板就伸进去了。大板觉得灵芝的那里温暖并且湿润。

大板仿佛听到，院内那棵梧桐树枝丫上，滴落的雨水声。那是雨的喜滋滋的声音，像一首歌谣。

灵芝怀孕了。

大板爹和大板娘却面临着一个严峻的问题：他们的五间老房子该翻新了。这么漂亮的闺女，怎能委屈了人家？五间屋的宅基，少说也得一万五千块钱啊。

大板娘把五个闺女找来，说道："你们兄弟今年得娶媳妇，女方家里没别的要求，只要咱把新屋盖上就行。可是娘老了，没有能为了，你们姊妹几个得帮你们兄弟一把。"

五个姐姐一致同意，不到三天，都把钱送来了。这座一家人住了二十年的老屋在一天早晨轰的一声被推倒了。

一个月后，一座崭新的五间大瓦房立在村子中央。在这一个月中，大板爹和大板娘就靠在院子里那棵梧桐树边，用几根木棒，搭了一个简单的帐篷。前年春天，大板、大板爹和大板娘栽下的这棵梧桐树，如今，目睹了小院翻天覆地的变化。

梧桐树，落凤凰。最终，新娶的灵芝成了这个院落的主人。

大板爹和大板娘搬出去的时候，灵芝正好回了娘家。她一走就是半个月。当她回来，发现家中的变化，大板爹和大板娘不见了踪影，院子里的两只鸭子饿得嘎嘎叫唤。灵芝出门一打听，邻人告诉她："你的婆婆搬到庄前菜园地里去了。"

"是谁让他们搬的？"灵芝不解。

“你不知道？你婆婆没告诉你？”邻人疑惑。

灵芝又急又气，竟委屈得哭了起来。她突然有一种被抛弃的感觉。她想不明白，他们为什么要搬出去住。

灵芝来到菜园地，大板爹和大板娘在菜地的一角，靠近路边的地方，用秫秸秆扎了一道围墙，围墙中间的小屋是用木棍支架插成的，上面用秫秸和稻草修缮而成，再往上苫了一层塑料布，鲜泥的痕迹还在。茅草屋门前，是一个新支的蛤蟆锅框，锅框上边是一张新买的四丈锅。

灵芝的眼圈红了，话未出口，泪先从脸颊上流下来。她指着脚前的茅草屋问道：“家里五间大瓦房住不开？跑到这里住这种茅草屋？”

大板娘接过话茬：“你爹说了，大板不在家，他在家住着，不方便。”

“说得好听，叫邻居看着像什么话？知道的是您自己出来的，不知道的还以为是俺撵出来的。”

大板娘说：“俺能活几天？家还是你们的家，男人在外边挣钱再多，女人不在家收干晒湿，也过不好日子。”

大板娘这句话说到灵芝的痛处。大板不在家，她总是待不住，守着公公婆婆，想说一句话也找不出来，索性就住到娘家去。

不知为什么，结婚前，她烦透了娘家，一天也不想在那个地方待，可结了婚，她又开始想念她那麻脸的亲娘，想得心里发慌。她觉得，以前自己对她造成了多么大的伤害，害得她半夜三更，外出寻她。以至她离开娘家门，她娘也没向大板要一分钱的彩礼。

大板娘一句话说到她内心的痛处，她一气之下，扔下新屋的钥匙，奔到东大路上，拦住一辆北去的客车，一个人去找一百里外的大板去了。

当她在大板所在的那个城市里找到大板，大板正端着一盒饭往宿舍里走。

大板吃了一惊，把灵芝领回宿舍，听完灵芝的哭诉，把手放在她渐渐隆起的肚子上，说："这个时候，你可不能生气啊！"

灵芝说："只要你娘不生气就行，我哪有气生啊？我不会收干晒湿，不会居家过日子，我学乖还来不及呢。"

大板并不知道灵芝话中有话，带她去电影院看了一场电影，所有的怨气都烟消云散了。

事毕，大板问："家里迎门墙前的梧桐树散新叶了吧？"

灵芝点点头。

大板说："春暖花开了，你可要爱护身体，你这样一生气就出走，不但我担心，就是咱爹咱娘也担心。"

灵芝幸福地笑了，渐渐地进入了梦乡。

然而，他们哪里知道，家中的爹娘，拿着钥匙开了新家的门，喂了鸭子，回到他们的茅草屋，掌着一盏孤灯，叹息了大半夜。

大板爹和大板娘的茅草屋边，有一片青麦地，这是在菜园的角落里种下的。大板爹和大板娘吃过晚饭常去看它们，看过后，就知道其他庄稼地里麦子的长势了。

灵芝时常到茅草屋来，坐在那个蛤蟆锅前。现在，她的腹部已经有了较为明显的形状，正和那个蛤蟆锅框成为一对儿。

开饭的时候，大板娘让她吃饭，她拿起筷子伸到锅里，夹了一筷子菜放到嘴里，还没嚼两下，又吐出来，说："没有味道。"

大板娘脸色沉下来：“庄户人吃饭，还要啥味道？”

灵芝没吃饭，只身转到那边的青麦地。一片碧绿的青麦地，仿佛把她的眼睛洗濯了一遍，满眼青绿。白色的花儿似乎还没有褪去，一地的麦子正在吐穗。那穗儿仔细看去，还带着一丝嫩黄，含着水汽呢。

青绿的麦子似乎唤起了灵芝的食欲，她索性揪下一颗麦穗，放在手里搓着，搓了半天，搓不出麦粒，只有几个毛茸茸的麦絮儿，一捻就没有了，仿佛一团雪花，在手里一捂，没了。留下凉爽的湿润。灵芝手里握着这样一小撮麦子，急不可待地放到嘴里，一抿，也就不见了。她却分明感到一份清甜，一份清新香气。

灵芝一穗又一穗地在麦地里拔了起来，不一会儿，一小片青麦地，就光秃秃的了。

大板娘从茅草屋里出来，看见灵芝正拔麦穗儿，搓着吃，便叫道：“还没吹气呢，哪来的粒儿？”

灵芝说：“甜滋滋的，怪好吃哩。”

大板娘说：“好吃也不能吃。”

灵芝说：“好吃为啥不能吃？”

大板娘说：“糟蹋粮食。”

灵芝说：“您的饭没有味，搓一把青麦吃还不行？”

大板娘说：“这样的饭，你也没做。大板每次走的时候，都是空着肚子走的。”

灵芝生气了，说：“您儿饿瘦了，心疼别让他娶媳妇哎。”

大板娘说：“娶媳妇也不是娶官太太，哪有女人不做饭的？”

灵芝的脸已经有些紫了，从麦地里捡起一块石头，来到茅草屋前，说：“我把您的蛤蟆锅砸了！”

大板娘说："你把蛤蟆锅砸了算什么本事？有本事把小屋一把火燎了，才是英雄。"

灵芝手起石落，只听嗵的一声，石头重重地掉进了四丈锅，把锅砸出一个大窟窿，锅沿开裂，成为好几瓣。灵芝惊呆了，锅里面的菜汁四处飞溅。

大板娘见状，一屁股坐在茅草屋前，号啕大哭起来，把身边的土粒子拍起老高。

灵芝砸碎了蛤蟆锅，怒气冲天地走了，回到家里，一屁股坐在那棵梧桐树下，哇哇地哭了起来。整整哭了一个上午。哭过之后，她就倒在床上睡了。气愤、饥饿和委屈折磨着她，她在这种迷迷糊糊的状态下游走，感到有一个黑洞，她正沿着黑洞往下滑，她想抓住什么，可是四壁光滑，什么也抓不到，就这样往下滑去。渐渐地，有一束光亮从这个黑洞的上边透射进来。灵芝就醒了，感到身体虚弱，想欠起身子，但是没有欠起来。

窗外鸟儿的鸣叫声已经不见了，想必被嘈杂的街道上的声音给掩盖住了，只有一束明亮的光线探进窗内，明晃晃的，让她睁不开眼睛。

灵芝把头摇一摇，想道，今天是大板歇班回家的日子。

她挣扎着爬起来，到梧桐树下的水井里汲了水，把脸上的泪痕洗净，把浮肿的眼睛用水浸泡了一下，感觉舒服多了。然后，她走出家门，来到北大路上。她知道，大板将从东边的西洳河方向走来。

等她来到北大路上，忽然发现大板娘正坐在桥头的一块岩石上，朝远处张望。

灵芝已经不能退回去了，她走到她的对面，拣了一块干净的石头，也坐了下来。大板娘和灵芝就这样坐着，互不说话，完全像陌生人。她们就这样等着同一个亲人，心照不宣，都想在见到大板的时候，首先诉说自己心中的委屈。

大板从远处走来，渐渐地，走近了，最后，来到她们中间。他先是吃了一惊，以为发生了什么事情，见娘和灵芝都没做出什么样的怪事，知道她们在这里迎他，不禁心头一热，眼泪流了出来。

大板娘和灵芝对望了一眼，最终，谁都没说出砸锅的事情，一同朝村子走去。

大板走进家，大板娘和灵芝望着这个宽大的院子，她们略显迟疑，似乎脚没地方放。

迎门那棵梧桐树，叶片儿像蒲扇一样，树梢上还生出一截新枝。

大板瞧了半天，说："你看，它的顶部，已经蹿出了许多，这个春天，新生的嫩枝，嫩黄色的枝。"

灵芝用手拽住一片叶子，端详着。也有新芽，也有散出的新叶，满眼葱茏。

大板娘把烙熟的油饼和烧开的鸡蛋汤送来，大板和灵芝吃过大板娘烙的油饼，喝过大板娘烧的鸡蛋汤，天就黑了。

他们坐在床沿上，灵芝听着大板的叙述，望着屋内的一切，她熟悉的每一件物品，倍感温暖与亲切。尽管，大板叙述的那些事情与她无关。

仿佛把话说尽了。

黑暗中，大板伸出一只胳膊，揽住灵芝的腰。大板的身子底下，似乎肿胀了，里边的筋往外挣，疼得厉害。然后是小腹，然后是胸膛，然后是全身。

大板在这种疼痛中，在这种既难受又兴奋中，寻找着灵芝的嘴唇。灵芝的嘴唇像一朵梧桐花，带着夜露。

次日清晨，一阵鸟鸣，吵醒了大板和灵芝。晨光和啾啾鸟鸣，仿佛是这个早晨的精灵。灵芝探起身子，望着窗外的阳光，以及阳光里那株挺拔的梧桐树。它在晨风中轻轻地摇着。

大板望着灵芝裸露的光溜溜的身子，仿佛游走于雪地的精灵，吃惊得张大了嘴巴。

灵芝生产了，大板娘一心要对灵芝好。灵芝一顿要吃十几个鸡蛋。每次，大板娘都要燻上一锅鸡蛋。

因为要喂奶，不能放大盐，不放大盐的鸡蛋吃多了，有一种鸡屎味道。大板娘看着灵芝把一大碗鸡蛋咕嘟咕嘟地喝下去，说："俺怀了六个孩子，一共也没吃过这么多鸡蛋。"

灵芝马上到锅里盛了一碗，递到婆婆手里。大板娘喝了一半，便再也喝不下去了。

灵芝的奶水不旺，听说吃手擀面好，大板娘便和了面，去擀。灵芝不想再劳顿婆婆，便拿起擀面杖，擀了起来，只擀了几下，觉得胳膊关节疼。又擀了几下，被大板娘抢了过去，说："你不能干，什么都不能干，不像俺们那时候，三天下床，就去河里砸开冻冰洗尿布。"

灵芝听了，说不上婆婆是在疼惜她呢，还是指责她，心里不对味儿。毕竟，只擀了几下，胳膊就承受不住了。

几天后，灵芝的奶水果然足了。看着孩子在灵芝的怀里尽情地吮吸着奶水，大板娘满意地点上一支烟，吸了一口，若有所思地说："大板都有了孩子了，当上爸爸了，往后啊，抽烟喝酒的事，也别管得那么紧，男人，哪有不抽烟不喝酒的？不抽烟不喝酒，怎上得了人场？"

灵芝的眼里有两颗泪滴往外滑落，她忍了许久，还是落了下来。

大板娘瞧见了，说："我才说了两句，就说多了？"

往后的日子，逢到阴天，灵芝的胳膊就隐隐地疼，不是特别疼，是一种酸疼，没有力气的疼。大板娘埋怨道："给你说，什么都不能干，你不听，你们年轻人娇贵，哪比得上我们那个时候？"

灵芝无话可说。

大板回来得频繁了，大约是想儿子了吧。然而，他每次回来，都不先回家里，而是到那个茅草屋去，跟他的爹娘拉一阵子家常，再回家去。开始，灵芝还能忍耐，可是，时间一长，她就不耐烦了。

灵芝把门插上，大板再喊门的时候，灵芝便说："回去跟你娘一块儿睡吧。"

大板听得出来，灵芝生气了，便说："我三更半夜回来一趟，过去说一会儿话，省得麻烦再跑一趟，这不省时间嘛。"

灵芝说："你就不能先家来一趟再去？你娘又说了我什么坏话？"

大板叹息道："哪里的话啊这是！"

最终，灵芝还是开了门。年幼的儿子还带着甜甜的笑，等着这个还有点儿陌生的爸爸。然而，大板刚要往床上躺，灵芝就把他的被子抱起来扔到沙发上去了。

大板踱着碎步，来到庭院里，儿子的甜甜笑脸被定格在他的视线里。

庭院里的那棵梧桐树已经十分粗壮了，树冠把整个院子的上空遮住了。算一算时间，栽下这棵梧桐树，已经六年了，树根把土层拔起很高一截。

早晨，儿子起得很早，在梧桐树下捡拾落下的树叶，那叶片儿足有他的脑袋那样大。他拾起一片，交到大板的手里，喊一声爸爸，再拾一片，再交到大板的手里，再喊一声爸爸。可是，拾不了几片，大板已经等不及了，他要赶紧到东边的大马路上，去拦截早班的公共汽车，赶到城里上班。

儿子手里拿着一大片梧桐树叶，追到门口，望着大板的背影，哇的一声哭了起来。

大板回过头，泪水从他的脸上滚落下来。

再歇班回来的时候，大板和灵芝商议，让她也进城去。

灵芝没吱声。

大板说："我给你找了一个拣棉花的活，一个月工资六百块钱。"

灵芝还是没吱声。

大板说："你倒是同意还是不同意？"

灵芝说："你去问问你娘同意不同意。"

大板娘听了，坚决不同意。当时，她正刷锅做饭，听到大板这么一说，手里拿着勺子，一动不动，愣怔了好半天。

大板娘说："谁娶一床儿媳妇，不搁在自己身边？"

大板不吱声。

大板娘说："能叫有儿气死，不叫无儿叹死。"

大板不吱声。

然而，他们还是走了，把门一锁，把钥匙往茅草屋一丢，把儿子往屋门前的地上一放，就往东大路去了。幼小的儿子怔怔地望着他们远去的背影，正待追上去，被一个洼坑绊倒了，哇哇地哭喊起来。

灵芝坐在公共汽车上，脸对着窗外，流淌着泪水。

拣棉花的工作是常白班，生活比较有规律。

忍耐了整整一个漫长冬天的思念之后，大板和灵芝在工厂外边租了一间房子，又给儿子联系了一家幼儿园，就回家接儿子去了。

儿子跟着大板娘坐在那棵粗壮的梧桐树下。

儿子问："爸爸，上幼儿园是干啥的？"

大板说："上幼儿园就是学儿歌啊。"

儿子问："儿歌是啥？"

大板说："儿歌就是'小兔儿乖乖，把门开开'。"大板学着童声，表演着。

儿子说："爸爸，我也会。"

大板有些惊讶："是吗？唱一个给爸爸听听。"

儿子跑到梧桐树下，站在一根裸露在土层外边的树根上，唱道：

梧桐梧桐长高了
凤凰凤凰飞走了

妈妈妈妈别哭了
奶奶奶奶在树下

梧桐梧桐开花了
凤凰凤凰飞走了
妈妈妈妈别哭了
奶奶奶奶在树下
……

大板一愣，揽住儿子，问：“谁教给你的？”

儿子用手一指，说：“奶奶。”

大板回转身，望着娘脸上折叠起来的皱纹里，有两串泪水正往外流淌，像是在土地的深处积蓄的露水，晶莹，透亮。

# 数星星的孩子

于菊花

“一二三四五……”星儿仰着头，小手的食指一点一点，对着夜空中的星星数啊数。今晚的夜色并不明朗，一层薄薄的云雾笼罩在夜空中，星星们俏皮地眨着眼，一会儿躲进云里，一会儿又偷偷钻出来，似乎在跟星儿捉迷藏。尽管星儿一丝不苟地数了又数，可每次眼睛一眨，就分不清哪颗是哪颗了，只好又从头再数。

“九八，九九，一百……”终于数到一百了，星儿紧张得屏住气，恨不得把那些闪啊闪的星星给定住了，好快点儿数到五百。

“星儿，别数了，回屋睡觉吧。”奶奶的话，把星儿刚刚数好的数字又给打乱了。

“奶奶，我都快数到二百了，你一搅，又乱了！”星儿有些埋怨地转身看着奶奶，心里委屈，眼泪都要掉下来了。

“瞧这小手冻得冰凉，快回屋吧，咱星儿听话，明儿个晚上再数。”奶奶攥着星儿冰凉冰凉的小手，也心疼得差点儿落泪。

星儿乖乖地跟着奶奶回屋，临进门还心有不甘地回头看一眼满天的星星。已经立冬了，天气一天比一天冷，奶奶已经在屋子里燃起了火炉，星儿把手和小脸蛋凑到火炉跟前烤烤，然后上炕钻进热乎乎的被窝里。土炕被奶奶烧得烫烫的，睡在被窝里可舒服了。奶奶封好炉子，也上了炕，祖孙俩睡在同一个被窝里。自从妈妈走后，星儿就变得特别胆小，晚上睡觉非要紧紧搂着奶奶的脖子，生怕半夜醒来只剩下她孤零零的一个人。

奶奶把星儿揽进怀里，星儿眨巴着眼睛，看着奶奶那一缕亮晶晶的白头发在橘黄色的灯下闪着光。奶奶脸上的皱纹像院子里还未开败的菊花，那一双浑浊的眼睛已没有了光芒，还时不时地闪着泪花。奶奶说，她老了，眼花了，看东西都不清楚了，可天晴的时候，奶奶还是会坐在院子里的小凳上，一针一线地给星儿做布鞋。奶奶做的布鞋又结实又舒服，星儿可喜欢穿了。她听着奶奶刺啦刺啦纳鞋底的声音，就会想起妈妈，可一想起妈妈，星儿就会忍不住流眼泪。

“奶奶，你给我讲个故事吧。”星儿睡不着，缠着奶奶讲故事。

“星儿，奶奶老了，脑子糊涂了，都忘光了。”奶奶支支吾吾不肯讲。星儿知道，奶奶就会讲一个故事，可自打妈妈离开后，奶奶就再也不肯给她讲了，每次她缠着奶奶讲，奶奶都推三阻四的。

“奶奶，我要听‘后娘花’的故事，你就给我讲讲嘛。”星儿抱着奶奶的脖子，把小脸贴到奶奶饱经风霜的脸上，用手指轻轻拨弄着奶奶的白发。

奶奶紧紧搂着小孙女，眼睛里又蓄满泪水。她揉揉眼睛，把星儿的头放到自己的胳膊上，另一只手轻轻拍着，苍老的声音似乎是从遥远的古代传来：“从前，有一个苦命的孩子，从小就没了亲娘，她爹就给她找了个后娘。这个后娘可恶毒了，一天，孩子饿了，后娘给她喂饭，孩子一哭，后娘生气了，把筷子狠狠捅进孩子的嘴里，把小孩的舌头从后脑勺捅出去了。后来，他们把孩子埋到了山披上，第二年春天，孩子的坟上长出一簇簇淡蓝色的小花……”

妈妈在的时候，每次听到奶奶给星儿讲这故事，就笑着说奶奶：“妈，您别给星儿讲这故事了，万一有一天星儿真的遭了后娘咋办？”奶奶和星儿都知道妈妈开玩笑呢。奶奶总是笑呵呵地摸摸星儿的头说：“去，让你妈给你讲去，奶奶老了，没记性了。”

妈妈会讲的故事可多了，《白雪公主》《灰姑娘》《卖火柴的小女孩》《木偶奇遇记》……每天晚上睡觉时，星儿都是听着妈妈的故事入睡的。妈妈走的时候，给星儿买了好多的故事书，可星儿还是喜欢听妈妈讲的故事。妈妈的声音甜甜的、柔柔的，像歌声一样好听。

耳边传来轻轻的打鼾声，不知什么时候，奶奶已经睡着了。奶奶都六十多岁了，精力也不如以前了，每天都要照顾星儿，还要干所有的家务。以前，这些活儿都是妈妈干，奶奶只管带好星儿，干些家里的零碎事，农忙的时候帮着妈妈做做饭就行，可现在就剩她们祖孙俩了，所有的活儿，都是奶奶一个人干，奶奶很累的。星儿真希望自己快点儿长大，就可以帮着奶奶干活儿了，要是妈妈不走，该有多好啊！

星儿怕把奶奶的胳膊压麻了，把头从奶奶的胳膊上挪开，给奶奶盖好了被子。她打了个长长的哈欠，一丝倦意袭上心头，可满脑子都是妈妈的影子，还是睡不着。

星儿已经八岁，上小学了。星儿曾经问妈妈，为什么给她取名叫星星啊？妈妈说，生星儿的时候，是晚上，那个夜晚的星星特别特别地亮，妈妈起夜出去，抬头看到天上一颗流星拖着长长的尾巴，从空中划过，妈妈回屋后不久，肚子就疼了，到了半夜，星儿就降生了。

也许是听了妈妈讲的故事，星儿从小就喜欢星星。夏天的晚上屋子里闷热得像蒸笼，妈妈就在院子里支上一个木床，奶奶抱着星儿躺在床上，手里拿着一把蒲扇，给星儿赶蚊蝇。妈妈坐在廊檐下的灯光中，织着爸爸或者星儿的毛衣，四根亮晶晶的铁杆子上下翻飞。妈妈是村里出了名的巧手，无论什么花式，只要她看上两遍，准能学会，村里的大姑娘小媳妇常跑来跟妈妈学织毛衣、绣鞋垫。

妈妈还会唱歌，她常常把星儿抱在怀里，教星儿唱歌："一闪一闪亮晶晶，满天都是小星星，挂在天上放光明……"妈妈唱一句，星儿就用奶声奶气的嗓音跟着唱一句，那时候的日子，就像加了蜜一样甜。

星儿上幼儿园了，会数数了，她就用小手指着天上的星星，一颗一颗地数："一，二，三，四，五……"奶奶迷信，赶紧把星儿的小手摁住，一本正经地说："可不敢用手指头指着星星，星星都是天上的神仙，触犯神威，手上会长疖子的。"

妈妈就会笑着接过话头："妈，您那是迷信，星儿喜欢，就让她数吧，古代有个数星星的孩子，长大还成了天文学家呢。"

星儿不懂什么是天文学家，可她喜欢听妈妈讲的故事："在汉代，有个孩子名字叫张衡，他特别喜欢看星星，每天晚上，都对着夜空数星星……"听着听着，星儿就躺在妈妈的怀里睡着了。

有时候，星儿想爸爸了，就问妈妈："妈妈，爸爸什么时候才回来啊？我想爸爸了！"

妈妈其实也想爸爸了，白天星儿看到妈妈擦桌子，对着相框里爸爸的照片发愣，还用手轻轻摸着，只是妈妈是大人，不会跟她们说的。

“我算算，你爸爸这次是跑江西，路远，来回得十几二十天。快了，过两天就回来了。”

爸爸是跑长途运输的，全国各地到处跑，十天半月回家一次，每次回来都会给她们买一些精美的小礼物和各地的特色小吃，每次星儿拿着爸爸买的礼物在村里小朋友面前炫耀，在伙伴羡慕的目光中，她觉得自己是天下最幸福的孩子。

几天后，爸爸回来了，手里大包小包的，全是给她们买的好吃的。星儿顾不上看给她的礼物，扑到爸爸怀里让他抱。爸爸双手把星儿举起来转着圈，星儿咯咯咯地笑着，去摸爸爸胡子拉碴的脸，爸爸故意用硬硬的胡楂扎星儿粉嫩的小脸，星儿一边嚷着痒，一边用小手揪住爸爸的耳朵，快乐的笑声在小院里回荡。

妈妈心疼爸爸长途开车累，就把星儿从爸爸怀里接下来，塞给她一包好吃的，让奶奶带着她出去玩。星儿知道，妈妈是想让爸爸去睡觉，怕她吵着爸爸，星儿懂事，开开心心地拿了零食跟奶奶出去玩，顺便把好吃的分给小伙伴们吃，她喜欢看他们贪婪而又羡慕的眼神。巷口的大婶们看见她们也会大声地说笑：“星儿爸爸回来啦？买的啥好东西给婶子吃一块？”星儿大大方方地把袋子递过去，她们也就象征性地拿上一两块，咬上一口，连声夸好吃，星儿眼睛笑得眯成了一条缝。

等她玩累了回到家里，妈妈已经在忙忙叨叨地准备饭菜，平时爸爸不在家的时候，就她们三人，吃得都很简单。可每次爸爸一回来，妈妈准会又炖鸡又炒肉，张罗一桌子好吃的，妈妈说，爸爸跑车很辛苦，有时连顿热乎饭都吃不上，回家自然要好好犒劳一下。

吃晚饭是一家人最幸福的时刻，妈妈常把饭桌摆到院子里，还给爸爸准备上二两小酒，爸爸大口大口地吃着香喷喷的饭菜，连声夸好吃。他说，在外面顿顿买着吃，调料又重，经常上火，有时候到了饭点，肚子饿得咕咕叫，可前不着村后不着店的，只能忍着，实在不行就嚼几口饼子垫垫。

星儿眨巴着大眼睛，看着妈妈一个劲儿给爸爸碗里夹菜，她也站起来挑最大的肉块往爸爸碗里夹："爸爸，开车很累你就别开了，天天在家陪着我们好不好？"

爸爸摸摸她的头，笑呵呵地说："爸爸不出去挣钱拿什么养活你们啊！等爸爸挣很多的钱，就在城里买套大房子，把你们都接去，咱也当城里人好不好？"

星儿傻乎乎地拍手叫好，奶奶却摇着头说："要去你们去，我可不想当城里人，那大街上到处都是车，我看着害怕，还有那楼房，比山还高，看着就眼晕。"

妈妈给奶奶挑块没骨头的肉送到碗里，笑着说："妈，您别听他瞎说，城里人那么好当啊，一套楼房十几二十万呢，咱乡下人哪里买得起？只要把这小日子过好，一家人和和美美在一起就足够了。"

爸爸喝点儿酒，脸红红的，说话嗓门就大起来："媳妇你别小瞧你老公，我一定会让你们过上好日子的。妈，你信不信？妈，媳妇，星儿，你们就等着，我一定会让你们享福的。"

星儿喜欢这种热热闹闹的气氛，她觉得，只要爸爸妈妈在一起，家里总是飘着暖暖的笑声。

有一年冬天特别冷，连着下大雪，爸爸的车被困在高速公路上走不了，妈妈接到爸爸打来的电话，急得团团转。连着几天，妈妈天天守着电视看新闻，手机一直拿在手里，生怕错过爸爸的电话。星儿和奶奶也很着急，怕爸爸大冷天坐在车里冻坏了，可爸爸说手机没电了，再也没有了信息，星儿第一次看到一向乐观开朗的妈妈脸上布满了愁云。

两天后，爸爸回了电话，说把车开到了一个小镇上了，在那里休息几天，等天气好转了再走，路上太滑了，还有雾，老有车祸发生，太危险。妈妈在电话里千叮咛万嘱咐，让爸爸一定等路上雪融化了再走，千万别冒险，星儿也想跟爸爸说话，可妈妈不让，妈妈说，爸爸听到星儿的声音就会更想家，不能让爸爸着急，星儿的小嘴巴噘得高高的，不理妈妈。

奶奶信佛，在她住的上房里供着观音菩萨，每天早晚都上香念佛，那几天奶奶特别虔诚，把三炷香恭恭敬敬地插在香炉中，直挺挺地跪在脚垫上，嘴里念念有词："大慈大悲的观音菩萨，保佑我儿子在外平平安安，早日回家！"还让星儿也跟着磕几个响头，星儿不懂菩萨是谁，可只要是为爸爸好，她就很乐意地每天跟着奶奶磕头。

爸爸这一趟，足足去了一个月，直到爸爸带着一路的风尘和满面疲惫走进家门时，一家人的脸上才露出开心的笑容。

爸爸坐在热炕上，把星儿抱在自己的怀里，一边喝着热茶，一边给她们讲这一路的经历。爸爸说，因为天气太冷，连降大雪，高速路上都结了冰，时不时有车祸发生，他们被堵在路上一天一夜，没吃没喝，差点儿没冻死，幸亏有交警队的同志送去热水和面包，才撑到了道路疏通。他们把车开到小镇上后，不敢再走了，住了几天，等天气好转了才又上的路。

妈妈在炉子上给爸爸做吃的，红红的炉火映在妈妈脸上，一丝浅笑挂在妈妈的嘴角。她把一碗荷包蛋递给爸爸："快趁热吃吧，吃了身上就暖和了，眼看快过年了，天气这么冷，再不跑车了。钱挣多少才算够啊，身体才是主要的，你可是我们家的顶梁柱，你要有啥事，我们还活不活啦！"

奶奶也接过话茬："就是，听小娟的吧，这一个月我们天天牵肠挂肚地担心你，小娟这些日子连饭都没心思吃，尽为你操心了，平安才是福！"

"就是就是，爸爸再不出去了，陪星儿玩。"星儿为了让爸爸吃饭，早钻到奶奶的怀里去了。爸爸夹起一个荷包蛋咬上一口，满怀深情地望着妈妈："还是家里好啊，热炕热饭的，娟，这些年辛苦你了，跟着我让你操心受累了。"妈妈羞涩地笑笑，脸上洋溢着一种幸福的味道。

两年后，爸爸和人合伙开了一家货运公司，开始了自己的创业。刚开始的时候运营不好，妈妈把家里所有的积蓄都给爸爸去做周转资金，还去舅舅那里借了几万块钱给爸爸，农闲时还到爸爸的公司去帮忙做饭。后来公司慢慢有了起色，爸爸还清了所有的借款，因那个合伙人家里有事退了股份，爸爸终于成了名副其实的老板了。

爸爸有钱了，日子也好过了，可爸爸回家的次数却越来越少，常常一两个月都不回来。妈妈有时候着急，想去城里看看他，给爸爸打电话，爸爸却总说公司忙，他一天到晚四处跑，让妈妈照顾好家里就行了，他有空自然会回来的。

爸爸在城里的公司，星儿也跟着妈妈去过，坐车一个多小时就到了。星儿不懂，爸爸以前出去十几天，每天晚上都会给妈妈打电话，星儿经常抢着去接，爸爸总在电话那头呵呵地笑着，说想她们。现在爸爸很少回家，连电话也不常打了。

星儿和奶奶看着妈妈依然忙里忙外，可脸上的笑容却越来越少，好几次她都看见妈妈背着她们掉眼泪。奶奶沉不住气，开始天天唠唠叨叨地埋怨爸爸，说钱再重要也不能不顾家啊，妈妈听了却只是苦苦地一笑，一言不发地出去干活儿了。

每天晚上，她们照常在院子里乘凉，妈妈手里拿着针线活儿，却常常对着天空发呆，也不爱给星儿讲故事了。奶奶看妈妈不开心，也不提爸爸了，可星儿不懂事，总是一个劲儿地追问妈妈："妈妈，爸爸什么时候回来啊？我想爸爸嘛！"

妈妈不知道怎么回答，就哄星儿："你把天上的星星数到二百，爸爸就回来了。"星儿听了，就高兴地开始数星星。可那些星星闪闪烁烁的，稍一眨眼，就找不到位置了，星儿每天晚上数，数了好些日子，也没数到二百，她开始对自己失望了。

可能是星儿的诚心起了作用，尽管星儿还没数到过二百颗星星，爸爸还是在某一天开着车回来了。星儿兴奋地扑进爸爸怀里，一个劲儿地埋怨："爸爸坏，这么长时间都不回来看星星，我都看见妈妈哭了。"

爸爸有些尴尬地把车里的东西拿下来递给妈妈，草草地解释几句："公司里事多，我一天到处联系业务，实在没时间回来。"

奶奶不乐意了，在一旁训爸爸："工作再忙也得管老婆孩子，连家都不顾了，挣那么多钱有啥用！"

妈妈微微笑着没作声，把东西拿进屋后就开始给爸爸做饭。星儿依然缠着爸爸，可她明显地发觉，爸爸的眼睛不像原来那样

清澈了，似乎掺杂了一种什么东西，连看妈妈的目光也没以前的热情了。她小小的心里，第一次有了一种不安的情绪。

晚饭依然很丰盛，妈妈杀了鸡，炖了排骨，做的都是爸爸爱吃的菜，可饭桌上的气氛，却没有了以往的温馨。以前全家在一起吃饭的时候，爸爸就像个话痨，不停地讲跑车途中的风土人情和一路遇到的趣事，妈妈也会笑盈盈地给爸爸碗里一边夹菜一边催爸爸快吃。现在的爸爸像是胃口不好，漫不经心地夹上两根青菜，满桌喷香的饭菜在他的眼里已经没有了吸引力。妈妈看似若无其事，脸上勉强装出的笑容掩不去眼神里透出的深深失望。

星儿一会儿看看爸爸，一会儿又望望妈妈，她不知道爸爸妈妈之间出了什么问题，那种隐隐约约的担忧更强烈出现在她的意识里。奶奶也觉察出爸妈的情绪有些不对头，老人家糊里糊涂过了一辈子，也没往深处想。一顿饭在压抑的气氛中吃完，饭桌上的菜几乎没怎么动。妈妈的脸上已经没有了笑容，她默默地把桌上的菜又一一端回厨房，在她转身的瞬间，星儿分明看到妈妈的眼角有星星在闪。

吃过饭，爸爸坐在沙发上抽烟，一根接着一根。星儿看着爸爸，忽然有种很陌生的感觉。从爸爸的脸上，已看不到昔日的温暖慈祥，那游离的眼神，若有所思的表情，都让她觉得爸爸离她们越来越远了。

第二天一大早，爸爸就要走，临出门，他在茶几上放下一摞红红的钞票和一张银行卡，让妈妈不要省钱，尽管花，没了就去卡上取。妈妈面无表情地把钱和卡放进抽屉，转身进了厨房，这是星儿第一次看到妈妈没有送爸爸出门。

奶奶和星儿送爸爸出了院门，奶奶回头看看院里，有些责怪地说爸爸："你和小娟怎么了？我看小娟眼睛红红的，是不是你惹着她啦？娃啊，小娟自从进了咱家门，这些年吃苦受累的，你可别做亏心事，别干对不起媳妇的事啊！不看别的，看星儿的分上，也要常回家来。妈老了，管不了你了，你长点儿心吧。"

爸爸避而不答，打开车门钻进去，对奶奶和星儿说："妈，我走了。星儿，听妈妈话，好好念书。"然后关上车门，一溜烟开走了，星儿望着飞扬的尘土，连喊一声"爸爸再见"的勇气都没有了。

转眼已是秋天，地上的玉米油菜都黄了。爸爸自从上次走后，又是几个月没见个人影，妈妈脸上的阴云也越来越厚，有时候一整天都不说几句话，只是低着头走路、干活儿，像个苦行僧，让星儿觉得心疼。现在农村干活儿都开的农用车，以前秋收的时候爸爸都会停下车帮着妈妈一起干，从不让妈妈干重活儿，可现在爸爸不回来，妈妈只能用架子车一趟一趟往家里送，星儿和奶奶只能帮着在后面推推车。

奶奶看不下去，偷偷让星儿给爸爸打电话。可爸爸在电话里说，他忙得没工夫回来，让妈妈花钱去雇别人干，说完就把电话挂了，气得奶奶一个劲儿骂爸爸白眼狼。

星儿以前听爸爸说，他和妈妈是自由恋爱结的婚。那时候爸爸在城里学驾照，妈妈娘家是城郊的，他们家在驾校旁开了一个小超市，妈妈就在店里卖货。爸爸经常去店里买东西，一来二去，两人熟了，再后来，就谈恋爱了。

可那时候妈妈家里条件好，城郊的地都被征了搞城市扩建，每家都分了十几万的征地费。妈妈家买的楼房也已经装修，马上就要入住了。外公是中学老师，舅舅在城里开汽车修理店，妈妈和外婆经营着超市，日子过得滋润着呢，哪里会舍得把女儿嫁到这穷乡僻壤之地？

为了让妈妈死心，外婆到处托人给妈妈介绍对象，找的都是有工作的城里人。可妈妈性子拧，是一个一条道走到黑的人，每次相亲她都以看不上为由当面拒绝，气得外婆拿她没办法，一场拉锯战持续了一年，最后外公外婆实在没辙，只能同意了。

临结婚时，外婆当着爸爸的面骂妈妈，说："路是你自己走的，人是你自己选的，以后日子过好过坏跟我们无关，吃了苦受了累少到娘家门上来哭！"

爸爸说，妈妈当时就哭了。她说："我以后就是讨饭也到别处讨去，绝对不来找爸妈要。"

话虽这么说，外婆外公并没有真的不管妈妈，每次妈妈带星儿回娘家时，外婆外公都特别开心，给星儿拿好多好吃的零食，外婆常拉着妈妈的手说："你个死妮子，看看你这双手，都是老茧，在娘家什么时候让你拿过铁锹？现在可好，整个一个农家妇女，你啊你，不听爸爸妈妈的话，吃苦受罪了吧！"

妈妈却总是不以为然地笑笑："妈，别这么说，我日子过得好着呢，衣食无忧，婆婆对我跟亲闺女一样。"外婆听了，也就笑着不说什么了。

舅舅对她们也好，听到她们来了，赶紧到市场买水果买烧鸡来款待她们，还说要是家里有困难，尽管张口，只要他能帮的，一定会尽力，所以爸爸开公司时妈妈去借钱，舅舅二话不说就借给了几万。

妈妈结婚后，就一心一意为这个家操劳，从未种过庄稼的她每天跟着奶奶干各种农活儿，操劳家务，从不叫苦叫累，是村里人人夸赞的好媳妇。妈妈对奶奶也很孝顺，家里的活儿尽量抢着自己干，怕婆婆年纪大了累着。妈妈结婚后几年没怀孕，奶奶从不介意村里人的闲言闲语，直到妈妈结婚五年后才生下星儿，尽管是个女孩，可奶奶把孙女就当心肝宝贝一样宠着疼着，从不让星儿受委屈。

星儿记得有一次爸爸喝醉了，还哭着对妈妈说：“老婆，能娶到你就是我这辈子最大的福气，我一定会让你过上好日子的。”

爸爸的话，似乎还在星儿的耳边回响，可爸爸的身影，却离妈妈和星儿越来越远，星儿不知道大人的脑子里都装的什么，但她知道，爸爸的心已经离她们越来越远了。

经过十多天的忙碌，终于把地上的庄稼都收回来了，妈妈也快累垮了，人憔悴了许多，原来圆圆的脸庞消瘦了下去，整个人都没精神了。因为心情不好，妈妈的饭量大减，每顿只吃一点点儿，无论奶奶怎么劝，她都说不想吃，放下饭碗就去干活儿，奶奶也无奈地望着妈妈的背影抹眼泪。

一天吃晚饭时，奶奶对妈妈说：“小娟，眼下家里的活儿都忙完了，你去城里吧。星儿爸爸忙，你就去城里住些日子，家里和星儿有我呢，两口子老这样分着可不好。”

妈妈也可能有这个想法，她若有所思地点点头，答应奶奶明天就去。星儿也想跟去，可奶奶悄悄在她耳边说了几句，星儿就不吵着去了。

奶奶和星儿以为妈妈去了准会住些日子，可只过了两天她就回来了。只是眼前的妈妈，脸色苍白，眼睛红肿，一副失魂落魄的样子，进了院子一声不吭，像傻了一样径直走到屋里，还随手把门给插上了。

奶奶和星儿又着急又感到莫名其妙，她们使劲儿在外面敲门，妈妈就是不开，只能听到屋里传来呜呜的哭声。听到妈妈哭，星儿也吓得“哇”的一声大哭起来，奶奶一边哄星儿，一边赶紧跑到窗户那里看。星儿看不见，奶奶把她抱上窗台，透过玻璃窗，她看到妈妈整个人都趴在床上，长长的头发散落在枕头上，两个肩膀剧烈地抖动着，发出抑制不住的低低的哭声。

“妈妈，你快开门，你让星儿进去！妈妈不哭，星儿怕……”星儿又哭又喊，拼命拍打着玻璃窗，可妈妈仿佛听不到似的，一直趴在那里哭。

奶奶害怕出事，赶紧跑出去把星儿的一个堂叔找来，他踹了几脚，把门给撞开了，星儿才哭喊着扑到妈妈床前。

妈妈听到他们进来，从床上坐起来，满头散发遮住妈妈的脸，看不到脸上的表情。

“小娟，到底出了啥事啊？是公司还是星儿爸爸？你倒是说说啊，你要把我们急死啊！”奶奶拨开妈妈脸上的乱发，着急地问。

“妈，没什么大事，我头疼，你带星儿出去吧，我想睡会儿。”妈妈转身拉开被子，把头埋进被窝里，任奶奶怎么问，星儿怎么哭闹，愣是一句话都不说。

妈妈就那样睡着，不说话，也不吃不喝，直愣愣地躺在床上。奶奶没办法，让星儿给爸爸打电话问情况，爸爸却支支吾吾地搪塞，也是不肯说。

晚上，星儿睡在妈妈身边，看着妈妈一动不动地躺在那里，不哭也不笑，眼睛一直闭着，面无表情，像灵魂出窍了一样，那副表情让星儿害怕，但她却不敢惊动妈妈。奶奶告诉她，千万要看好妈妈，别让妈妈出事，星儿就大睁着眼睛不敢睡，生怕她一觉醒来，妈妈就在她眼前消失了。

可她毕竟是孩子，不一会儿就睡着了。半夜的时候，星儿醒了，她迷迷糊糊地用手一摸，却没有碰到妈妈，她吓得一激灵翻起来，却看到妈妈在黑夜里一动不动地坐着，眼睛看着窗户外面的夜空。

窗外的月色很好，洁白的月光照在妈妈憔悴的脸上，像大理石雕刻成的一样，那双曾经闪着光彩会说话的大眼睛里，透出的是深深的无奈和悲伤。

“妈妈！”星儿轻轻地叫一声，爬到妈妈怀里，“妈妈在看星星吗？”

妈妈低下头看着星儿，用温柔的手掌轻轻摸着星儿的头发：“星儿，要是妈妈暂时离开你一段时间，你会不会埋怨妈妈啊？”

“妈妈要去哪里？你不要星儿了吗？”星儿不知道妈妈怎么会这么说，她只知道，她不能没有妈妈。

“妈妈想去外面打工，过一段时间就回来看你好不好？”

“妈妈为什么要去打工？是爸爸不给我们钱了吗？”

“不是，星儿，你还小，等你长大就懂了。”

“可是，我不想让妈妈离开星儿，我怕！”

“星儿不怕，妈妈教你唱歌。”

“嗯！”星儿点点头，她看到妈妈微微笑了，她也就安了心。她已经很长时间没听到妈妈唱歌了，妈妈的嗓音可好听了，干活儿的时候嘴里总是轻轻哼着歌曲，也经常坐在月光下对着星空教星儿唱歌。这几个月以来，妈妈像变了个人似的，都不像原来的妈妈了。

“天上的星星不说话，地上的娃娃想妈妈，天上的星星眨呀眨，闪闪的泪光鲁冰花。啊……啊……夜夜想起妈妈的话，闪闪的泪光鲁冰花……”寂静的夜里，妈妈伤感的歌声在夜色里回荡，晶莹的泪珠从消瘦的脸颊上滑下来，落在星儿的头发上……

第二天早上，妈妈起床了。她收拾好屋子，梳头、洗脸、刷牙，脸上又恢复了往日的平静。可星儿的心中还是惴惴不安，她已经预感到：暴风雨就要来了。

奶奶煮好了稀饭，妈妈坐到饭桌旁埋着头吃饭，直到吃完饭，收拾完碗筷，把星儿送去上学，才郑重其事地坐下来，跟奶奶谈话。

“妈，我可能得离开这个家了，以后，星儿就要拜托您多费心了！”

妈妈的话，把奶奶吓得从沙发上站起来：“小娟，你说啥呢，你不要星儿和她爸爸啦？也不要这个家啦？”

“妈，您别急，先坐下，听我慢慢说。”妈妈让奶奶坐下来，“妈，我要跟星儿的爸爸离婚。”

“离婚？这到底是为什么啊？你这次去城里，星儿爸都跟你说啥啦？怎么说离就离啊？”

“妈，我真的没办法，这婚，必须离！星儿爸爸……他在外面有女人了！”

“什么？这个不学好的东西，我说最近怎么老不回家呢。小娟，你是听别人说的还是星儿爸亲口告诉你的？会不会是个误会啊！”

“妈，是真的，那个女人我都亲眼见了，是她亲口说她是公司现在的老板娘。她还说，他们早就在城里买了房子，她还怀了他的孩子……”

妈妈说不下去了，眼泪像断了线的珠子一样不停地掉。

奶奶气得抖成了一团，妈妈怕奶奶血压升高，忙转身取过降压药给她吃：“妈，已经这样了，生气也没用了，出了事，拖着对谁都不好，不如来个了断，大家都解脱了。”

“星儿爸爸也承认了吗？不会是那个女人骗你吧？你可别上当。”

“妈，我去的那天星儿爸爸不在，那个女人在公司管业务，我以前还见过的，那时候说是招聘的打字员。她跟我说他们已经在一起很长时间了，她肚子里的孩子都几个月了，让我趁早跟星儿爸离婚，不然，她就来家里闹……”

“还反了她啦！小娟，你别怕，有妈给你做主呢，用不着她来，你带妈去城里找他们，看我不打折他们的腿，我赵家怎么会养出这么个不争气的狗东西！”

“妈，咱不去，咱给自己留点儿面子吧！我当天没回来，就是等星儿的爸爸，我要他亲口告诉我，就算死也要死个明白。”

“他承认了吗？”

“第二天他回来，刚进公司，那个女人就迎上去抱住他的脖子，当着我的面叫他老公。他看到我愣了一会儿，说，既然你都看到了，也就不瞒着你了，我们离婚吧……”

“这个白眼狼哟，小娟啊，赵家对不住你啊！你嫁进我们家吃苦受累这么多年，竟落得这么个结果。”

“妈，您别这样说，不怪您，这些年您把我当亲闺女一样，我都记着呢，我走后，星儿还得麻烦您照顾几年呢。”

“孩啊，离了婚，你去哪里啊？就先住家里不行吗？”

“妈，我想去外面打工，当年爸妈不让我嫁过来，我不听爸妈的话，现在出了这事，我也没脸回娘家去。我表妹在广东的工厂里上班，我托她给我找工作，我要离开这个让我伤心的地方。”

“小娟啊，不念我们，星儿可是你身上掉下来的肉，你也不要啦？”

“妈，星儿我不会不管的，您先照顾几年，等我挣了钱，有了安身的地方，我一定回来接她走。”

婆媳两个说着，哭着，两人都是泪流满面。

妈妈很平静地给爸爸打了电话，爸爸这次倒没说忙，很快就回来了。当他刚迈进院门的时候，奶奶抄起一根棍子，狠狠向爸爸打去：“打死你个无情无义不忠不孝的狗东西，小娟在家吃苦受累，你在外面拈花惹草搞女人，你摸摸良心，你对得起谁？”老人骂一句打一下，声泪俱下。

爸爸不敢吭声，任凭奶奶手里的棍子一下一下落在身上、腿上，还是妈妈走过去拉住奶奶：“妈，您别打了，已经这样了，算了吧，您又哭又闹，让邻居看见笑话咱。”

奶奶扔下手里的棍子，一屁股坐在了地上：“小娟啊，你们离了婚，这家就散了，让妈和星儿咋活啊！”

“妈，您别这样，我走了，他还是您的儿子、星儿的爸，还能不管你们啊？再说，我以后也会来看你们的，等我有能力了就把星儿接走，我不会让我女儿看别人脸色过日子。”妈妈说着，冷冷地看着爸爸，“走吧，东西我都准备好了。”

爸爸不敢吭声，转身去开车，妈妈回屋拿了包，坐进车里。车子渐渐走远了，奶奶扶着门外的大槐树，泪水在她布满沟壑的脸上蜿蜒爬行，明晃晃的太阳照着，她却觉得两眼发黑，差点儿栽倒在地上。

回来的时候，只是妈妈一个人，爸爸怕回家又被奶奶责骂，把车开到村口就回去了，也许，他也怕面对星儿吧。妈妈走近院门的时候，就看到坐在槐树下的奶奶和星儿，可能奶奶已经给星儿说了爸妈的事，星儿还坐在奶奶怀里抹眼泪呢。

妈妈的淡定却出乎她们的意料，她走过去拉住星儿的手，替她抹去眼角的泪花："傻星儿，哭什么！走，回家，妈妈给你们包饺子吃。"

星儿乖乖地站起来，扶起地上的奶奶，祖孙三个一起走进安静的小院。院子里的九月菊开得正欢，金灿灿的阳光洒落下来，花影摇曳，淡淡清香。星儿抬头看着妈妈，从妈妈那淡定而从容的眼睛里，她读懂了两个字：坚强。

接下来的日子，妈妈开始忙碌起来，她把家里所有的事都做了妥帖的安排。奶奶年纪大了，地是不能种了，反正家里也不缺钱花，星儿的爸爸再浑，给家里的钱却从没断过，在母亲跟前，他还算个孝顺的儿子，不会不管她们的。这些年收的粮食，足够奶奶和星儿吃好多年的，所以妈妈和奶奶商量，明年开春，就把地给星儿的堂叔他们种，奶奶只要照顾好星儿，侍弄好房前屋后的菜园就行了。

到了星期天，妈妈带着星儿和奶奶去了城里，给星儿和奶奶买了好多换季的衣服。在给奶奶试衣服时，那个店主还对奶奶说："你闺女真孝顺！"奶奶听着，眼角又泛起了泪花。

出城的时候，妈妈说去娘家看看，奶奶一听就摇头，说她哪里还有脸去见亲家母，妈妈只好把奶奶安排在车站休息，她带着星儿去看外公外婆。怕星儿说漏嘴，妈妈叮嘱星儿在外婆跟前别提爸爸妈妈离婚的事，免得他们知道了生气，星儿也乖乖地点头答应。

外婆家住的是郊区的楼房，外公已经退休，外婆把以前的小超市出租了，在家享清福呢。看到她们娘俩，外婆高兴地把星儿拉进怀里，转头又埋怨妈妈："死妮子，多久都没来看过爸爸妈妈啦？瞧瞧你，都累得瘦成啥样了，不听妈的话，现在知道苦了吧？星儿爸爸的公司不是效益很好吗？干脆，别种地了，在城里买套房，离爸爸妈妈也近点儿。"

"妈，我每次来您都说这个，说了快十年了，您不嫌烦啊！"妈妈一边和外婆说话，一边瞅着卧室，"妈，我爸在吗？"

"他啊，在楼下小花园下象棋呢。"外婆从冰箱里拿出水果让星儿吃，还是接着数落妈妈，"小娟啊，不是妈爱说你，妈不是心疼你嘛，你哥店里生意红火，不用我操心，你爸现在也退休了，自在着呢。我们就你一个闺女，还嫁到那么远的乡下去，成天吃苦受累，爸妈心里能不惦记吗？"

妈妈眼圈一下红了，她推说去洗手，转身进了卫生间。星儿知道，妈妈肯定是怕自己忍不住在外婆面前哭。她也知道，不管妈妈长多大，在外婆面前，也和她一样，只是个女儿，妈妈也需要父母的关爱呵护。她甚至开始为妈妈不值，或许，妈妈当年选择嫁给爸爸，真的是一个错误。以前爸爸高大伟岸的形象，正一点儿一点儿从星儿的心目中消失，随之而来的，是对爸爸无情无义的怨恨。

临走的时候，妈妈又去楼下的小花园看了外公。外公戴着一副眼镜，精神依然很好，正和一位老伯在棋盘上战得不可开交呢，可听到星儿一声甜甜的"外公"，立马放下手中的棋子，过来把星儿抱在怀里："咱星儿是用打气筒吹着长的吗？每次来都蹿高一截，够沉的，外公老了，快抱不动你喽。"

一家人说说笑笑地往街上走，妈妈一路嘱咐爸妈要注意身体，吃好喝好。外婆笑着说妈妈："小娟，几时见你这么关心过爸妈啊，叮嘱得这么细，以后打算不上娘家门啦？娟啊，你知道妈嘴碎，爱说重话，你可不能因为妈妈说你几句就不来看爸妈！"

只有星儿知道，妈妈是在跟外婆外公道别啊，妈妈强装出来的笑脸背后的苦，外婆外公哪里会知道呢？

坐在出租车上，妈妈摇下车上的玻璃跟外婆外公挥手再见，星儿看见，有泪珠从妈妈的眼角滚落下来。妈妈的泪水一次又一次砸在星儿的心上，让她心碎，也开始慢慢懂事，小小的她已经明白她必须和妈妈一起面对生活中的风风雨雨。生活中有些经历，让人痛苦，也让人开始逐渐成熟。

两天后的一个清晨，妈妈走了，背着一个沉沉的行囊，踏上了东去的列车。星儿没有给妈妈送行，妈妈等星儿上学后才走的，她可能怕星儿舍不得她走，会哭会闹，其实，她也怕自己当着星儿的面，迈不开沉重的脚步。

奶奶以为星儿回家看不到妈妈会哭闹，可是星儿却出人意料地安静，那张恬静而自然的小脸，像极了她的妈妈。她默不作声地进屋，看着收拾得整整齐齐而又显得空旷死寂的屋子，用手轻轻抚摸着相框里妈妈的照片，把头伏在桌子上，轻轻地哭了，奶奶站在她的身后，饱经沧桑的脸上也有泪水在不停地滑落。

妈妈走不久后，爸爸回来了，和他一起来的，居然就是那个害她们母女分离家庭破裂的女人！

那天，星儿正坐在院子里的小桌上做功课，奶奶给星儿纳鞋底。院门一响，爸爸进来了，在他身后，还跟着一个打扮得很妖艳的年轻女人。星儿和奶奶抬头看了看，都没动，星儿继续写字，奶奶继续纳鞋底，仿佛刚刚走进来的两个人，跟她们没半点儿关系。

爸爸有些尴尬地走过来，把手里大包小包的东西放到桌上："星儿，写作业呢。妈，你以后就别给星儿做布鞋了，现在的孩子，谁还稀罕穿那个啊？星儿穿的东西，我都会给买。"

"把你的东西拿开，挡着我的书了！"星儿一生气，"哗啦"一下把桌子上的东西全推到了地下。

"哟，这就是星儿啊，长得真漂亮，来，阿姨给你巧克力吃！"那个恬不知耻的女人讨好地凑上来，从挎包里掏出几块巧克力，脸上伪装出的笑容让星儿觉得恶心。

女人染着一头黄头发，嘴唇涂得血红血红，脸上化着浓艳的妆，一副妖媚相。星儿看着那张血盆大口，心里涌起一种莫名的恐惧，仿佛这个女人就是童话故事里那个恶毒的王后，正露着狰狞的面孔，一步一步向她走来，要把她吞掉。

"走开，你这个坏女人！你还我妈妈！还我妈妈！"星儿一把打落那个女人手上的巧克力，发疯一般地向她扑去，差点儿把那女人给推倒在地上。

爸爸被这突发的状况吓了一跳，连忙过来拉开星儿，女人假惺惺地拉起了哭腔："你看你女儿多厉害，万一把我推倒，伤了我肚子里的孩子怎么办？"

星儿转身跑出屋子，眼前全是那个女人狰狞的面孔在晃，她要去找自己的妈妈，她不要变成"后娘花"……

奶奶追出来，边跑边喊，星儿不听，还是一个劲儿地跑，泪眼模糊中，脚下绊到一块石头，一下子摔倒了。

奶奶跑过去抱住星儿，星儿大哭："奶奶，我不要变成'后娘花'，我要去找妈妈……"

"星儿乖，有奶奶在，谁也不能动星儿一根手指头。妈妈会回来的，星儿有亲娘！"祖孙两个坐在土地上，抱在一起失声痛哭。

爸爸跟在她们后面跑出来，想要拉起地上的奶奶和星儿，奶奶使劲甩开他的手："带着那个女人滚出去，以后别再让她踏进我家门，不然，来一次我轰一次！"

星儿哭着大叫："你走！你不是我爸爸！你们都是坏人，你赔我妈妈！"

星儿爸爸愣在那里，慢慢朝后退了几步，他从女儿的脸上，看到了失望、冷漠、厌恶，还有仇恨！他知道，从此，他在女儿的心目中已经彻底没有了位置，而他，也将背负着这种罪恶感过一辈子，只是，他那双蒙尘的双眼，已经分不出对错与是非了。生活，让人清醒，也让人堕落。

前几天，妈妈打过来电话，说她已经在那边安顿下来，开始上班了。她叮嘱星儿听奶奶的话，好好学习，好好吃饭，等她有能力了，一定来接星儿。

那天晚上，星儿做了个梦。她梦见妈妈从月亮上走出来，笑盈盈地看着她，身上缀满亮晶晶的小星星。星儿朝妈妈喊着，让妈妈下来，可是妈妈不说话，一直那样满脸微笑地看着她。慢慢地，妈妈消失不见了，只剩下满天闪闪烁烁的星星……

星儿从梦中惊醒，她坐起来趴到窗户上，一颗一颗地数着星星。她对着月亮说："妈妈，等我数到五百颗星星，你就能回来看我吗？"其实，只有她自己知道，她并不是在数星星，她只是，只是想妈妈了。

夜深了，星儿睡着了，洁白的月光洒在她的小脸上，长长的睫毛下有泪珠溢出来，闪着亮晶晶的光，宛如天上的星星……

# 金牌设计师

孙 阳

## 一

我是在大学毕业后实在找不到合适的工作，才来飞马机械厂当保安的。

那天的天气真是不错，阳光格外美丽，但我的确有些忧郁。我不喜欢忧郁，可我无法摆脱这种玩意儿，它没和我商量，就将我拖进了无底的深渊，使我无法自我拯救。我的舍友们对于我要去当保安这件事情，表现出了十足的惊讶和强烈的鄙视。他们说，你要去当保安？开国际玩笑！你还像是一本院校中文系的毕业生吗？别再丢我们的人了！我的家人说，有工作总比没有好，当保安也挺好，就当体验生活，踏踏实实去干。我并不感谢家人这样鼓励我，也未曾埋怨舍友们对我的不理解，但对于要去当保安这件事情本身，我的内心的的确确充满了忧郁。

蓝天白云，花香四溢，来自四周浓烈的蓬勃向上的气息将我吞没。我垂下头，像是久旱而发蔫的麦苗儿，独自一人背着铺盖出了门，所有的山和所有的云都在盯着我看，像是在等待一部即将上演的舞台剧。我走了整整两个小时，然后沿着三道河走了十七分钟，又穿过一片杨树林，眼前就出现了印有“新时代工业园区”七个大字的一条横幅。

工业园区倒不大，飞马机械厂也不算大，但是员工多，所以它在这不大的工业园区就显得比较大了，人多口杂，扯东拉西，无论发生些什么星星点点的事儿，一会儿工夫，便在整个园区传开了。当然，这是我不久后意识到的。

我不善于与人交流，通常沉默寡言，再加上我无法摆脱自身的忧郁，所以在飞马机械厂和我关系好的员工没有几个。他们和我说的第一句话就是：“你看出来了吧，美丽是个疯子，他经常会犯病，可千万要离他远远的啊！”说这话时，他们脸上洋溢着自信且骄傲的光芒。

这种莫名其妙的忠告困扰了我许久，我试图去接近美丽，从而解开谜团。我天真的想法使我更加疑惑了。

美丽是不是疯子，我说不准，也许是我来厂时间不够久。但我能想到厂里的许多人可比美丽疯多了，比如习惯在离厕所十来米远的墙根下大小便；比如在宿舍内养鸡；比如偷穿工友的内裤和袜子，偷车间的螺丝钉、线手套、透明胶带、卡子扣、白绳子、小别针，甚至是大门口那条杂毛看门狗碗里的骨头，也要偷回去给自家狗吃。

从外表来看，美丽并不疯，中等身高，体形精瘦，脖子细长，背部稍显佝偻，一头不算长的头发灰扑扑油腻腻的，沟壑似的皱纹布满了额头，皱纹间时常夹杂着伤痕，龅起的四环素门牙在他咧开嘴笑时，像凸起的有缺陷的篱笆……相貌不坏的，反而显得更为憨厚老实。

美丽是飞马机械厂的门卫。他习惯坐在门房外的小凳子上，手里拿着纸和笔写写画画，不时地抬头向大门进进出出的人点头并咧开嘴笑。我第一次背着铺盖走进大门时，他就是那副表情。但是，当你和他说话时，他会立刻变得严肃起来，准确合理地回答你，尤其是关于厂里的任何问题。令我吃惊的是，他能像厂里工程师们那样，准确地说出车间里每件机械产品的特性和用途。从这一点来说，美丽不疯，甚至比大多数人还要清醒。

## 二

我的师傅李工告诉了我，关于美丽的一些事。

美丽原本不叫美丽，听说是姓陈，家住在黄堡镇一个偏僻的名叫河东村的小山沟里，来飞马机械厂之前，他是从未走出过镇子的。美丽胸前的工牌上清楚地写着“2 号　陈伟利”——工牌的编号是按照进厂的先后顺序排列的。我才来不久，编号排到了 525 号。由于他不标准的普通话加上些许口吃，经常被人听成是“美丽”，所以大伙儿给他取下一个绰号，叫作“陈美丽”。美丽对于自己的这个绰号倒是非常满意。美丽具体是什么时间来到厂里的，所有人都不知道，只是说来的时候他已经是门卫了。也有人传，说美丽是大老板的表哥，至于是不是也没人说得清。

不过美丽也确实是有些怪癖。每天早上天还未亮，就能看到门房的灯已经先亮了。美丽早早起床洗漱毕，穿上制服，戴好帽子，开始在大门口来回踢正步巡逻了，他那混乱的正步，引来许多夜班员工的嘲笑。这个差事并没有人安排他做，他完全可以睡到七点半再起来正常上班就好。美丽很喜欢穿他的制服，我到厂里的这几个月里，只要看到他，定是穿着那身磨得发亮的夹杂油渍的保安制服。在美丽看来，制服是他身份的唯一象征，无论如何都不能随意脱掉，即便是睡觉的时候。

## 三

飞马机械厂有个轰动工业园区的品牌活动，也算是给员工们的福利。技术部每年会有一次公开竞聘“金牌设计师”的机会，凡工龄满五年的员工，不论哪个车间，哪个年龄段，哪个工种，保安也好，厨师也罢，只要有才，都可以报名参与竞聘。竞聘方式是由技术部将竞聘者所设计的图纸贴到大门口的宣传栏里，图纸底下有一行空栏，竞聘者可填上一句能够代表自己的竞聘标语，最后由技术部设计师投票，得票最多的人获得“金牌设计师”荣誉称号。

美丽的那行空栏里写着“勤于思考，勇于创新，做金牌设计师！”。

我听我的师傅李工说起，美丽至少已经参与了六七届的“金牌设计师”竞聘了，他的竞聘标语也从来没有变过。成为金牌设计师，一直是美丽的梦想，而且在他心里，自己似乎也早已是金牌设计师了，只是缺少一个公开宣布的机会罢了。

每届的竞聘结果出来后，美丽都会说一句：“又他娘的差那么一点儿！”然后其他工友们故意问：“美丽啊，今年怎样呀？金牌设计师肯定是你吧！”美丽咧开嘴笑着说：“下次下次，下次肯定是，肯定是的。”

这届有所不同了。不知是谁将美丽的竞聘标语“勤于思考，勇于创新，做金牌设计师！”偷偷改成了“勤于犯病，勇于发疯，做最疯死保安！”。这件事一下子就在整个工业园区传开了，顿时成了大家热议的爆笑话题。美丽看到后，气得大骂："这他娘是哪个王八蛋干的？"

奇怪的是，竞聘结果和往届一样，美丽依然得到了三张票，这一点每个人都觉得很蹊跷，就算是有欣赏美丽的人，但也不会出现三票之多啊。

我问我的师傅李工。他说："我来飞马机械厂十多年了，称得上飞马的'百事通'，也经历过多次这样的竞聘了。这问题连我也说不清的，对所有人而言，这确实是个未解之谜。也许是真有欣赏美丽的三位设计师呢！但也有可能是三位爱开玩笑的设计师投的票，故意让美丽受嘲讽，想多弄出点儿笑话来。"

我的师傅李工讲得绘声绘色，他说："我更相信是后者。"

我想，这爱开玩笑的人连续几年做着同样的事，想必他们比美丽还要疯呢。那三个更疯的人到底是谁呢？大家一直在猜测。这个疑惑困扰了我许久，使我变得更加忧郁了。我偷偷将设计部的门推开一条小缝，试着观察每一位设计师，每当看到有人做些稀奇古怪的事情，或者是小声议论哪个人或某件事的时候，我就会想，是不是他们给美丽投的票？设计部总共就十四个人，竟然出了这三个"神秘人物"。我实在是猜不到，便终于作罢了。

## 四

我在保安部做厂内巡逻工作，与美丽接触并不多，而且我才来不久，可能他也从来没有注意过我。有一回，我穿着制服走进保安部，刚进门就看到美丽坐在保安队队长的位置上，很神气的样子。

“小伙子，新来的啊？多大了？”美丽问。

我说：“是的。二十四了。”

美丽板着脸，用怪里怪气的口吻说道：“哟，这么个碎娃子就来当保安呀，怎么就不好好念书呢！你认识我不？以后我带你，跟着我干吧。”

美丽的口气是那样地自信和娴熟，如果你闭着眼睛仔细听，或者你根本就不认识眼前的这个人，那么你也一定会觉得他就是大领导。

我说：“我刚大学毕业，来咱厂子临时干一段时间，挣些生活费。队长把我分给了李工，他带我呢，让我这两天先在办公室整理资料。”

“你真是不知好歹，老李那么大的年纪了，他能干啥！不就是混吃等死哩？还是跟着我好好干，多学知识，将来让你当金牌设计师！”美丽说完，用沾满灰土的右手使劲拍了一下大腿。

“我听队长的安排。”

“哟，这么说你是不愿意了？好吧。年轻人，可长点儿心吧！”

美丽的屁股移开了转椅，慢慢站起身来，自言自语道：“你们等着吧，这个位置迟早是我的。”说完，他便不再理我了。美丽朝门口望了一眼，又将屁股挪到了另一张椅子上，从保安制服上衣口袋拿出一支铅笔，在手中的设计本上画着图，他越画越认真，转眼间就画满了一张纸，出现一大串我看不懂的图标符号。

快到中午下班时，美丽还在本子上画着，头也始终没抬一下，似乎已经忘记了这个房间里还有我。

吃过午饭，我睡了一会儿，又回到了办公室。

美丽忽然抬起了头，说：“小伙子，新来的啊？”

我感到很诧异，又只能装作很平静地回了一句："是的。"

美丽站起身来，直了直腰，接着自言自语道："终于完成了今天早上的设计任务，天才该填肚子去喽。"说罢，他便走了出去。

后来，我把这件事告诉了我的师傅李工。他哈哈一笑，然后很平静地说，事情本来就是这样，总是反反复复的，不要理美丽，他是个疯子，大家都知道的。

## 五

有一天早晨上班，员工们陆陆续续打卡走进厂里。忽然，美丽朝刚走进去的三个年轻人大喊："还没打卡就想混进去？当我是瞎子啊！都来打卡！快！"美丽发疯一样喊着。

我的师傅李工说："快看，他的表情真像是那条杂毛狗被人抢了骨头时候的样子。"

三个年轻人都是初中刚毕业不久就出来打工的"愣头青"，其中一个说："你个疯子，真他妈有病！脑子不好，眼睛也瞎了吗？刚打卡你没看见？故意欺负我们新来的是吧？"另一个也接着说："你最好小心点儿，免得老子收拾你！"美丽听后尴尬地杵在那里，也许是为了挽回个面子，他咧开嘴笑着，说了声："这才来两天的碎娃娃，就想吓唬老子？妄想！"

话音刚落，一记重拳飞了出来，狠狠地砸在美丽的脸上，美丽一个后趔趄，跌倒在地。我看到鲜红的血像阀门坏掉的水流，从他的鼻孔喷了出来。美丽来不及喊叫一句，又被拳打脚踢了一顿。美丽躺在地上大口喘气，这时候才腾出时间开口骂："几个孙子敢打爷爷，去你娘的！”他的牙可能被打掉了，刚一张嘴就吐出血水，呻吟不止。那三个“愣头青”朝着美丽吐了几口痰，然后头也不回地走进了车间。

那天中午，我看到美丽的鼻子已经变得黑红，像冷冻的柿子，软塌塌地挂在脸上。他一瘸一拐地走到大门口，站在那里不说话，紧攥着拳头，眼睛里放出血光。

黄昏时分，微风拂面，残阳如血。有人潜进了员工宿舍，什么东西也没有丢，但那几个打人的“愣头青”的床铺被褥湿透了，被人泼了脏水。我师傅李工悄悄给我说：“看吧！你可千万别惹美丽，小心他报复，最好离远点儿。”第二天傍晚，又有人潜进了员工宿舍，做了同样的事情。顿时，这几个年轻人成了厂里的笑柄。“你们新兵蛋子本来就该老实点儿，居然还敢动手打美丽。我们都不敢招惹他，小心他让你们干不成活儿。他就是个疯子！”工友们这个一句那个一句地说着。三个“愣头青”趴在栏杆上，望着远处模模糊糊的天际，一声不吭。

我的师傅李工又对我说：“怎么样，我没说错吧？美丽心眼儿多着呢，他从娘胎生出来估计就是这种人，可得当心了。”

正是诸如此类的事和一些闲言碎语，才使所有员工疏远美丽的，大家都说他是个疯子，甚至连我也开始相信了。不知从什么时候开始，没有人再愿意多看美丽一眼，多和他说一句话，大家都刻意躲开他。或许，对美丽来说，受人嘲讽在一定程度上比受到冷落会好受得多。

时间久了，美丽唯一的伙伴就是门口的那条杂毛看门狗了。师傅李工给我说，这条狗某些特点有些像美丽。它性格很怪，时而神气，时而低落，不乱咬人，但是如果你瞪它一眼，或者是想动它跟前碗里的骨头时，它便会发疯般咬你，一连好几次都会。大家也都说，这狗是条疯狗，跟它主人一样。

美丽变得十分依赖这条狗，狗也爱缠着美丽，他俩谁也缺不了谁，谁也离不开谁。美丽的世界只剩那条杂毛狗了，白天他会带着它在厂里转悠，吃饭的时候，自己吃一口，再给它喂一口，晚上则抱着它一块儿睡觉。美丽时常会俯下身子，贴在它的耳边悄声细气地说："若是没有了你，我会绝望而死的。"

师傅李工又对我说："看吧，彻底疯了！美丽就是这样一个人，谁对他好他就爱谁，典型的势利眼，即便对方是条疯狗。"

那些日子，我时常会听到，美丽那孤独而又清澈的笑声从门房传出来，回荡在那些灰色的下午。

## 六

休了七天年假之后，我又回到了厂里。我并不知道具体是什么原因，使美丽好像完全变了个人，但我猜，肯定是与门口那条杂毛狗的死有关。那条能使美丽的灵魂得到安宁的唯一伴侣惨死在了月光冷清的深夜里。那条狗是先被人打断了腿，然后用榔头活活砸死的，听说是厂里的某个人为了算陈年旧账故意整治美丽。师傅李工告诉我，那天半夜，只听到它不停地惨叫了几声就消停了，过了一阵，美丽的号啕大哭声便响彻了整个工业园区，使四周的空气也变得绝望而又苍白。那撕裂黑夜般的哭喊声震得大门口的柳树在夜色中摇摇晃晃，一直持续到天亮。

是的，美丽变了。他一连数日蹲在厂门口的柱子下边，两眼又红又肿，眼窝似乎也开始下陷，整个人看上去神情恍惚，让人不忍直视。他依旧穿着那身制服，戴着帽子，手里拿着铅笔和设计本，只是他不再画了，也不再和进进出出的任何员工打招呼了，更不会咧开嘴笑了。他开始双手抱着膝盖，低下头自言自语，像是得了什么疾病。

## 七

有天半夜，门房的灯忽然亮了，美丽大声喊着："我看见如来佛祖啦！观世音菩萨跟我说话啦！"他先是大喊，接着是大笑。他的叫喊声惊吓到了员工宿舍的每一个人。紧接着，宿舍的灯一个接一个亮了，无数个脑袋从窗户探了出去。师傅李工给我说："看吧，美丽又发疯了，这又碰到哪路神仙了？唉！造孽啊！"

美丽能够这样喊，其实我并不十分感到惊讶。我曾看见过他夹在设计本里边的佛祖一类图片掉了下来，我刚要去帮他捡，却被他一把抓了回去。况且这事发生在那条狗死之前。师傅李工也曾给我说过，美丽房间的墙上贴满了各路神仙相片（其实也都是从连环画上剪下来的）。他的房间正中间摆着菩萨神像，每天都会烧香磕头祭拜。大家都说，美丽是彻底疯了，想成神呢。

之后，美丽会经常在厂子门口的柱子下打坐，也开始听一些佛教曲子，念一串大家都听不懂的经语，听见有人走过，他便闭着眼说一句"阿弥陀佛"。他的录音机里放的曲子哀怨、悲凉，使厂子里年龄较大的且同样信奉神灵的工友流下了眼泪，也让我们这样的年轻人听后坐立不安，那些三四十岁的壮年听到后，便会用脚狠狠地踹美丽，然后骂一句："疯子就是疯子，欠收拾！"

美丽直起身子，淡淡回一句："无知的年轻人啊，罪过罪过。"

美丽的心思已不在门卫的位置上了，他像一位伟大的得道高僧，开始给厂里同样信奉神灵的上了年纪的那些工友讲经，也时常说一些吓唬他们的话：“昨晚夜观天象，紫气西散，月光避三车间而不入，便断定此处乃一墓地，埋着各种命运的亡灵，有被人砍死的，汽车撞死的，上吊死的，等等，都是因为冒犯了神灵却浑然不知，最终在各种场景受到了应有的惩罚。”奇怪的是，美丽越这样说，他们越喜欢听。有人甚至说：“美丽那天晚上可能真的看到了神，是真的有神灵在暗中帮扶他呢。”也有人开始说：“我是真佩服美丽了。”

我从美丽跟前来来往往过好多回，他不再看我一眼，也不会问“小伙子，新来的啊？跟我干吧，我带你”。这倒使我感觉有些失落，整个人充满了忧郁。那些不喜欢美丽的员工还是会时常嘲笑他，说他又发疯了。他们三五成群地议论着，也不知道美丽究竟是怎样变成了现在这个样子的，最后也终于得不到任何答案，只能安慰自己说美丽疯了，不过也是像我一样，他们也不敢确定美丽是否真的疯了。但至少那些同样信奉神灵的人开始崇拜美丽了。相比之前，他也有朋友了。

时间如水不紧不慢地流着，关于美丽的故事，像狂风一样刮遍了新时代工业园区，越来越多的人开始将美丽尊崇为自己的精神信仰了，来自四面八方的虔诚的气息汇聚在一起，交织成一张巨大的网，理所应当地笼罩了整个工业园区。当有人故意诋毁，或是说一些关于美丽坏话的时候，他们就站出来与他抗争。也有人传，说装配车间的张寡妇竟爬上了美丽的床，听到了令人害臊的呻吟声。

## 八

有一天，师傅李工给我说：“你听说了吗？美丽准备干一件大事。”

“什么大事呢？”我问。

“他打算这两天等大老板回来，就去闹事。”

“闹事？”

“因为美丽问厂里那些虔诚的信徒们最大的愿望是什么，他们都说是工资太低活儿太多了，要老板涨工资！”师傅李工说，“美丽答应了，说一定要替他们讨回公道，必须给个说法。”

“那他要如何讨回公道呢？”

“听说是要去大老板办公室，要拽着他的领口狠狠地盘问，甚至是抽他。”

旁边的王工突然插话说：“什么呀！不是的！美丽说举头三尺有神明，人在做天在看，恶人终会得到惩罚。美丽是打算惩罚自己来感化老板，要做给厂里的信徒看，更要做给天上的神灵看。他可能会把自己绑在大门口那根柱子上，让那些想讨公道的人来打他。”

师傅李工哈哈大笑起来，但他发觉我没有跟着他笑，便又立刻停止了。然后又说：“这下有好戏看喽！”

信徒们为美丽的这个决定而充满骄傲，说美丽是为大家做好事、谋福利，毕竟他是建厂以来第一个敢这样做的人。一时之间消息传开了，大家都议论起来，很快整个工业园区的人也都知道了这件事情。

那天一早，还没到上班时间，飞马机械厂的内外就已经站满了人，有我们厂的员工，也有园区内其他厂里的人，他们焦急地等待着，盼望着美丽干这一件大事。因为他们听说，大老板昨天夜里回来了，就住在厂里，所以断定美丽今天早上一定会行动。

不一会儿，美丽来了，他光着膀子，手里提着麻绳，眼神空洞无光，像是严重缺水的快要死去的鱼。他的身后跟着几十个虔诚的信徒，在拼命地为他鼓掌欢呼。这是我第一次见到美丽脱去那身保安制服，而且脱得那么干净，露出了瘦小的、干巴巴的上身。

“好戏要开始喽，可千万不要有人打断啊。”我的师傅李工兴奋地喊。

在两个信徒的热心帮助下，美丽被绑在了门口冰凉的铁柱子上，他不由得打了几下寒战，然后咬紧牙关，握紧拳头，绷住整个身子，大声喊：“来惩罚弟子吧，神灵们，我有罪啊，李成功（大老板的名字）也有罪，就让弟子替他赎罪吧。”话音刚落，绳子被崩断了。

我的师傅李工有些失望，长叹了一声。

“我去拿铁链子来，我们车间有。”一个信徒说着就跑去取了。

美丽又一次被绑在了柱子上，清晨的凉风吹过他瘦骨嶙峋的胸口，他仰头大笑几声，又低下头念道：“阿弥陀佛，我不入地狱谁入地狱啊？各位虔诚的信徒，请尽情惩罚我吧！”

一瞬间没有人说话了，死亡般沉默着，也没有人敢上前动手打美丽，四周无比地寂静，天色也变得灰沉起来。

“快动手啊！来惩罚有罪的人吧！”美丽大喊了一声，“有罪的人本来就该死！”他脖子上的青筋鼓动着。

那几个“愣头青”终于按捺不住了，互相使了个眼色，走上前去，朝美丽的脸上、胸口和腿上狠狠地踹了几脚。这几脚打破了先前的寂静，引来了工友们的拍手叫好声。我看到美丽的鼻子又像是坏掉阀门的水管，喷出了鲜血，他的脸色瞬间变得有些难看。他甚至喘不过气来。

“你们这些罪人啊，你们都是懦夫，快尽情动手吧！”美丽的声音颤抖着，似乎用尽了全身的力气。

这时候，所有的人都扑到前头，就连装配车间的张寡妇也挤着身子钻进人群，开始动手打美丽了。也有人在小声叫着大老板的名字，后边跟着一串问候他祖宗的话语。很快，美丽的腿上、胳膊上、头上和嘴里都冒出鲜血来。

“神灵啊，宽恕这些有罪的人吧，来惩罚我吧！”美丽依旧喊着，他的声音在人群中摇摇晃晃，似乎一瞬间就会中断。

“这家伙真他娘的勇敢，我打了三拳，踢了两脚，差点儿闪了我的老腰。”师傅李工气喘吁吁地跑过来对我说，“你怎么还不去动手？快去啊！难得的机会哩。”

美丽似乎很伤心，也很惊讶。蚊虫般细微的声音从他的嘴里发了出来：“为什么？你们为什么要这样对我？这究竟是怎么了？快停手！放开我！我要打死你们这些虚伪的人！你们更有罪！”

笑声、喊声、喘息声、吵闹声、鼓掌声、肉体碰撞声、骨头拧动声……所有的声音汇集在一起，像是一场讲述生命的意义的舞台剧。

在经历了无数遍无情的拳打脚踢之后，在那一瞬间，美丽好像清醒了，他知道自己在做什么，也清楚那些信徒在做什么了。

不知是什么时候，居然有人扒掉了美丽的裤子，用鲜血在他的身上写下“我是疯子陈美丽”七个大字。我看到美丽垂下头昏死过去，他的睾丸微微蠕动着，胳膊和腿无力地耷拉在空中，像没了骨头的鸡脖子。鲜红的血流了一地。

师傅李工又对我说：“快看！那满身裹着血的家伙，多像那只被剥了皮的疯狗啊！”

我被眼前的画面带进了更为忧郁的境地，它们堵住我的胸口，用力压着我的身体，使我感受到了前所未有的痛苦与绝望。我看到不远处出现了几道像是被鲜血染红的阳光，上面映出了美丽的模样。

救护车拉走了美丽，等稍微清醒些，警察要立刻审问他，几个工友也被带回派出所问话了。第二天早上，飞马机械厂的大门被贴上了封条：停业整顿。从那以后，我再也没有见过美丽，也没有了他的任何消息，他整个人似乎消失了，有一部分的我也随之消亡了。

# 打碗花

冯华然（回族）

## 一

日头已经升高了，亮亮地照着，不晃眼，还不到中午。天气好极了，暖暖的阳光照着地面，没有风，空气似乎静止不动。高远的天空，蓝得清澈明净。几只鸟儿扑棱着翅膀，在头顶上飞过，不知到什么地方去觅食了。塬地上静悄悄的，空气中弥漫着甜蜜的气息。正是夏初，田地里、路畔上的打碗花正在拉蔓。打碗花柔韧有劲的蔓头，像伸开的手臂，立在半空里，要挽住什么。有的蔓头已经缠住了麦苗的根部或柠条等枝状植物的枝条。打碗花浓绿的叶子下面，它的茎上缀满了一个个花苞，鼓着豆粒大小的花骨朵，含苞欲放。

在这样的好天气里，麦香和豆角要去铲草了。他们一人背着一只小背篼，一人手里拿着一把小铲铲。他俩昨天已商量好了，要给家里的羊去山沟里铲草。

豆角家里有一只小背篼，那是他大冬天拾驴粪用的，现在是夏天，闲置在角落里。豆角要去铲草，正好派上用场。找到背篼使豆角很高兴，但一想到家里没有小铲子，豆角就拉下了脸，高兴不起来了。豆角哭闹着问妈妈要，那时妈妈正在忙着干活儿，豆角哭闹着纠缠不休。妈妈被缠得没法子了，哄着豆角说，你去拔草，来喂我们圈里的小羊羔，待羊羔长大了剪了羊毛，卖了钱，给你买个小铲子。豆角一听，要买个小铲子，顿时不哭不闹了，破涕笑了起来。

李铁匠家里是有很多铲子的，大的小的，明晃晃地摆放在铺子里。尤其是那小铁铲，精巧漂亮，不像是用来铲草的工具，而像是一件玩具。其实那样的小铲子是铲不了多少草的，是李铁匠打出来供孩子们玩的。豆角已记不起他多少次去过李铁匠的铺子里了，他每次去眼巴巴地看着那些摆放在阳光下闪闪发光的小铲子，就挪动不了脚步。他光着脚，看着汗流浃背的李铁匠光着黝黑的膀子挥舞着大锤。铁匠铺里火星四溅，热气腾腾。豆角喜欢李铁匠打铁的样子，喜欢铁匠铺里叮当作响、火星四溅的热闹场面。他想他长大了，也要做一个铁匠，光着膀子，挥舞着大锤，打出很多精巧的小铲铲来，每个小孩子都有一把漂亮的小铲子，去铲草，去挖土玩。

麦香家有两只小铲铲，麦香乐意时会主动拿出来给豆角玩。他们在地上挖一个小坑，上面搭上树枝，再撒上浮土，做陷阱玩。玩着玩着，豆角就坏起来，他掏出小鸡鸡在陷阱里撒尿。这样，麦香就不和豆角玩了，就要回了小铲子。麦香是女孩，她看见豆角掏小鸡鸡就害羞了，闭了眼拿一根手指划着脸说，羞死了羞死了，不要脸不要脸。但豆角尿急，他要撒，顾不了那么多。麦香要回了小铲子，他就后悔撒尿了。豆角提着裤子给麦香赔不是，麦香已走远了，回家了。豆角后悔死了，提着裤子看着狼狈不堪的尿湿了的陷阱，顿时觉得很无趣，狠狠地把陷阱踩上几脚，再挤出几点尿，洒在塌陷了的陷阱上，提着裤子急慌慌地向铁匠铺跑去。他要去看那些在阳光下精巧玲珑的小铲子是否还在，他渴望有一把属于自己的小铲子。

麦香背着背篼，拿着小铲子去喊豆角铲草，临出门时，麦香妈喊着说不要铲打碗花。麦香说知道了，就迈着碎步，摇晃着头上的羊角辫一晃一晃地走远了。麦香来到豆角家时，豆角正哭闹着问他妈要小铲子呢。豆角妈把自己平时铲草的一只大铲子扔给豆角，说拿这个铲草去。豆角一看是只大铲子，哭闹得更凶了。他仰面八叉地躺在地上，两只脚蹬着地面，哭闹着说："人家麦香两只小铲铲呢，我一个都没有。"他妈没法子了，又哄着说："等羊毛剪了，我去李铁匠的铺子里给你买一个。"这时麦香进来了，豆角妈说："豆角，豆角，快起来，羞死了，你看人家麦香多懂事，哪像你？"豆角看见麦香正微笑着看自己，两只明净清澈的眸子，水汪汪的，好看极了。豆角有些不好意思了，就爬起来。麦香说："我借你一把小铲子，看，我都拿来了。"麦香指着背篼里的小铲子说。临出门时，豆角妈在后面也喊着说不要铲打碗花。

麦香和豆角走在村子的小路上。他们说起了打碗花。

麦香说："豆角，豆角，你认得打碗花吗？"

豆角拍着脑袋说："不认得，你认得吗，麦香？"

"不认得，我妈没教我。"麦香摇着头说。

豆角说："地里山里的花儿多得很，就是不知道啥名字。"

"为啥不能铲打碗花呢？你知道吗，豆角？"麦香问。

"我也不知道，不能铲，就不铲吧。我们只铲草，不铲花。"豆角说。

"对，我们不认得哪种是打碗花，我们就不铲花了，我们只铲草。”麦香说。

大人为啥不让铲打碗花呢？两个孩子想着这个问题停住了脚步。这时他们同时看到了路畔上的打碗花。啊！多么好看的花花。那正是打碗花，它缀在茎蔓上正开得芬芳，还在微风中摇曳呢。看这儿还有几朵，豆角兴奋地惊叫起来。他们蹲下来，看着喇叭样指头蛋大小的打碗花。白色的、粉色的、蓝色的打碗花在风中害羞地点着头。豆角小心地抚摸着打碗花，摘下一朵拿到鼻子下闻。“真香！”豆角说。豆角递给麦香，让麦香闻。麦香闭着眼睛闻。豆角又摘了一朵打碗花，豆角把花插在麦香的头发上。豆角说：“麦香，麦香，你真好看。”麦香不说话，只是站着让豆角在发辫上插花。豆角在麦香的头发上插了一圈花，成了一个花环，引来了蝴蝶在麦香的头上飞舞。豆角说：“麦香，麦香，你做我的新媳妇吧，我给你一辈子买好吃的，给你买扎头的红头绳。”麦香不说话，只笑着抚摸头上的花环，让微风吹拂，吹红了两只脸蛋。

快到晌午了，日头热了起来。麦香和豆角想起来要给羊去铲草。他们向山沟走去。山沟不深，沟里长着柠条、冰草、野狐豌豆、梭瓜瓜，还有很多叫不上名字的花草，还有几棵挺拔的白杨树和低矮的小榆树。豆角认得梭瓜瓜，妈妈铲草时给豆角揪着吃过。豆角和麦香在沟坡上找梭瓜瓜。梭瓜瓜还没结上，正开着花，是一种蓝色的漂亮的花。麦香和豆角说着话，他们忘记了时间，忘记了周围的一切。突然他们听见沟坎上有人喊叫的声音。那声音气势汹汹，来者不善。是一个成年人，那人一边喊骂着，一边向麦香和豆角追来了。豆角和麦香吓坏了，他们向沟底里跑，那人在后边紧追不舍。豆角跑丢了一只鞋，麦香跑丢了背篼。他们不敢回转身去取，那人凶神恶煞地还在后边追。麦香和豆角已经吓得哭起来，他们向对面的山坡爬去。麦香遇到了一个沟坎，怎么也爬不上去，眼看那人就要追到跟前了。豆角爬下来把麦香推上去。这时那个气急败坏的人已追到豆角跟前了，他抓住了豆角的一条腿，扒下豆角的裤子，在豆角的两扇小沟蛋子上狠狠地打了几铲板子。然后，那人不声不响地夺过豆角手中的小铲子和肩膀上的小背篼扬长而去了。豆角的小屁股火辣辣地疼，两只手摸着屁股想，这下完了，麦香的小铲子要不回来了。

豆角妈去问红眼子尔赛要背篼和铲子。那时红眼子尔赛正犁地回来，坐在门台子上歇缓呢，手里拿着一只破鞋，正使劲地磕鞋里的土，一只棍子打得那只鞋"啪啪"地响，旁边放着豆角的背篼和铲子。

豆角妈说："我的娃咋了，你追着打呢？还把背篼和铲子收了？"

红眼子尔赛鼓着嘴说："两个碎杂毛子把我承包的林地破坏了。"

"那是你的林地？那是公家的。"豆角妈没给红眼子尔赛好声气。

"那是公家承包给我的，我看护呢。"红眼子尔赛瞪着红红的眼睛自得地说。

"你看护呢，你把沟里的树都看到你们家里了？"豆角妈指着红眼子尔赛的新房说，"看，你们家的房都盖起来了。"

听豆角妈这样说，红眼子尔赛不说话了，瞪着眼，眼睛越发红了，像一只红眼子狼。气氛有些沉闷和难堪。半天了，红眼子尔赛懒洋洋地伸出手，把门台子上的小背篼和小铲子没好气地扔在院子里。豆角妈和红眼子尔赛说话时，豆角紧紧藏在妈妈的身后，看着那个红眼的人，恐惧遍布了他的全身，屁股又火辣辣地疼了起来。一想到麦香的小铲子还在红眼子尔赛手里，他浑身充满了劲儿，紧紧攥着汗津津的小拳头，眼睛死死盯着坐在门台子上的红眼子尔赛。

豆角妈坐在门槛上纳鞋底，几只鸡在院子里悠闲地走来走去。鸡们转动着脑袋看着地上，寻找着食物。一只公鸡发现了一只正在爬动的虫子，像发现了新大陆一样兴奋地叫起来。公鸡“咕咕咕”地叫着母鸡们，几只母鸡摇晃着肥胖的屁股争先恐后地向献殷勤的公鸡跑来了。公鸡丢下虫子，扇动着翅膀跳到最先跑来的那只母鸡的背上去了。正在院子里玩毛牛的豆角停下来，看着公鸡。豆角一下子没了玩毛牛的心情了，想起了一件事。

“妈妈，妈妈，为啥不能铲打碗花呢？为啥不能把打碗花带回家呢？”豆角问妈妈。

豆角妈说：“打碗花，打碗呢。”

“为啥会打碗呢？”豆角问。

豆角妈拿针在额头上抹了一下去扎鞋底，开始给豆角讲掌故。乃会儿（很久以前），有一家人穷得很，家里只有一只碗，轮换着吃饭。一天他们家的小女儿正端着家里唯一的那只碗吃饭，正在那时节，他们家里的大女儿拿着一把打碗花进来了。那时正是大中午，阳光刺人的眼。那小女儿看着姐姐手里的打碗花，忘记了吃饭。“啪”的一声，家里唯一的那只吃饭碗掉地上打碎了。小女儿看到妈妈和一家人惊恐的眼睛竟说不出话来，后来就成了一个哑巴。从此那一家人就在炕沿上挖了几个坑来吃饭，从那以后，人们都不往家里拿打碗花了，说是打碗花，打碗呢，害人呢。

听完这个惊险的故事，豆角坐在门槛上心口咚咚咚地跳。妈呀，太可怕了。豆角心想，可不能让麦香把打碗花带回去。他看着他们家锅台上为数不多的几只碗，有些怪怪的意味漫上心头。

## 二

那一年的田地里、路畔边、山沟里，到处都是打碗花。打碗花开得比任何一年都茂盛。打碗花根连着根，蔓缠着蔓，趴在地皮上开出喇叭样朴素的花朵，整个塬地上成了一片花的海洋，空气中飘着打碗花的芳香，塬地上蝶舞蜂飞。

这个夏天，豆角家在打水窖。水窖已经打了一半了，窖口的周围堆着高高的新鲜的黄土。黄土堆上几个娃娃拿着小铲子玩土土。娃娃们一个个灰头土脸，他们在黄土堆上挖洞，从黄土堆上滚下来，撒尿，和泥，玩泥巴。娃娃们一直在黄土堆上玩着，当从窖里吊上来一筐新鲜的黄土，他们就立即围上来，拿小铲子挖，手抛，捧着黄土向天空里扬，好像黄土是一样新鲜的宝贝，他们永远玩不够。窖口上立着用三根木椽支起来的三脚架，三脚架的下方吊着一个辘轳（滑轮），辘轳上有一根绳子，绳子的一端伸向窖里，一端握在豆角的手里。窖里挖土的人在筐里装上土，喊一声“起”，豆角就快速地拉着绳子向窖口外跑去，辘轳“吱吱吱”响着，一筐土很快出现在窖口上。麦香接住筐，提着筐去土堆上倒土。

豆角家和麦香家合伙打水窖，麦香家的已经打好了，现在给豆角家打。

豆角拉着绳子吊土，麦香接筐倒土。他们不说话，一个离一个远远儿的，只在窖里的人挖土时，他们两个坐在土堆上趁歇缓的间隙，互相偷望一眼。麦香发现豆角偷望自己，就红了脸，迅速把头转向一边看着远处。豆角也不好意思起来，低下头，挠着脚背。豆角看着土堆上乐此不疲玩黄土的侄儿侄女，想起了和麦香玩土土的情景。那时他们俩也和这些小娃娃一样坐在土堆上挖坑坑儿，挖好了坑坑儿，捉来蚂蚱埋在里面。他俩伸出小指头就唱着一支儿歌："虫虫来了，虫虫儿走了，挖个坑坑儿埋了。"麦香唱一句，他唱一句。他们唱"虫虫来了"时，小手指就对在一起，唱"虫虫儿走了"时，小手指就离开。麦香和豆角有节奏地唱着，一摇一晃的。那时候是多么快乐呀。想着这些，豆角微微笑起来，偷偷看了一眼坐在土堆上的麦香。豆角一抬头，麦香也偷偷看自己，瞬间红了脸，都把头扭向一边，极力掩饰着，去看那些玩土土的碎娃娃了。

麦香已经出落成了一个十五岁的姑娘了，浑身上下都是羞羞答答的少女味儿。麦香穿着一双红布鞋，那是她自己做的，鞋帮上撒了几朵白色的、粉色的、蓝色的打碗花。那些朴素的打碗花随着麦香的走动在脚面上跳跃着，使满面青春荡漾的麦香更加楚楚动人。豆角想和麦香说说话，他不知道说什么，他觉着说不出口来。豆角想起了小时候他对麦香说的话，"你做我的新媳妇，我给你一辈子买好吃的，给你买扎头的红头绳"。想到他说过的这句话，豆角就不禁笑起来，笑出了声。这笑声使麦香有些惊诧，她抬起娇羞妩媚的脸看了豆角一眼，又慌忙埋下头，不好意思地看着自己的脚面，拿手指抠鞋背上的打碗花。看得出来，麦香也想说话，只是欲言又止，涨红了脸，无趣地抠鞋背上绣的打碗花。麦香肯定想到了红眼子尔赛打自己屁股蛋儿的事，不知现在麦香对打屁股蛋那件事怎么看。豆角很想知道麦香心里的看法，他想出口问问麦香。有几次，他的话到了嗓子眼儿上，可咽了回去，只是拿手无趣地挠自己蓬乱的头发。豆角舔着自己的嘴唇，嘴唇上毛茸茸的，他无聊地环顾着四周，偷瞄着麦香。豆角看到麦香又粗又长的辫子掉到了她紧绷绷的屁股上，那黑亮发辫的根部用一根红红的头绳扎起来。给麦香买头绳，多么可笑的事，我现在在学校里连肚子都吃不饱，拿什么买？豆角想，等我以后上了大学，有了工作，拿了工资，再给麦香买也不迟，现在是实现不了了。想到这里，豆角有些惆怅，啥时候考上大学呢？豆角有些心烦意乱。

麦香不看豆角，只是埋头接筐倒土。一阵风吹过，吹起了麦香的衣衫。麦香洁白细腻的肚皮露了出来，麦香感觉到了，她赶紧拉下去盖住了。麦香洁白细腻的肌肤使豆角不禁心潮荡漾起来，他有些想入非非了。一筐土从窖里上来了，麦香接住筐，提着一筐重重的黄土摇晃着爬上高高的土堆去倒土。突然，麦香的脚一歪，叫了一声从土堆上滚了下来，眼看着快要滚到窖口上了。豆角赶紧去拉麦香，不知怎么回事，豆角的手触摸到了一团光滑瓷实、柔软而又弹性十足的东西。麦香惊觉地叫起来，一只手捂住自己的胸口，另一只手挥舞着去打豆角。豆角连忙缩回了手，心口咚咚咚地跳着，心里惊叫着说，啊！我摸到了麦香的奶头，一朵牡丹花骨朵样少女的乳房。豆角手足无措，心慌意乱，不知怎么办。麦香只是一个劲儿地挥舞着手乱打豆角，随后跑远了。

豆角呆呆地坐在土堆上，看着麦香渐渐跑远了的背影，他心里说，我要麦香做我的媳妇。

## 三

在高考前的那个寒假，豆角正在家里紧张地复习。前一天豆角去水场子里打水，遇见了麦香。那时日头正要落山，水场子里一片橘红色。麦香正站在窨口上，弯下腰向上拉着一桶水，左手右手相互错落，肩膀一耸一耸，一大桶水从窨口钻了出来。麦香向另一只桶里倒水时，抬头撞上豆角盯着自己的目光。寒风吹散了麦香的刘海，霞光在麦香的脸颊上跳跃。女大十八变，麦香俏丽的身影立在冬日的余晖里美丽无比，像是一尊雕塑，天上的仙女。豆角呆呆地看着落日里的麦香，忘记了阵阵袭来的寒冷。麦香丢下水桶向豆角走来，从红棉袄的衣襟下取出一双鞋垫递到豆角的手里，对豆角说："这是我这几天连夜赶着做出来的一双鞋垫，冬天冷，你垫在脚底好暖脚。"豆角接过鞋垫。那是一双做工精致的鞋垫，是细小的绣花针，一针一针缝上去的。鞋垫上撒满了白色的、粉色的、蓝色的打碗花，那朴素的打碗花像夜空中闪烁眨眼的繁星。麦香长长地吐出一口气，白色的雾气瞬间笼罩了她好看的脸，又被呼啸而至的寒风吹远了。麦香站着没动，认真地看着豆角，像是初次认识一样。麦香动了动嘴角，想说什么，却没说出来。暮色徐徐落下，笼罩了整个水场子。豆角伸出手握住了麦香的手。麦香没有躲开，她也紧紧握住了豆角的手，就像他们小时候手拉着手去田野间铲草一样。

半晌，麦香说："我就要嫁人了。"

豆角说："我知道。"

麦香问："大学是什么样子？"

豆角说："我也不知道。我正在为此努力。"

麦香不说话。

豆角问："啥时候走？"

麦香说："礼拜五，主麻日。"

轮到豆角不说话了。

麦香问："我走的时候，你来送我吗？"

豆角说："我正在复习呢，也许会来的……我看情况吧。"

麦香说："你……你……你……"麦香终于没说出口，她的眼角流出了晶莹的泪，满眼流露着哀怨和无奈，无限深情地看着豆角。

豆角心口咚咚咚地跳，他的心仿佛碎了，他不知怎么办才好，他只是紧紧地紧紧地握住麦香的手。

豆角缓缓地说："我要考大学。"

末了，麦香从豆角的手里抽出焐热了的手，钻进寒风里担起窖口上的水桶，消失在暮色里。

主麻日很快就到了。麦香家里红红火火，人进人出。这些人是来填箱和吃宴席的。一大早，媒人就急慌慌地从山南里赶来了，媒人给麦香带来了嫁衣。麦香在一间小屋子里梳洗打扮，麦香的姐姐正在给麦香挽脸。麦香的姐姐拿着一根白线绳子，缠绕在自己的手上，那线绳子一上一下、一左一右绞着麦香脸上的汗毛。麦香疼得龇牙咧嘴，都快要哭出来了，眼泪花儿满眼打转呢。麦香长长的头发辫子盘起来了，用玳瑁的发卡别住，洗了脸搽了粉，从里到外换上了红红的嫁衣。

麦香从炕上下来，脚落到地上，她感到自己不会走了。她第一次穿上了红红的高跟鞋，像是飘在半空里，走在云雾里，感到不习惯不自然。麦香搭上了红纱巾，她在若隐若现的纱巾里仔细地查看着小屋子里的角角落落。她看到窗台上的红头绳，那是姐姐刚才盘头时换下来的。那截红头绳是豆角用饭票在一个女同学的手里换来的。这几年她一直用那截红头绳扎头。她想把那截红头绳带在身上，就拿过来装在衣袋里。姐姐看见了，夺下了，说出嫁的女子啥都要用男方家的，用了女方家的就不吉利了。麦香掏出红头绳又放在了窗台上。麦香静静地看着角落里立着的一双红布鞋，那双红布鞋陪伴她走过了多少个坡坡洼洼、沟沟壑壑，鞋面上的打碗花在风尘中褪色黯淡了。

麦香家的街门上一辆手扶拖拉机呱嗒呱嗒地响着。女人孩子们簇拥着麦香走出了小房子，麦香的姑妈走在前边撒着洋糖、花生、枣儿、核桃等干果，还有一分、两分、五分的硬币。女人娃娃抢着拾地上的干果、硬币。麦香站住了，离麦香几步远的地方阿訇站着念了一段《古兰经》。阿訇念完了经，送亲的人簇拥着麦香向呱嗒呱嗒叫着的手扶拖拉机走去。走出街门了，麦香转过头看着立在屋檐下的父母大放悲声地哭开了。麦香姐姐拉着麦香，几个送亲的女人推搡着麦香坐上了手扶拖拉机。手扶拖拉机启动了，麦香的哭声混合在呱嗒呱嗒的手扶拖拉机声中，在乡村的山间小道上，渐行渐远。

那时，豆角正站在自家的麦场上看着哭着的麦香。他很想走过去，抱住麦香，安慰几句。可是他能安慰什么呢？他会说，等着我，大学毕业我娶你。这怎么可能呢？那么多人看着呢，那是多么让人害羞呀，多么难为情啊。庄子里的人会怎么看？怎么想？怎么说？会笑话死人的。再说，父母都在跟前呢，他们怎么看呢？怎么说呢？父母会打断他腿的。豆角像怀揣了个小兔子不安地在自家的街门前走来走去，无奈地看着哭着的麦香坐到手扶拖拉机上去了。一整天豆角心烦意乱，没心思学习。公式也记不住，题也做不下去，脑子里全是他和麦香小时候的情景。

其实麦香也当过学生。麦香和豆角在同一条路上风吹雨淋了五年，同一所学校里的窗户下、同一张桌子上学习了五年。五年后毕业了，他们拿到了县城同一所初中的录取通知书。在一个秋雨绵绵的早晨，豆角背着铺盖卷儿去喊麦香上学。麦香正坐在炕头上隐隐哭泣，炕上放着已打好的铺盖卷儿。麦香泪眼红肿，一副伤心欲绝的样子。

麦香有个姐姐，几年前在县城上高中，学习好得了不得，人也出落得水灵灵，是庄子里的人苗子，校园里的一朵花，人见人爱，人见人夸。麦香姐是这个家里的希望和依靠，家里人都指望着她能考上大学，为这个穷家争一口气。庄子里的人都夸赞麦香姐，说麦香姐是庄子里的第一个女高中生，以后也会成为庄子里的第一个女大学生。麦香的父母都暗暗鼓着一把劲儿，一心供养着庄子里的第一个女高中生，再鼓一把劲儿，成为庄子里第一个女大学生。那时候麦香的父母荣耀得很，无论干多累的活儿都觉得浑身有劲儿。麦香姐小时候上学，她大天天背着她去学校。待麦香姐到城里上学，麦香大每个星期都把家里人牙缝里节省下来的那点儿干粮背着去送。几年来，麦香大风雨无阻，从不间断。麦香父母供养她姐念书的事儿，那可是庄子人街头巷尾谈话的头等大事儿，人人都等着看麦香姐能结出个啥果儿。就在麦香姐要高考的那年寒假，庄子里一个当兵的小伙子从部队上复员了。那当兵的小伙也真是英俊，穿上军装那更是英姿飒爽，一表人才，把庄子里姑娘的心儿扒去了，魂儿吸走了。那年月不知为啥，姑娘们就爱个当兵的。开学了，麦香姐不去上学了。当兵小伙的家人差着媒人来麦香家提亲了。麦香的父母对麦香姐好说歹说，麦香姐就是不去上学了，她要嫁那个当兵的。麦香姐的妈说秃了嘴，麦香姐的大打折了棍，都无济于事，麦香姐铁了心要嫁给那个当兵的。没办法，麦香的父母临了把快要考大学的女儿嫁给了当兵的生娃去了。

前车之鉴，有了麦香姐的例子，麦香父母就是打死也不让麦香到县城去上学了。麦香父母说，女儿娃嘛，睁开个眼睛就行了，念再多的书还不是伤人的心嘛，到年龄还是成了别人家的人了。麦香接过她大的放羊鞭，和庄子里的一群女娃娃到山沟里风吹日晒，数山头，成了一个牧羊女。

## 四

多年以后，功成名就的豆角教授回到阔别已久的家乡。他从母亲那儿听到了麦香嫁到山南的一些消息。

麦香的女婿好吃懒做，抽烟，耍赌，还会捣台球。麦香的公公瘫痪在床，已十年了，整天坐在炕头喊：饭端来，饭端来，饿死了，饿死了。麦香的婆婆已经是一个七十多岁的老太婆了，整天东家进，西家出，磨裤裆，说闲话，不管家里油盐茶。

麦香认命，一年四季用自己的双手一点儿一点儿改变着家里穷样子。那一年，南山里的庄稼成了，平地里、坡洼里全是麦垛。看着高高圆圆的麦垛，红亮饱满的麦子，麦香心里那个高兴呀，一年的庄稼两年做，苦死苦活，终于盼来个好收成，日子能好过一些了。麦香盘算着，打了麦子，留下一年的口粮，其余的都卖了，给公公婆婆女儿做一身新衣裳，剩下的钱就盖房子，钱不够呢，就问娘家借一点儿。几年来麦香一直住在一孔小窑洞里。窑洞太小了，连个下脚的地方都没，屁子大点儿个炕，翻个身像是那窑壁要压过来一样，憋屈死了。麦香想，今年一定要从窑洞里搬出去，住上新盖的房子。麦香心劲儿大得很，从旁人家借了个架子车，从麦地里往回拉麦垛。几块地的麦垛呢，四十几个呢，麦香一个人拉。麦香的女婿，那个好吃懒做的狗杂碎女婿，也不帮个忙，也不知道到哪里耍麻将去了。麦香一个人拉麦子，她一个人装上，又一个人拉回来落在麦场上，真是苦死了。拔麦子的时节，那一山地四十几亩麦子，狗杂碎女婿帮着拔了几天，就不见了人影，剩了麦香一个人在地里拔。麦香早上三四点起身到地里拔麦子，拔了一早上，渴了饿了，也没个人送吃的，到晌午了，日头毒毒地晒着，旁人家早回了，麦香一个人还在空旷寂静的麦地里拔麦子。拔了二十几天，麦香的手都拔烂了，嘴起了泡了，两个腿蜷在一起都伸不展了。麦香的眼睛拔红了，她说就是死，也要死到麦地里。龙口夺食呢，家家都在抢时间，害怕下冷子。别人家的麦子都拔完了，麦香还在地里拔，旁人家看不过去，娘家兄弟姐妹都一起来帮着拔，终于拔完了。

麦香真是苦命啊，我的娃。母亲抹着眼泪说。听到这里，豆角教授心里五味杂陈，他不知道该说什么。豆角教授手里拿着一双鞋垫，那鞋垫上的打碗花由于时间的打磨已暗淡褪色了。多年来，豆角一直带着这双鞋垫，在他心慌寂寞的时候，他就拿出鞋垫端详摩挲。母亲继续说，麦香一人拉麦子，就剩最后两个麦垛了，麦香狠狠劲儿，想一下子拉完，就全装上了，结果拉到一处陡坡处，那车子疯了一样跑起来，麦香掌不住车辕，翻到深沟里去了，无常了。

这年的初夏，塬地上到处都是白色粉色蓝色的打碗花。细碎朴素的打碗花在风中摇曳开放，飘来阵阵花香。至今未娶的豆角教授天天都到塬地上去看打碗花，他看到眼前的一切是那么遥远，又如近在眼前。他仿佛看到两个手挽手的小孩子，背着小背篼，拿着小铲子去铲草，在塬地上发出银铃般的笑声。豆角教授一遍一遍回想着逝去的一切，内心落寞不堪，热泪长流。

# 城市孤独症

王宝儿

她在这个城市生活已经两年多了。

她工作的编辑部一共有五个人，主编常年不来，副主编是一个谢顶的中年男人，剩下一个四十岁的女人，另一个回家生孩子去了。上班时间，她一句话都不用说，下班之后，更是一句话也不用说。慢慢地，她发现生活里只要有手机，就真的一句话都不用说了。

工作时，大家都在电脑上交流，其实更多的时候，大家都是自己忙自己的，用不着交流。慢慢地，她还发现，其实根本不用跟外卖员说一声谢谢，一个五星好评，他就能感谢到你八辈祖宗。于是，她把最后两个需要说话的事情解决了。

某一天，她中午去楼下的亚惠吃午饭。她们编辑部中午下班特别早。她总是第一个冲到亚惠去吃饭，只是为了占座。她拿了托盘点了一盘炸鸡柳，一盘土豆丝，又拿了一盘炒饭，去餐台结账时，她依旧面无表情。结账的小姐抬头看了她一眼，接过她的卡，说道："二十。怎么，今天不开心吗？"

她一愣，笑了笑，摇了摇头。然后端着盘子找了个座位，就赶紧吃，趁着没有大批食客涌入之时就赶紧离开。她不喜欢听别人吃东西的声音，所以不想跟别人拼桌。回到办公室，大家又是各忙各的，有的看股票，有的打《王者荣耀》，有的打毛衣，有的……呃，一共就三个人。她则是趴在桌子上，打开手机，看看朋友圈，看看微博，打开抖音，看看那些萌宠的博主有没有晒他们的萌猫、蠢狗。她不敢大笑，怕引起别人注意，只得在心里念两句"傻二哈""好可爱的喵喵"。到了下午上班点，她起身去接了杯水，副主编跟她要昨天的稿件，她点头回了声"嗯"。回到座位上，把稿子发给副主编，然后改新的稿子。上班时可以听音乐，她便戴着耳机，听什么诸如《北戴河之歌》《秦皇岛》《咖喱咖喱》之类的有丰富地域色彩的歌，或是什么shut up、fuck off之类的硬核hip-hop。

下了班，她步行到地铁站，穿过安检时，安保人员将她拦住，问道："小姐，您包里有水，拿出来试喝一下。"她睁大了眼睛，然后从包里掏出一瓶爽肤水，展示给安保小哥看。小哥温柔一笑，牙齿闪烁出光芒："请您试喝。"她尴尬地撇了撇嘴。一旁的安保小姐姐笑着过来，说"没事了"，然后跟她说着对不起。她转身离开安检口，就听见后面突然一阵笑声，觉得是小哥明白了爽肤水的意思。她回想起刚才的小哥，觉得还挺帅，又想起刚刚自己睁大了眼睛，好像《演员的诞生》中郑爽瞪眼的表情。她想到这儿，又瞪了瞪眼睛，突然觉得被人看见好丢脸，就立马把脸低下接着走，可是走了没几步，她又想到，根本就没人关注她。

她走进地铁站，上了地铁，靠门站着，这样她就不用在下车时候喊"借光"了。对面坐着两个大学生模样的男子，笑着说话。依稀听来，是在聊电影，不知道是什么，大约是科幻电影。胖胖的男孩说："这种片就应该和你来看，不能带女孩看。要是带了女孩，肯定又要问，这是什么，那是什么。"

那个瘦瘦的男孩回答："可不是嘛。"可是从他的微笑里可以看出，他虽然同意，但没那么同意。她心想，估计没跟女孩看过这种电影。到站了，她下车，回到家里，空无一人。她打开手机，朋友们又在群里或是斗着地主，或是策划着下一次去哪儿吃饭聚餐。而她却一次也参与不了，连斗地主都参与不上。想到这儿，她狠狠地拍了下桌子，但还是没说话。最大的无奈就是你明知要怎么去改变，却又无法去改变。

她吃过饭，躺在床上看剧。又是哪儿蹦出来的小哥哥在演着什么样的霸道总裁剧，或是哪个像迪丽热巴一样的小姐姐萌死人不偿命。说起来，她心里有一个永远忘不了的霸道总裁，那就是张瀚。那个慕容云海，还有那句让人不能忘记的台词："长得帅又有钱是我的错吗？"还有那些被做成表情包的微笑。

大学群里百年不遇地弹出了一条消息，哦，原来又是有人要抢票回家，求助力。她微笑着，帮人加了个速，也没说话。她打开加速名单，看看加速上没有，结果发现，好多人和她一样在这个时间帮这个同学加速。估计许多人也像她一样，守在手机旁边，不愿说话，不愿交流。或许，这又应该叫"潜水"。对，就是十几年前的网络爆词，潜水。她退回到聊天界面，看了一会儿，又刷了五分钟朋友圈，回来再看，依旧没人说话。

她洗了个澡，回来继续躺着，心想着怎么还没人找她聊天呢？她打开笔记本电脑，打算看个电影。可网速却偏偏不给力，她只得看那些下载好了的。可是那些下载好的她早就看了百八十遍了。

她翻开一本书，是从图书馆借的，到现在还一页都没看呢。算了算时间，这礼拜就要还了。借的书一共有两本，一本是豆瓣鸡汤文，写一下萌宠之类的暖人故事，另一本是高深莫测的乔伊斯著作《芬尼根的守灵夜》。她将手机调成了公放，播放万能青年旅店的《揪心的玩笑与漫长的白日梦》。每当她听到万青的音乐时，就总想着去河北省看一看，去看看石家庄的人民商场，去秦皇岛看看分割世界的桥，去看看那些平凡的城市，去看看平凡的人。大城市里有太多天才，也有太多自命不凡的人。人们总是说，有趣的灵魂万里挑一。可是，那些大多所谓有趣的灵魂不过是自以为有趣。尤其是微博上、公众号里的那些通稿和推广的艺人，随便说两句漂亮话就可以成为有趣的灵魂了，真是可笑。

她想起在北戴河的某一天。那个下午，她在一个名叫怪楼的公园里。那阳光的感觉正如这歌里的感觉，或者说是某种特定的情调，闲适而轻柔。她也想与昨天和解，可是不成。嗯，这首歌听得她有些想家了。

她又拿出手机，想跟爸妈说几句话，却不知说些什么。或许她想问，家里的玉米棒子是不是都成熟了；黄豆是不是晒满了一地；西瓜也都卖完了吧；最近家里活儿忙不忙；姥姥的身体怎么样了；大姨的腿好些了吗；爸爸的头还总疼吗；妈妈的腰也快好了吧；家里的小狗吃饭怎么样了，是不是长大啦；小侄子今年也该上小学了吧，文具都买好了吗……可是这些话，她一句也说不出，只得将手机对话框关上，打开了淘宝，想着给家里人买些有用的东西。只不过，她却不知道家里缺什么。

每当她买了什么回去，就会被家里邻居一阵羡慕：“你家姑娘有出息，在大城市工作，买的都是新鲜玩意儿。”每当妈妈跟她说起这种事时，都会听出妈妈话里隐藏的喜悦，虽然她口口声声地怪罪自己乱花钱，但那股“我闺女有出息”的劲儿真使分隔两地的人都开心。或许消费才是维持异地之人关系的最好方法。

通信录里大学期间的好朋友已经有半年多没联系了，最长的已经有一年多。当初她们在宿舍无话不谈，没事就串个门，一起游戏，一起看剧。她感觉，她们是整个班里，甚至是整个学校里至真至切的好朋友。可是当她打开朋友圈时，却发现，那些看上去关系假惺惺的朋友，又“惺惺作态”地聚在了一起。有的一起出游，有的坐了多长时间火车，走了多久的路，只为见一面，有的发文庆祝重聚。可是这明明是她眼中最假模假样、最装的人啊。而至真至切的人，却不能如此。她想了很久，才明白，或许是大家没有这个经济实力吧。

她关掉手机关掉灯，就这样早早地睡觉了。

第二天，照常如此。一直到了一周之后，她才真正发现，这世界或许真的不需要语言，大多的事真的不需要语言去应对。她似乎已经习惯了这样不说话的生活，但当她想去和别人说话的时候，却发现一个字都吐不出。她不是哑巴了，在厕所时，自己说话明明说得很流利。她想，这应该是得病了吧，一种孤独病。

她其实有着大把的时间，却过着人们眼里蹉跎的生活。她总觉得自己很忙，没时间去恋爱，没工夫和好朋友联系几句，连手机游戏都懒得玩。她不知道自己在忙什么，也不知道自己每天的时间都花在了哪里。她总是冷眼旁观，渐渐地，感觉这时间里竟如寒冬一般，尽是些凛冽的颜色。她感到孤独，可这种孤独，却好像是她自找的。她看了太多这样生活在这城市中的和她非常相似的人。她觉得这应该是一种通病，是这座城市的通病。这不是一个人的孤独，这应该是一座城市的孤独，应该是城市的孤独症。

# 门（外一篇）

赵 挺

## 一

不是县城，也不是州城，更不是皇城，它是我们的先人为阻匪患，环村而建的一座土城，它也高大，勉强还称得上雄伟，但比起州县的那种，自然要简陋得多。

这所谓的城，顶上亦可跑马，没有正规城墙那种环城一周的垛墙与垛口；绕着这一圈儿高大宽阔的围墙，也有壕沟，但无水源，成不了护城河，却生长了数不尽的酸枣，挺着尖尖的刺儿，倒也起到了护城河该起的防御作用。没有吊桥，宽阔的土路经过“护城河”衔接着城里城外。

高大的城墙将东、西封死，朝南、向北各开了一个门洞，南面的偏大一些，为正门，厚实的木质门板，碗口大小的铁质泡钉，作为一座城的大门，它也像模像样。门洞之上，嵌着青石凿就的匾额，刻着三个大字“兴隆堡”，据说是祖上哪个本家举人所书。再往上到城头，耸立着一座仿古式的城门楼，小而简陋，但作为一座城，却也是必不可少。北门与之样式相仿，更加小了。环村而建的城墙上唯有两座门楼处建有垛墙、垛口，而南门早年间还曾架过一门土炮。

这就是我们村子，严格地说是曾经的村子。我们已经搬离了原址，那座城也早已不在，没有留下任何可以勾起人们回忆或者使之产生遐想的东西，找不出一丝城的痕迹。城内生活欢笑过的人，大多已经不在人世，他们的后人或兄弟开始在距此不远的另一处，重复或延续又或者开始演绎另一种快乐或悲愁。

我并没见过这座城，以上描述难免有些出入，它的样子以及与之有关的人或事大多来自祖父的述说，或者出自我在童年时所见过的一位仍旧留着辫子的老先生之口。我管他叫辫儿爷，那是因为我的父亲管他叫“辫儿叔”，我的祖父管他叫“辫儿”，而“辫儿”其实就是一个外号。

我的父亲倒是见过城的“暮年”，但那时他还小，残存于脑海的记忆也早已模糊不清。祖父却记得很清楚，因为他在这座城里挥霍了一生中精力最充沛的一段时光，他极认真地做了许多梦，收获了许多梦的果实，并为之心动过，他怎能忘记？

那是一个夜幕将临的傍晚，祖父盯着远方，他似乎在努力地回忆着某件事情。那时夕阳正漾着金色的晕，照着他的脸，凝结其上的汗渍便泛起了光。他左手大拇指将烟盏里的旱烟末子压了又压，好久，方才低下头，划着一根火柴，将那轻轻摇曳着的火苗凑了上去。两腮随之深陷，紧跟着又舒展开来，如此伴着几声紧凑的咂巴声，火苗成了一把锋利的刀，一下一下扑向那烟盏，淡蓝色的烟经腹腔循环流转之后，化为白色的气从口内、鼻中缓缓地飘了出来。“冯五爷……”他说。

辫儿爷就蹲在祖父身边的一个土坎上，夕阳橘红的光也照在他的脸上，浸满汗渍的脸同样泛着光。他留着胡子，不长，他的小辫儿也不长，耷拉在脑后，细细的一束。我趴在祖父膝上，拧头望着他，我对他的辫子很好奇，对他的人同样好奇，他是我那时候在现实生活中所见过的唯一一个留着辫子的男人。

在祖父讲述冯五爷的时候，他时不时地也附和那么一两句，大多时候却保持着沉默，或许在心中回忆着那段往事，或许什么也没想。他们含着各自的旱烟管，“吧嗒、吧嗒”的吸声融入了故事的大小情节，大得出奇。

祖父再一次说起了冯五爷，我不知道当日祖父与辫儿爷聊天时怎么就忽然又聊到了冯五爷，或许是忽然又想到了那座城吧。我也不记得他们在说着冯五爷的故事时是怎样的一种表情，或许当时什么样的表情都没有吧！很淡，很轻，只不过是在平铺直叙着他们生命中的一段记忆，一个关于别人的故事，而他们有幸曾经旁观了这个故事，当然说参与也行。

祖父与辫儿爷的一生中经历了无数件事，这其中肯定有太多令其为之感动、感叹的。他们聊天、追忆往事时将在心海泛起过波澜的一些事细细地翻阅，那一定有许多，却将冯五爷的事不知重复了多少遍，而正处于淘气、顽皮年龄的我也总能将它当作一个崭新的故事来听，自然有着特殊的原因。

## 二

冯五爷就把守过我方才所说的那座城，确切地说他掌管过南门的钥匙，负责过南门的安全。晨起打开，日落上锁，白天不用他操心，那儿另有其人，他只管晚上。城门洞内一侧的城墙上凿出了一孔小窑，晚上他就住在那儿。是否每夜还要负责打更？这个我不知道，偌大个堡子，在那个年代打更应该是有的吧？或许另有其人，敲着梆子从南城到北城，又从北城到南城，一路喊着“天干物燥，小心火烛”之类，不过无须深究，这与我们的故事无关。

若论辈分，冯五爷比我的祖父长一辈；但要真的以辈分来论，其实也没法论，他与我们这个家族原本就扯不上一点儿关系。我们姓氏不同，逢年过节拜祭祖宗也不在一个祠堂。五爷的祖上不是兴隆堡人，他的父亲也不是，他们家在兴隆堡也没有祠堂。

冯五爷牵着弟弟的手走进兴隆堡的大门时，他的另一只手空着，肩上也空着，他的弟弟也是两手空空，他们从遥远的地方逃难至此，不但无亲无故，而且身无分文。

在兴隆堡这个大家族中的任何一个分支中，他们都没资格参与排辈分，而五爷自己也只是弟兄两人，谈不上“五”这个排行，却偏偏有了这“五爷”的称号，其由来也有它的理由。

五爷与他的兄弟从小随着父亲练就了一身好功夫。习武之人的行走、站立，以至随便在哪儿一坐，气质都胜于旁人，加之眉目清秀，生得俊朗，在兴隆堡安家不久，兄弟俩便吸引了众多待字闺中的姑娘的注意。

五爷其实是娶不起亲的，我说过他们身无分文，因着这超越于普通庄户人的气质他还是娶了。五奶是她们家第五个孩子，女孩本不加入辈分排行一列的，但是父母唤她“五姑娘”，村里人也唤她“五姑娘”，如此“五姑娘、五姑娘”地给叫惯了，叫顺了，这“五”字便在她身上生了根，作为丈夫的五爷也便自然而然地被授予了带“五”字的称号，辈分低于五奶的唤其为“五叔”，更低的便尊称其为“五爷”。五爷的弟弟也因着嫂子的缘故，因着由于嫂子的加入而得以改变的兄长称呼的缘故，后来被村里人戏称为“六爷”，并从此叫开了去，最终他也就真成了六爷。

百人百性，兄弟俩虽是一母所生，人生经历也几乎一模一样，但性格却大不相同。五爷忠厚老实，恋家本分；六爷争强好胜，到处惹是生非。

五爷自然看不惯兄弟的行为，免不了生气发火，六爷也受不了五爷的叨叨，整天郁郁闷闷。兄弟俩虽然还住在一个院子，出来进去却很少打招呼。五爷希望自己对兄弟的冷淡能够使他幡然醒悟，改过自新，六爷期许他的行侠仗义、打抱不平能够得到兄长的认可。兄弟俩却互不相让，不能包容对方，直至有一日六爷感到腻了、倦了，便收拾行李，凭着一身拳脚功夫落草于兴隆堡北边的凤凰山，与一帮气味相投、不愿老死在庄稼地里的伙伴操起了家伙，打起了替天行道的旗帜，干起了舔血刀尖的营生。

六爷背着行李出门的时候，和嫂子说了，因为一日三餐、洗洗涮涮都是嫂子在忙碌，嫂子对他有恩，当然他也想对哥说一声，因为他们终归是亲兄弟，打断骨头连着筋，可他没说，他不知道怎样开口，踌躇了一下，转身准备走了。

五爷就站在院里，他也不知道如何开口。挽留？告别？互诉一下亲情，然后彼此道声珍重？

六爷出门的时候，五爷终于还是开口了，接着六爷也开口了，两人没说几句，便触到了对方的痛处，然后开始了久违的争吵，然后五爷与六爷翻了脸。

六爷出门的时候将门扇“噹”一声重重地摔打在门框上。五爷有点儿后悔，也有点儿伤感，当然气愤也是少不了的。他紧走几步，追了上去，拉开门，冲着六爷的背影：“走了……你就别回来！”

六爷没回头，也没停，将三个字甩在了身后：“谁稀罕……”步子迈得飞快，带起了一路的尘，在巷口处拐了个弯，不见了。

五爷看不到自己的兄弟，转过身，背对着土街，落下泪来：“娘啊，你咋就给我生了这样一个兄弟？”一拳擂在了门框上，泪水也随之流了下来。

小脚的五奶闻声赶到，看到丈夫擂到门框上的手，心疼了，急急地走了过去：“瞅瞅，都渗血了！”抬眼看了下空无一人的街巷，“他叔走了？走就走吧，混不下去了他自然就回来了。你现在勉强让他在家待着他也不安分，整日闹得邻里不安、鸡犬不宁，出门闯荡闯荡，受点儿教训也是好的。”说完，轻叹了一声，自己先回去了。

后来好久都没见到过六爷，等到他再次出现在兴隆堡，出现在这条土街时，他的手指间夹着一根雪白的纸烟，腰带上则插着一把王八盒子。

亮子高兴地抱着小叔腰的同时，一只手就奔了那把冰冷的铁家伙，六爷轻轻地推开了他，假装生气，却又带出了些笑意来：“别动，这玩意儿可不敢乱碰！”

边说边将肩上的褡裢取下来，“给，亲侄儿，叔给你带着好吃的呢！”

亮子看了眼褡裢，又看了看小半枪身都被腰带遮盖着的王八盒子，说实话，他是打心眼儿里喜欢那黑乎乎的铁玩意儿，看着都带劲儿，可叔不让动，他也不敢强动，不动就不动吧。

亮子看着六爷进了自己家门以后，对在树后探着脑袋瞅他的我的祖父招招手：“来呀，我叔你不认识？还躲起来，怕啥，他又不吃你！”也不等祖父过来，已开始埋下头在褡裢里翻找，嘴里嘟囔着：“看看他能给我带啥好吃的。哎，啥都不如那把王八盒子！”

祖父跑到了亮子身边，瞅着弯腰忙活着的他：“亮子哥，六叔好威风！他腰里那铁玩意儿……”

亮子没抬头，他还顾不上抬头，他的兴趣已经开始转移，在褡裢内翻找着可使他激动的另一份惊喜，随口说道：“那是，赶明儿也让叔给我弄一把。”抬头瞅了眼我的祖父，“外行了吧！”亮子的眼神里满是不屑一顾，“铁玩意儿？嘿，那叫盒子炮，王八盒子，保长叔就有一把，你没见过？”

祖父搓着手，有点儿尴尬，他是真没见过，当然他也想有一把，可他没有叫“六爷”的小叔。

亮子从褡裢里摸出两块玉米糖，一块给了我祖父：“辫儿呢？”

“他娘叫回去了！”

“没福气！”亮子将另一块送到嘴边咬了一口，“散了吧，回头我找你。”说着话，自己已起身向家走去。祖父没回家，一路跟着，他还想再看看威风的六爷。

六爷穿着白绸褂子、黑绸裤子，脚口处束着两指宽的带儿，一双千层底的布鞋，虽染了尘土，但它的新气儿还是逼人眼睛。插着王八盒子的腰带足有三寸宽，没戴当下喜欢耍阔的那种人常戴的西式礼帽，即便如此，在庄户人眼里已经非常气派，可是气派又能怎样？大哥、大嫂都不待见！

从进门开始，大哥就咬着他的烟杆，吧嗒吧嗒，极用心地经营着烟盏里的那一撮红，好像生怕它灭了。他没工夫理会其他事，包括这个曾使他伤心的兄弟。大嫂倒是和六爷打了个招呼，不过她回头看了五爷的神色之后，也开始忙碌起来，拌着食，敲着盆，喂鸡、喂狗、喂猪，嘴里喊着自己给它们取的名字，将家中的活物统统给喂了一遍，愣没想到六爷血肉之躯他也要吃饭。

六爷受了冷遇，样子还算镇静，坦然地坐在椿树下的石礅上，不管怎么说，这儿终归是他曾经的家，他在此处安然地歇息过，消了一天的乏困，为第二日的忙碌攒足了精神；他在此处享受过家的温暖，拥有过浓浓的亲情，而在此之前的流浪日子根本就不能与之相较。

他对这所院子的感情深着呢。他对各自忙碌的大哥两口子也亲着呢，他倾诉着离别之后的思念之苦，可没人接他的话茬。五爷仍旧抽着他的烟，一盏接着一盏，五奶喂完了家禽牲畜，又取出一件衣裳，穿针引线，开始忙碌另一个忙碌。

院门口挤满了人，墙头上一探一探也冒出了许多脑袋，各种表情都有。因着六爷特殊的身份，以前和他走得近的，走得远的，这会儿对六爷的态度却都差不多，都是远远地待着，不愿靠近。没人说话，院里院外都没有，当然六爷除外。六爷的本事可能很大，他有王八盒子，他有随意说话的资格！可他没本事让大哥说话，让嫂子说话，那忽然悄没声息地聚起来的乡邻也没有和他说话的意思，他们现在就只是一批观众，站在戏台下，开场锣响了，他们来了，来了就开始等待高潮，等待剧终，自然有发表议论的欲望，不过这种欲望在哪儿发泄都一样，不一定非得在现场。

六爷没待多长时间，更没在家吃饭，当然也没人给他做。他说完该说的话，向兄嫂鞠了躬，走了。六爷走得也很威风，也很失落，千层底的鞋子依旧带出了一路的尘，在巷口又是拐了个弯不见了。只不过这次不是空无一人的街巷，土街上破天荒地拥满了人。六爷的背影彻底消失之后，先是窃窃私语，最后竟然演变成了人声鼎沸。

## 三

保长让人找了五爷，说是在族长家等他。找五爷的时候，五爷正走在去族长家的路上。

族长的穿着不怎么讲究，保长也不讲究，没六爷穿得气派。他没练过武，自然也没六爷走路走得威风，不过他也有王八盒子，他的王八盒子没插在腰带上，在柜里锁着，大多时候单凭着“保长”这个职位称呼他就有资格威风，保长很威风！

保长的旁边隔着一张枣红色的八仙桌坐着主人——我们曾经的老族长，族长年龄大了，须发皆白，正捧着一个水烟壶“呼噜呼噜”地吸着。

“老族长，身子一向可好？”五爷进门先是冲着老族长请了安，方才将头转向保长，“您找我？”

保长点了点头，说道：“老五，找你来，其实也不是啥大事……”

老族长轻咳了一声，放下了手中的水烟壶，抬了抬胳膊，让保长稍等一下，对五爷说：“坐吧！”又向身旁站着的丫鬟示意，给五爷把茶倒上。

五爷看着取壶倒水的丫鬟，边坐边摆手：“老族长您客气了，不用，不用！”丫鬟已将盛满茶水的瓷碗递了过来，五爷只得慌忙接过，那瓷碗光滑细腻，在手心里极不安分，五爷一阵心慌，干脆起身小心翼翼地将它放在了桌上：“老族长，您客气了，我不渴！”

族长也不再客套：“那就说正事吧！”转头示意保长继续。

保长起身点了点头，重新坐下，清了清嗓子，对五爷说：“老六在凤凰山，以前呢，大家都没当回事，说到底，他终究是我们堡子的人嘛！虽然咱们不是一个姓氏，不是一个祖宗，但亲呀，你们从老家走了那么多路都没落脚，偏偏到兴隆堡就住下了，这不，老五你还成了家，还有了亮子，这就是缘分，上天注定的，你说是吧？”

“对，可不咋的？缘分，和兴隆堡亲嘛！”五爷接道。

保长喝了口茶水，吸得杯沿嗞嗞地响：“今儿他回来了，你不待见他，怎么说呢，也对！老六现在嘛……土匪，咱呢，是本分庄稼人，不染也没错。可是匪性难测，况且他手下还有几十号如狼似虎的弟兄，就算老六念着亲情、乡情，心里放不了咱们兴隆堡，可他们……我和老族长越琢磨越有点儿担忧！”说到这儿，保长看了眼老族长。

老族长清了清嗓子，“哦……”却也再没说什么。

五爷知道这是在等他表态，便站起来施了一礼：“族长和保长想多了，我兄弟虽然自小莽撞，不安分，但他绝不会做出对不住乡亲的事儿。从小我和他跟着父亲习武，习武之人就讲究个义气，兴隆堡对咱们有恩，他怎么能说忘就忘？因为他当土匪这事，我不待见他，他也很少回来，也从没骚扰过咱兴隆堡。族长和保长既然不放心，我也不拗着，您二位的意思是？”

保长又一次端起了他的茶碗，抿了一口，吐了滤在唇边的茶叶梗，说道：“过日子嘛，大家伙儿都想过一个安稳日子，是吧？

像我们的先人当年建造这兴隆堡，筑这高高的围墙，还专门安排一个人看守，他也就是想过个平安日子嘛！这些年来，安逸惯了，大家对这个事也不是太重视，好在基本也没遇到过什么兵灾匪乱，当然也包括老六在凤凰山这几年。今儿老六回来了，在你那儿待得又不顺心，难免……或许是大家伙儿多心了，当然没事最好。”

五爷接道：“保长，这个事我也想过，大家伙儿的心情我也理解，这不，您让人找我的时候，我正往族长家走呢。若是大家伙儿实在不放心的话，我倒有个想法，您和族长听听，可好？”

族长没抬头，也没说话，说明他没意见，保长习惯性地看了眼他，转过头对五爷说：“那你……说说看吧！”

五爷出门的时候其实已经想好了，可站在这儿，当着掌事人的面，心中不禁有些忐忑，对于自己兄弟，他可以不理他，但不想将他当贼看，虽然老六现在就是个土匪，他也坚信自己兄弟不会将枪口对着兴隆堡。但是他的一句话又怎能让整个兴隆堡的人放下心来？所以他想了一个办法，但这个办法是否可行，是否能够得以实施，还需得到族长与保长的认同与许可才行。

五爷小心地端起了水碗，喝了一口：“我是这么想的，咱们兴隆堡的城墙还算完好，还有那一圈生满了酸枣刺的壕沟，那些土匪就算真要来，凭他们的本事，城墙上是过不来的。主要就是南北两个门，没了壕沟的阻拦，不太安全。北门还好说，小，容易把守，南门大，门扇还有点儿朽了，得修修，这么着吧，我愿意捐出准备做棺材的木料。现在咱们这儿也就老六的势力大，别人不敢来，因为兴隆堡终究是老六的家，他们惹不起老六；老六不能来，因为他若来，就得先破城门，而破门进就等于从我的身上往过踩，再怎么着，他都不可能将脚踏在他哥的身上。”

五爷说完话，顿了下，看着上座的族长和旁边的保长：“这样……可以吧，要不，我再将看南门的给换下来，我守那儿等着他们，我就不信了，谁敢到兴隆堡撒野！”

“老五这主意不错，挺好！”老族长终于开口了，对旁边的保长说，“就按老五说的办吧！”打了个哈欠：“我有点儿累了！”

保长起身去扶：“我听您老人家的，就这么办，明儿咱就动起来。”

五爷也站起身来，想搭把手。

老族长摆了摆手：“不用，不用，你们去忙吧，我还走得动。”冲着老五：“你和老六终归是亲兄弟，话好说，以后兴隆堡的安危就交给你了！”

五爷的棺木便上了城门，五爷本人也住进了城门洞那孔小窑里，白日里有人替换，倒也不累，他只负责晚上。

其后十年间，方圆数十里，村村寨寨几乎都曾受到过土匪的骚扰，可兴隆堡依旧过着往日的太平日子，其他土匪没来过，六爷也再没回来过。

## 四

亮子的性格像极了六爷。自打六爷腰里别着一把王八盒子回到兴隆堡时，他就成了亮子心中的偶像。不过亮子最终走上凤凰山却并不是因为他要同他叔叔一样做个土匪，这也本来不是他的梦想。

那天有月亮，不过还没升起。升起与否，也没人太关心。凤凰山六爷的寨子灯火通明，大红灯笼从聚义厅一直挂到了凤凰山口，除了站岗放哨的全都挤在了聚义大厅，杯盏交错，吵吵嚷嚷，很是热闹。

聚义厅北墙上，正中一幅“虎啸山林”的巨幅画，画的正前方一张桌子旁就站着六爷，他仰脖将酒喝尽，把空碗重重地搁在桌上，用衣袖擦了嘴角：“六爷我今儿高兴啊！方圆数十里，你说这最俊的，那不就是今儿要成为压寨夫人的她吗？她若排第二，那可真没人敢排第一。”

坐在旁边的二当家的起身给六爷满了酒：“恭喜大哥抱得美人归，来，喝酒，弟兄们都把酒碗给端起来！”

下面呼啦啦站起了好几十，齐声吼道：“恭喜大当家的！”

“来，大哥，干！”二当家的碰了六爷的碗沿，一饮而尽。

这时跑进了一名喽啰：“报，大当家的，山下来了一个人，说是你侄儿亮子。”

“亮子？快，快让他上来！”

不大会儿工夫，聚义厅门口出现了一个小伙子，面貌与六爷有几分相像，也是膀大腰圆。

众人闪开了一条道，亮子走了进来。六爷看着来人：“果然是亮子，我的亲侄。来，来得早不如来得巧，叔今儿成亲，正赶上，先喝碗喜酒！”

这时二当家的已到了亮子身边，将一碗酒递了过去：“侄儿，来！敬你叔一个！”

亮子将酒碗向外一拨，二当家猝不及防，酒洒了一身，心中火起，却又碍着六爷的面子：“这孩子……”

亮子怒睁着双眼，离六爷又近了一步。

六爷心中高兴，并没注意到亮子的反常神色。看着他的侄子，倍感亲切，他与大哥已是好久不联系了，现在见到他的孩子，也便想到了大哥，想到了他们曾经走过的那段苦难的路程，心中一叹。今日自己娶亲，而侄子偏偏就到了，想是大哥知道了他成家的消息，自己不好出面，便打发儿子来道喜，亲的还是亲的，一笔写不出俩冯字来！抬手一拍已走到身前的亮子肩膀："侄儿，看到你，叔这婚结得可就更完美了！"六爷的手从亮子的肩上滑到了胳膊，亲热地拽了拽，"来，和老叔坐一块儿，今儿咱不醉不休！"

"六爷还要洞房呢！"

底下不知谁低声地说了一句，唤起了一片坏笑声。六爷抬头看着众人，朗笑着说："洞房，哈，咱哪天都行，亲情才更重要。"将目光重新落在了亮子脸上："是吧，我的亲侄儿？"

亮子没吭声，六爷这才仔细地打量了下他，亮子的表情极不友善，怨怒兼之，六爷心中疑惑："亮子，你不为叔高兴？"

亮子满脸怒容："我高兴，我高兴得起来吗？叔啊，我的亲叔，你知道你抢的是谁？你侄媳妇！"

六爷一愣，他还真没想到，多年不与家中联系，他不知道亮子已经定亲，而且偏偏定的是他今儿抢的人。

可当这么多人的面给自己的侄儿道歉认错，然后再八抬大轿地给送回去？这怎么可能？以后在弟兄们面前他的老脸往哪儿搁？

六爷借着酒劲："侄儿，这话可不能这么说，我也是明媒正娶，是吧，老二？"身旁的二当家见大哥将难题推给了自己，得圆啊，天大的谎也得给圆了。

二当家清了清嗓子，做出一副认真的样儿："亮子，你叔这婚还真是明媒正娶，西王庄的邹媒婆给保的大媒，不信你可以去打听打听。这婚事不但两情相悦，娘家人还高兴得不得了，说攀了高枝了呢！”

亮子怎么会相信他说的？上前推了一把二当家的：“不可能，就算她要悔婚，也得先给我说一声。我俩从小就认识，她的脾性我怎能不知道？人呢？我得当面问问她！”

二当家的既然已经开始圆谎，就极力地想圆它个滴水不漏，好使亮子彻底死了这条心，便接着说：“水往低处流，人往高处走，这世道，谁不爱钱？谁不想找个有钱的过上个好日子？凤凰山十几年的基业方圆数十里有几个人能比得上？人家姑娘变心也是情理之中，你得想开点儿！”二当家的做出了一副同情相，表情却又突然一转，还带出了点儿坏笑，“这时候你没必要找她，你找她，她能出来吗？今儿啥日子？也不想想，洞房花烛夜！洞房花烛夜该干吗？那还不是洗白白，钻被窝，单等着伺候我们大当家的呢！”二当家说着话，竟笑出了声。

“你……”亮子气得七窍生烟。

六爷也觉着二当家的最后几句说得有点儿过分，可事已至此，开弓没有回头箭，也只能顺着老二的话往下说了：“老二说得对，这世上的女人她就是这样，有钱围着转，没钱躲得远远的。等叔闲下来，给你重找一个比你婶还要美的，咱冯家缺啥都不缺钱。来，来，来，今儿是叔的大喜日子，高兴高兴，别老绷着个脸，啊！”

正说着话，一名喽啰急急火火地跑了进来，附耳对六爷说道：“新……新夫人她……她上吊了！”喽啰说话的声音不大，可亮子就在六爷的对面，他听得很清楚。上去一把揪住了喽啰的领口:“再说一遍，她怎么了?”喽啰看着亮子悲愤的表情，心里一颤，扭头去看六爷。

“说!”亮子抓领口的手又加了一分力，另一只像个小钵一样的拳头在喽啰的眼前晃了晃。

喽啰慌了，怯怯地说道:“别……别……我说……新夫人……她……上吊了!”

亮子扭头看着六爷:“这就是你说的明媒正娶?还两情相悦，还高兴得不得了，你害了她!”

六爷转了脸，没理亮子，心中感到晦气，这弄的啥事?“撤了，撤了，把席面都给我撤了，红灯也摘了，都散了吧，他娘的，忙活了半天，忙成丧事了!”说着话，转身欲走，亮子上前一步挡住了六爷。

“叔，我再叫你一声叔，你得给我个说法!”亮子的态度很坚决。

六爷这时候正郁闷，看亮子缠着他不放，也来了气:“说法，啥说法?她生是我的人，死是我的鬼，我凭啥给你说法!她要死，活该，给她个好日子她不要!我有啥办法!”

说完话，六爷不想再理亮子，他急于找个地方清静清静，可亮子不依不饶，挡在身前，毫不退让，六爷彻底怒了:“来人，把他给我赶出去!”

喽啰还顾忌着亮子终归是六爷的亲侄儿，有些犹豫，就这犹豫的当口，亮子的手忽然伸向了喽啰的腰间，拔出了他的匕首，向着六爷的胸口用力一送:“活该，我让你活该!”

六爷没防备，也没想到他在内心里一直疼爱着的亲侄儿，竟然对他起了杀心。低头望着没至刀把的匕首，一股殷红已经流了出来……

## 五

至于亮子怎样成了凤凰山的大当家的，我不知道，祖父和辫儿爷似乎也不知道。那日亮子上凤凰山时，他是独自一个人去的，当天没回来，第二天也没回来，回来的时候他就已经是凤凰山的大当家了。

或许祖父与辫儿爷可以猜测出，虽然他们没能目睹事情的始末，但他们仨曾经是最好的兄弟，彼此之间对彼此的性格以及行事风格都应该非常了解，可他们在说道五爷、六爷的故事时却从没提起过这事，当然也可能是因为我没问过的缘故，小时候的我像其他的小孩一样对什么事都好奇，也特别缠人，可怎么就没问呢？不过这不重要。

亮子成了凤凰山的大当家，稳稳当当地坐在了聚义厅中间六爷曾经坐过的那把宽大的，而且还带着扶手的椅子上，跷着二郎腿，惬意得很！

他回过兴隆堡一次，白绸褂、黑绸裤，脚口处束着两指宽的带子，也是千层底的布鞋；插着王八盒子的腰带和六爷的一样足足有三寸宽，唯一与之不同的是他戴礼帽，却又不常戴在头上，大多时候是拿在手里，而这只手又总喜欢向前伸着，伸着的这只手的大拇指上有一枚墨绿色的玉扳指，他的行为举止，其实就是一种显摆！

他的显摆兴隆堡的人并不认可，反而嗤之以鼻。五爷也不认可，甚至在儿子成了冯家第二个土匪之后感觉自己比旁人又矮了一头，更没了面对兴隆堡众乡亲的勇气。

他低着头怯怯地走过兴隆堡的大街小巷，将家与城门之间的土路默默地丈量。

对于亮子的归来，五爷的态度与对六爷的略有不同。六爷曾经是他同患难、共生死的兄弟，他们一起走过了人生中最艰难的一段，从老家一路历尽千辛万苦，相扶相携走到了这里。而亮子是他的儿子，他一出生就享受着相对安定的生活，不必为白日里的吃饭发愁，不必为晚上的落脚之处担忧，他的生活也是太安逸了！对六爷，五爷保持沉默，因为他不知道如何去说，不管怎样说都可能伤了铁打的兄弟情，而这份感情在他的心里甚至要重过一切；而亮子在他与五奶的宠溺之中长大，走入歧途，他们两口子有着不可推卸的责任。亮子已经二十岁了，不能再像小时候那样，给他一耳光，或是一脚便可使他改变自己的观点与想法，乐意与否，都会听从父母的安排。

五爷不认可儿子的显摆，不赞成儿子所选择的道路，却也拿他没一点儿办法，又不能将其送入监狱，首先五奶那一关他就过不了，其次五爷自己又怎舍得？爷俩在自家宽大的院子里大吵了一架，无果，亮子铁了心要走六爷那条路。

“滚！滚得远远的，这辈子我就当没你这个儿子！”五爷指着亮子的鼻子。

“走就走！”亮子的倔劲儿和当年的六爷一模一样，白绸褂子被他拧身带出的风激起了一层层小小的波浪，他穿着千层底布鞋的脚也是带出了一路的尘，在巷口拐了个弯不见了。

五爷一脚踹在了院中的椿树上，那树受了剧烈的撞击，“扑簌簌”地撒落下一地叶子，晃着身子诉起了委屈。

亮子的走与留，兴隆堡的居民并没将其当个事儿。多年平静的兴隆堡依旧保持着它的平静。日子若水一般缓缓地流着，没有特别大的风，它就不会有翻天的巨澜。

五爷还守着他的城门，五奶仍旧操持着她的家务，好长时间再没见亮子回来。

## 六

五爷背着手走进家门的时候，几只鸡在院子里忙活着，小眼睛努力地聚着光，在院子的角角落落里翻找；后院的猪已开始哼哼唧唧地讨要着食物；前院的狗自然最先看见，当木门“咣当”一声被推开，它就旋风般地跑了过去，撒着欢，向这个院子中的所有生命炫耀着它与主人之间关系的亲密。

五奶已经打扫了院子，做了饭，这会儿正坐在炕沿上缝补着一件缀满补丁的白布褂子，看到五爷进来，便将线头打了个结，站起身去厨房舀了温水放在了当院，五爷在水盆前蹲下，撸袖子洗脸。

“我给你盛饭去。”五奶说着话，再一次走进了厨房。

太阳还在云彩的怀里，刚睡醒的样子，扭扭捏捏，一抹明亮的光却也渗透了云层，金黄、橘红……以一种无法形容的色彩开始了新的一天的绽放。

五爷坐在院中的石凳上，手中端着一碗老伴递过来的粥，一碟咸菜，咸菜上一个玉米饼子，就放在身前的地上。

比清水稠不了多少的粥被那阳光淡淡的光映得发亮，五爷用筷子敲了一下碗沿，叹了口气：“这过的啥日子！”抓了玉米饼子，啃了口，重新放下，也没抬头，筷子伸向了菜碟，“亮子再没回来？也没让人给家带信？”

五奶已将针线活儿搬了出来，坐在房门口的一只小凳上。五爷的话她自然是听到了。院子里就他俩，当然是说给她听的。她憋了一肚子气，本不想接那话茬，可终究还是没能忍住，抬起头没好气地接了一句：“你明明知道，还问！”干脆将手里的活计推在了一边，“还回来干啥？你不是都给撵出去了么？我就这一个儿子……”五奶的声音有些颤了，眼眶里噙满了泪水，急忙扯起衣襟去揩。

“我……”五爷最见不得女人哭，一时语塞，可一想到亮子干的事他的气就不打一处来。

五爷将手里的碗重重地搁在地上，稀粥撒了一地，几只鸡“咕咕”叫着，怯怯地迈着谨慎的步子凑了过来。

“你都没瞅瞅他在干啥，当个土匪也就罢了，现在这日子，吃了上顿没下顿，说他为生活所迫，活不下去了，这也还算说得过去。可你知道吗？”五爷压低了声音。

五奶本想反驳一句，顺便再诉诉自己思念儿子的心痛与委屈，听到五爷话锋一转，便将自己的身子努力前倾，也压低了声音：“啥，知道啥？”

“有人在城里看到咱家亮子了，不但看到了，还看到他跟鬼子在一块儿！”五爷叹了一口气，接着说道，“你知道这人给我说这话的时候是什么样的表情吗？我们老冯家的脸都让他给丢尽了！”

五奶不知说什么好了，她不识字，不读书，也不看报（当然书报这玩意儿在乡间也很难找到），整日里守着她的院子，守着她的家人。她也没见过鬼子长什么样儿，不过倒是听旁人议论过，这鬼子烧杀抢掠，无恶不作，不是什么好东西。

五爷满脸悲愤之色：“这让我这老脸往哪儿搁？死后咋见冯家的先人？”一脚踢飞了已将嘴伸进粥碗里的一只鸡，站了起来，“有一天让我逮着，非得宰了这个兔崽子不可！”

“宰，宰，宰，你就知道宰，他不是你亲生的？”五奶不乐意了，快四十的时候才有了这宝贝疙瘩，她怎舍得？

五爷取出烟管，装了旱烟末子，压瓷实了，颤着手点了几次，方才点着，紧吸几口，徐徐吐出一口烟气，也带出了一声叹息，谁的孩子谁不心疼？他再不争气，也是父母的心头肉。

“哪天我上山找他说道说道这事吧！”五爷背着手向院外走去，他想出去转转，哪儿都行，好使心中的闷气得以缓解，他走得很慢，很艰难。

## 七

还没等五爷上山，亮子却先回来了。

“也没多长时间，那是一个晴天！”辫儿爷说。“对！”祖父说，“是晴天，不但是晴天，那天还出奇地热！”祖父在鞋底上磕掉了烟盏里的灰烬。

那天的太阳早早地就挂在了天上，初始一副娇羞的模样，还算温和，却也没温和多久，便开始发了疯般肆虐起了兴隆堡，街巷中的树不多，耷拉下了叶子，没一点儿精神头。太阳光线像极了一根根锋利的刺，恶意地扎在所有裸露在外的东西之上。一切都胆怯了，安静了，没了生气。

街上忽然涌出了许多人，却也并没喧哗，仿佛在努力地维护着夏日正午该有的静默特征。当然有悄悄说话的，也将声音压得极低，那声带微微的震颤，若不细听，世界它还是“静”的。

有人拿着把锄头，有人掮了张铁锨，各自都在心中默默地祈祷，壮着胆儿，好使自己不致丧失了匆忙鼓起的勇气，重新滑入那灰暗的土屋。当然他们知道有生以来第一次要面对凶残，第一次要将凶残回敬于凶残，即使自身再怎样柔弱，也得奋起一搏。

兴隆堡城门紧闭，硕大的木质门栓“噹”的一声牢牢地将两扇门板锁死。

门楼上多年不用的土炮，掸了灰尘，装了火药砂石，趴在底座上傲然地望着城下。

城外，侵略者在烈日下眯着眼睛打量着兴隆堡，肩上的枪刺在阳光的映照下闪闪发光。

胖翻译扭头看着身旁的亮子：“你不是说进堡子没问题吗？问题来了，解决吧！”

亮子撇了撇嘴：“这事不用你操心！我从小生活在这儿，兴隆堡是我的家，还能进不去？”对胖翻译身旁的鬼子少佐笑了笑，说：“没事，我来！”

垛口处时隐时现的几个人他自然认识，一块儿玩大的，便将双手在嘴边聚成了个喇叭：“是我，我是亮子，冯亮子，我回来了，把门开一下吧！”

没人接他的话茬，门楼上很安静，炮口依然冲前，不但如此，垛口处又多出几杆擦得铮亮的枪管。

“皇军就是进去歇歇脚，喘口气，瞅瞅你们紧张的样儿！”城头上的人根本就不搭理他。“喝口水就走，这总可以了吧？”亮子接着说。他也知道自己在编瞎话，可来的时候他已经在鬼子面前夸了海口。

保长的脑袋忽然在垛口闪了一下，亮子看到了。没想到他会站在城头，从小就有点儿怕他，但他既然在那儿，那么城门的开与否决定权肯定在他，自己只得硬着头皮上了，慌忙双手抱拳行礼之后，方才又将手聚成了喇叭状：“保长叔，您怎么还亲自上城了？又不是啥大事，烦您给开一下城门吧，我们就是想进去歇歇脚、喝口水，完了就走！”

保长冷哼一声，仰天大笑：“歇脚、喝水，哈哈……”看了眼城下的那些侵略者，“怕不是那么简单吧！从古到今，踏入中华大地的倭人有几个好东西？”

城头上有人附和，有人喊打，隐约中还传来几句脏话。

“亮子，看在你爹娘的分上，我可以放你进来，但那帮孙子不行！”保长恨恨地接着说，“不但不行，我还要奉劝他们，赶紧地，滚回老家去！”

说完话，直接扔了手里的铁喇叭，保长并没等亮子，亮子也不可能单独进城，他既然和那帮孙子站在了一起，也就铁了心和自己的同胞翻脸了，当然，在狼群中，他也没有单独行动的自由。

保长看了眼身旁众人：“都提起精神，瞄准了，不说卫国，至少得为咱们各自的家，兴隆堡的大门，一定要给它守住了！”

城下的亮子没言语，他不知道该说啥了；也没动，因为他此行的目的就是进城，还得带着身后的皇军一起进城，他投靠了他们，已经没的选择。

他看到了胖翻译和鬼子少佐不信任的眼神。

亮子知道今儿这门他是叫不开了，出发前他夸了海口，本想着白天城门不归他爹管，其他人在，说几句好话，许个愿，叫开城门应该不是啥大事，不承想不但城门关着，门楼上还架起了枪炮。现在保长又发话了，不开！那么其他人能开吗？敢开吗？况且这么大动静，他爹这会儿或许早已经站在了门后，或者在下一刻他就会出现在城头，对他破口大骂。

鬼子少佐看了眼亮子，说了一长串，亮子自然听不懂。胖翻译幸灾乐祸："皇军问你怎么办，能耐呢？倒是说呀！"

亮子瞪了眼他，喊不开城门，感到有点儿对不住他的主子，对鬼子少佐轻声说道："太君，别急，我再想想办法！"

"还想啥呀？呵呵。"胖翻译一脸嘲讽之色，"没有金刚钻，就别揽那瓷器活儿！"转过身，哈着腰对鬼子少佐轻声说了几句。

少佐抽刀扬起，下达了命令。

鬼子齐刷刷地端起了三八大盖，偏头瞄准，对着城门楼上的众人开始了射击。

城头上的枪紧跟着也响了，土枪的声音虽然还算洪亮，但对于射程之外的鬼子根本构成不了威胁。打过几枪之后，便安静了下来。

鬼子倒是开了许多枪，但子弹不会拐弯，藏在垛墙后的人有惊无险，很安全。一阵徒劳无功的忙活之后，鬼子也放弃了，枪声停止了。这时城头上的土炮却开了口，火光闪过，伴着一声震天的巨响，鬼子身前腾起了一片土雾。少佐惊呼一声，退后几步，将刚刚还鞘的战刀又抽了出来，在身前从上至下划了个半弧，"八嘎！"抽出了腰间的指挥刀，一声冲锋的口令，鬼子兵纷纷扑入了土雾之中。

城头上的保长看得分明：瞬息间鬼子钻出了土雾，玩命地向着土城奔来。越来越近，保长率先开了枪，众土枪也跟着响了起来，跑在最前面的一个鬼子兵中弹倒地，痛得哇哇大叫，紧随其后的另一个直接上了西天

城头上的炮虽然重新填充了火药，但对越来越近的鬼子已经没有了用处，原本放炮的腾出手来，取过送上城头的石头、土块冲着城下的鬼子兵胡乱地扔了出去，一时间喊杀声、哀号声、枪声、石头土块的撞击声响成了一片。

城门洞里，几声巨响之后，半拃厚的木门晃了晃，在烟雾尘土中轰然倒下，松木材质的门板蹿出了数朵火苗，一朵朵诡异的花儿越开越盛。

木门倒下的瞬间，甩手雷的几个鬼子已连跑带跳地冲进了城，尾随其后的几个将着火的木门奋力地推到了一旁，浓烟中胖翻译、亮子和鬼子少佐以及身后的一帮鬼子兵也先后进了城。

城下没有埋伏射手，或许是保长疏忽了这一点，又或许是他认为这坚固的城门鬼子是绝对进不来的。当然他只是一个保长，他并不是一个指挥千军万马的将帅，他不懂兵法，也没有作战经验，有的只是热爱家园，痛恨侵略者，誓死也要将其赶出去的决心。

钻出城门洞，这些不速之客站住了，并将手中的枪又一次端起。

正对着城门洞的一个横躺在地的碌碡上蹲着一个人，他的肩上扛着把刀口雪亮的铡刀，看到他们进来，便从碌碡上跳下，将肩上扛着的铡刀杵在了地上。

“爹！”亮子看到了五爷，心中一紧，他对父亲的突然出现感

到意外，却也是意料之中。

“城门都已经被炸开了，您又何必……”亮子满脸愧色，将手中的枪插在腰带上，硬着头皮说。

五爷将手中的铡刀晃了晃：“门开了，开了吗？我就是门，来啊！”

“这老头，找死啊！”胖翻译的王八盒子指向了五爷。亮子慌忙去拦，身旁的鬼子少佐已先他一步压下了胖翻译的枪头，示意其退后。向五爷鞠了个半躬，而后双手握刀，贴向右肩，刀尖指着天空，低吼一声，扑向了五爷。

双方离得本就不远，倏忽即至，细长的刀在空中划了个弧线，风一样劈了下来，五爷将铡刀平托扬起，稳稳地迎向倭刀，“当”一声脆响，蹦出了几点火花，倭刀反弹了回去。五爷的铡刀接了倭刀，并没停，顺势降至身子右侧，末端冲前，从右至左扫出了个半弧，鬼子少佐侧身立刀相隔，但怎抵挡得住？沉重的铡刀划过倭刀，带着风声奔向了对方的脖颈，鬼子少佐慌忙抽身避让，惊出了一身冷汗。五爷紧紧相逼，铡刀再次下沉，反手又是一个平扫，对方措手不及，铡刀末端正中膝盖，鬼子少佐痛呼一声，摔倒在地。

亮子没有阻拦的意思，也没上去帮忙，打斗着的两人他都不想得罪。这时胖翻译的枪却响了，五爷闷哼一声，手中的铡刀落在了地上，随之高大的身躯也倒于尘埃。

“你……”亮子转头看见了胖翻译手中的枪和他洋洋得意的笑，恨恨地抽出了腰间的匕首，送入了胖翻译的胸膛，“他是我爹，你他妈的想让我做一个不孝的人？”拧身向着倒在地上的五爷跑去：“爹！”

跪在父亲身边，亮子的双颊已满是泪水，俯身想将他抱起时，左肋忽然一阵剧痛，闷哼一声，亮子扑倒在了五爷身上。

鬼子少佐狞笑着抽出满是鲜血的战刀，刀尖拄地想站起来，那条已碎了膝盖的腿将他再一次“拖倒”在地，身旁喊杀声四起，一柄锄头狠狠地落在了他的头上。

五奶扶着锄柄看着倒在血泊中的五爷父子，无声地哭了。

鬼子少佐抽出满是鲜血的战刀时，从各个街巷以及城头上赶下来的众人手持着各种不同的家伙已经和鬼子打在了一起，近身肉搏，长枪几乎已经没有了用处，众鬼子逐渐被逼入了城门洞。

城门洞里火光冲天，无数魂灵在其中飞舞、盘旋……

祖父和辫儿爷赶集归来，正走在兴隆堡南边，东西走向的官道上……

## 轻叹一声

与一只狗狭路相逢，我自认我们之间无冤无仇，平生也没有任何来往，大可相安无事地各走各的路，当然心情好的话，也可以彼此看对方一眼，相互打个招呼，点点头，笑一笑，营造一点儿人与动物和平共处的友好气氛。

擦身而过时，狗住了脚，侧脸打量着我，自言自语道：“父亲曾经说过的那个人怎么和他这般相像？”

当然它侧脸看我时，我也看了它，扪心自问，我本来也想看它的，我还没有能力完全禁锢自己不对任何事物产生好奇。

它的自言自语我自然听到了，我好奇的心于是又一次蠢蠢欲动，迫切地想知道自己与它的父亲之间曾经发生过怎样的一段故事而使它不能忘记，还要将其告诉孩子？这段故事肯定在它的生命中影响了什么，甚至改变了什么！

可还是想将这份好奇压着，我不知道曾经的故事中自己扮演了什么样的角色，若这角色极不光彩，甚至还曾在有意无意之中伤害过对方，那么……面前这只狗的满口牙齿是否就是为我而生？狭路相逢恰恰使它有了一次展示其锋利的机会！若真是这样，自然得赶紧离开，越快越好。

“先生稍等！您是否养过一只叫黑子的狗？”狗却退后一步，挡在了我的身前，仰头看着我，样子很真诚，我不得不暂时打消想走的念头。

“黑子？”我已虚度四十多年，在这四十多年里，因好奇、喜欢或者其他原因而养过很多只狗，其中确实有几只是黑色的，而大凡黑色的狗我一般都唤它“黑子”，我曾经养过好几只黑子！

我的好奇心本就是有的，忽然又增添了十二分的勇气，决定给它一个肯定的答复，我倒要看看它能把我怎么样！

“嗯！”我从鼻孔里抛出了一个字，并且暗暗地将五指收拢成拳，还蓄了几分力气给它们，以备狗脸生毛，忽然发动而使我措手不及。

“它在您家待过一段时间，虽然有次不慎抓破了您的手，但您待它依然那么好！”

“哦！”我寻思着，但仍然想不起那是我养过的哪一只，也可能是它的孩子真的认错了人。

“它瘸了一条腿，您还没想起来吗？”狗急切地问。

我在记忆里翻找，还真有过一只瘸腿的狗，它也确实是黑色的，但是否抓破过我的手，我早已忘记了。

我曾经做过将近一年的守园人，整日面对一大片沉默无语的果树。不记得具体是哪一天，忽然来了一只狗，就是黑色的，当时就蹲在我居住的那间小屋门前。

中午的太阳红红的，我在屋内翻来覆去睡不着，不得不放弃了午休，趿拉着鞋走出屋子时我就看到了它。它惶恐地望了我一眼，起身退了一步，又卧了下来，没有走的意思。

在它往后退的时候，我看到它瘸了一条腿。

那时候没有手机，也没买电视，甚至一台小小的收音机我也没给自己准备。为了排解心中的烦躁与无聊，我当然想找个事儿做，还有一个原因那就是对门外出现的它突然生了疼惜之情。我回屋掰了半个馒头给它，它的神情怯怯的，但终于还是过来叼走了。

我在它的身旁蹲下，抚摸着它的背、它的头，它没有躲闪。我们之间还很陌生，自然不会太亲密，彼此之间却也放下了戒备之心。

太阳的光热渐渐弱了，我掮着铁锨走下门前的土坡，开始了一天中的第二次忙碌。直至天将黑时方才回到小屋，在我上了锁的门前，它卧在那里，看到我回来，起身向我摇着尾巴，它这是在迎接我了。

我弯腰再次摸了下它的脑袋，它扭头伸出舌头舔着我的手，我被它的热情感动了，干脆蹲下身，将铁锨扔在了一边，抱了抱它，并随口唤了声“黑子”，它亲昵地围着我转着圈儿，从此它

就有了“黑子”这个名字。

黑子留在了我的果园，我没给它拴链子，因为它本来就是自由的，若是有一天在那儿待烦了，待腻了，也可以没有任何约束地离开。

父母决定放弃那片没给我们家带来一丁点儿收益的果园时，我也已经分配了工作，只等着去报到，然后上班，再然后便彻底地与这片土地没有了任何关系。

我是最后一个离开那间小屋的。屋内已是空空如也，就连屋子也以极低的价格给了别人，单等他闲暇时来拆除一些木料砖瓦。黑子站在我的身旁，不时仰头望望我，我想它知道这里发生了什么。

我不可能带它到城里，城里的屋子太小，匀不出一块作为它的安身之处。想将它送与他人，可一时半会儿又给它找不到新的主人，况且又有谁愿意收留一只瘸了腿的狗呢？

天际，已看不到太阳的轮廓，倒还有些金黄的光晕在做最后的挣扎，但我知道不久之后它也会完全隐入地平线，夜就来了。

看了眼小屋门前为我的黑子搭起的小窝以及窝外地上一只残破的粗瓷碗，我在心中轻叹了一声。

将摩托后座上的行李捆扎结实，跨上车子，猛踩了几脚，突突的发动机声响起，我回身看了眼它，心中又轻叹一声，车子缓缓起动，渐渐地离开了那间屋子。

黑子紧跟在后面，像以往一样。以往在走出那片果园之后，我会停住，俯下身抚摸着跑过来的黑子，让它回去，并告诉它我很快就会回来的。它很乖，果然就不追了，蹲在那儿看着我渐渐走远。

而那次，我也像以往一样停下了车子，回头望着正向我奔来的它，黑子的脚步明显加快了，转眼就到了我的身旁，仰头望着我，急速地喘着气。我没有俯身去摸它的脑袋，也不知道该对它说什么，还像以往一样让它回去吗？可那儿已经没有了家。

我没有让它回去的理由！

我轻叹了一声，捏离合，加油门，慢慢地再将离合松开，车子向前走去。

从观后镜我看得见它，黑子没有迟疑，依然跟着，那只瘸了的腿，悬空，另三只腾起又落下，落下又腾起，努力地想追上我。

我终于看不到它了……

“父亲说，如果看到了您，让我帮它向您道歉，它曾经受伤的腿使得它没能跟上，它其实很想再帮您看守屋子的，不论这个屋子在哪儿！”

可是，在那个夕阳将坠的黄昏，我是有意加快了车速的……

# 后 记

2019年以来，中国作家网加大对投稿平台的建设，从“每日推荐”“一周精选”“重点推荐”到“在线改稿会”“本周之星”，我们不断探索创新，通过多种举措鼓励广大文学爱好者，活跃网上纯文学创作，扩大文学生活的新空间，受到读者的欢迎和文学界广泛关注。

这一年中，原创平台收到了大量优秀作品，涌现出一批非常活跃的、有潜力的作者。我们从2019年的作品中选择了散文、诗歌、小说共73篇，辑成了本年度的精选集。随着注册用户的增加，和去年相比，作品的选择余地更大，忍痛割爱的作品也就更多，这是编者不可避免的无奈与遗憾。

在艰难战“疫”的情形之下，选集能顺利出版，离不开中国作家出版集团的支持，离不开作家出版社有限公司以及责任编辑袁艺方女士的积极协调。同时，余良虎、野水、刘云芳、范墩子、卢静、陈丹玲、刘照进等作家也为文集的编选提出了恳切的意见和建议。在此，对大家的支持与帮助表示诚挚的谢意。

由于我们的经验和能力有限，选集难免有不妥之处，欢迎广大读者批评、指正。也期待大家能继续关注、支持中国作家网，和我们一起共建文学家园，共享文学生活。

中国作家网

2020 年 4 月

扫码关注中国作家网投稿频道

扫码关注中国作家网微信公众号

用文字来纾解痛苦、悲伤，表达思考与希望

从文学中获得宁静、慰藉、智慧